Ross Welford

Der 1000-jährige Junge

Bisher sind von Ross Welford im Coppenrath Verlag erschienen:

ISBN 978-3-649-62237-6

ISBN 978-3-649-62238-3

MIX
Papier aus verantwortungsvollen Quellen
FSC® C083411
FSC
www.fsc.org

5 4 3 2 1

ISBN 978-3-649-63027-2

Originally published by HarperCollins Publishers under the title:
The 1,000 year old boy

Aus dem Englischen von Petra Knese
Umschlaggestaltung © HarperCollins Publishers 2017
Umschlagillustration © Tom Clohosy Cole
Lektorat: Jutta Knollmann
Satz: Sabine Conrad, Bad Nauheim
Printed in Germany
www.coppenrath.de

Das @book erscheint unter der ISBN 978-3-649-63242-9

Ross Welford

Der 1000-jährige Junge

Aus dem Englischen von Petra Knese

COPPENRATH

Teil I

ALFIE

Möchtet ihr ewig leben? Ich kann es leider nicht empfehlen. Mittlerweile habe ich mich dran gewöhnt und mir ist natürlich klar, dass es etwas Besonderes ist. Bloß will ich es nicht mehr. Ich möchte älter werden, genau wie ihr.

Das ist meine Geschichte. Ich heiße Alve Einarsson und ich bin tausend Jahre alt. Über tausend sogar.

Wollen wir Freunde sein? Dann nennt mich doch Alfie. Alfie Monk.

1. Kapitel

South Shields, 1014 nach Christus

Mam und ich saßen auf einem flachen Felsen und schauten hinüber zur Flussmündung, wo sich die Rauchschwaden aus dem Dorf mit den tief hängenden Wolken vermischten.

Der Fluss wird von allen Tyne genannt. Damals haben wir es »Tine« ausgesprochen, aber es war bloß unser Wort für Fluss.

Mam weinte und fluchte. Von der anderen Seite des Flusses kamen Schreie. Brandgeruch wehte vom Fort auf der Felskuppe herüber. Die Menschen, viele davon unsere Nachbarn, drängten sich am Ufer, doch der Fährmann Dag würde ihretwegen nicht noch mal zurückkehren. Jedenfalls nicht jetzt, denn dann würde man auch ihn töten. Nachdem sein Floß uns abgesetzt hatte, war er Entschuldigungen stammelnd davongelaufen.

Hinter den Menschen am Ufer tauchten die Männer auf, die in Booten gekommen waren. Einen Moment hielten sie inne – arrogant, furchtlos – und stürzten sich dann mit erhobenen Schwertern und Äxten auf ihre wehrlosen Opfer. Einige versuchten noch, sich ins Wasser zu retten. Aber weit kamen sie nicht, denn mitten auf dem Fluss wartete schon ein weiteres Boot auf sie.

Ich vergrub den Kopf in Mams Schal, aber sie zog ihn fort und wischte sich die Tränen weg. Ihre Stimme zitterte vor Wut.

»Sey, Alve. Sey!«

So sprachen wir damals. Das war einer dieser altnordischen Dialekte, wie man heute sagt. Wir hatten keinen Namen dafür. Und gemeint hat sie: »Sieh! Sieh, was sie uns antun, diese Männer, die mit ihren Booten aus dem Norden gekommen sind.«

Aber ich konnte nicht hinsehen. Ich stand auf und ging wie benommen ein Stück, doch immer noch hörte ich das Morden, immer noch roch ich den Rauch. Es zerriss mich fast, noch am Leben zu sein. Mam kam mir mit dem kleinen Holzwagen nach, in den wir alle Habseligkeiten gestopft hatten, die auf Dags Flussfähre Platz fanden.

Meine Katze Biffa lief neben uns her. Plötzlich schoss sie ins Gras, um eine Maus oder einen Grashüpfer zu jagen. Sonst brachte mich das immer zum Schmunzeln, aber nun fühlte ich mich so leer wie ausgeweidet.

Nach ein oder zwei Meilen fanden wir eine Höhle in einer geschützten Bucht. Die Sonne war so stark, dass wir das alte Brennglas von Da, so nannte ich Vater, benutzen konnten. Es war eine gewölbte, polierte Kristalllinse, die das Sonnenlicht zu einem schmalen Strahl bündelte, der Funken schlug. Ich hatte Angst, die Plünderer würden uns verfolgen, aber Mam sagte Nein, und sie behielt recht. Wir waren entkommen.

Als wir ihre Boote drei Tage später wieder in See stechen sahen, machte ich den größten Fehler meines Lebens. Tausend Jahre habe ich jetzt gewartet, um ihn wiedergutzumachen.

2. Kapitel

Warum hast du es dann gemacht?«, wollt ihr jetzt sicher fragen. Nur zu, meinetwegen. Ich habe es mich selbst wieder und wieder gefragt und verstehe es immer noch nicht ganz.

Nur so viel: Ich war jung und sehr, sehr verängstigt. Ich wollte etwas tun, irgendetwas, um mich stärker zu fühlen, um Mam besser beistehen und uns beide beschützen zu können.

Und so wurde ich ein Nimmertoter wie Mam.

Es begann vor langer Zeit, und wenn ich lange sage, meine ich vor vielen hundert Jahren. Und passiert ist es so:

Meinem Vater hatten fünf kleine Glasperlen gehört, die wir *livperler* nannten.

Lebensperlen.

Sie waren das Wertvollste, das wir besaßen. Mam sagte, sie wären das Wertvollste überhaupt auf der Welt.

Menschen hatten getötet, um an die Perlen zu gelangen. Und mein Da war gestorben, um sie zu beschützen. Deshalb erzählten wir niemandem von unserem kostbaren Besitz.

Nun waren noch drei übrig. Eine für Mam und zwei für mich, wenn ich älter war.

Das wusste ich alles. Mam hatte es mir oft genug gesagt. »Erst wenn du groß bist, Alve. Du musst dich gedulden.«

Aber ich konnte es nicht abwarten.

Am dritten Abend in der Höhle, als Mam unterwegs auf der Suche nach frischem Wasser war, öffnete ich den kleinen Tontopf und nahm die *livperler* heraus. Obwohl sie schon alt waren, glänzten die Glasperlen im Halbdunkel der Höhle. Und als ich eine vors Feuer hielt, leuchtete die dicke Flüssigkeit innen bernsteinfarben.

Biffa saß gegenüber vom Feuer auf einem kleinen Felsvorsprung, ihre gelben Augen glänzten wie die Glaskugeln. Verstand sie, was ich vorhatte? Sie maunzte, gab diesen kleinen Katzenlaut von sich, bei dem wir immer glaubten, sie würde mit uns sprechen. Biffa schien eine Menge zu verstehen.

Ich hockte mich hin, nahm das Messer, das kleine aus Stahl von Da, dessen Klinge sich im Holzgriff versenken ließ, und hielt es ins Feuer. Dann blickte ich zum Höhleneingang, um mich zu vergewissern, dass ich auch allein war, und schluckte schwer.

Als ich mir mit der heißen Klinge zweimal den Oberarm ritzte, sickerte Blut hervor. Zwei kurze Schnitte wie Mams Narben. Wie auch Da sie gehabt hatte. Nimmermale. Ich weiß nicht, ob es eine Rolle spielt, dass man sich zweimal schneidet, wahrscheinlich nicht. So wurde es eben gemacht.

Weh tat es erst, als ich die Wunden mit Daumen und Zeigefinger auseinanderzog. Ich zerbiss die Glasperle. Wie das Blut aus meinen Schnitten quoll der gelbe Sirup hervor. Ich gab ihn auf die Fingerspitzen und rieb ihn in die Wunden, bis nichts mehr davon übrig war. Es brannte wie frische Brennnesseln im Frühling.

Was dann geschah, war ein Unfall. Ich habe es in Gedanken immer wieder durchgespielt, so wie Leute heute »Videoclips« abspielen. Hätte ich anders handeln können?

Ich weiß es nicht.

Biffa war vermutlich bloß neugierig. Gewusst kann sie nichts haben, aber sie war eben eine sehr kluge Katze. Auf einmal sprang sie mit einem leisen Grollen durch die Flammen auf mich zu. Ohne nachzudenken, riss ich das Messer hoch, das noch neben mir auf dem Boden lag. Ein einfacher Reflex. Es ritzte ihr leicht in die Vorderpfote, aber sie miaute nicht einmal. Als sie hinter mir landete, fuhr ich herum und fegte mit meiner Tunika eine weitere Lebensperle vom Felsregal, wo ich sie deponiert hatte. Ich verlor das Gleichgewicht und zertrat die Perle versehentlich.

Entsetzt starrte ich ein paar Augenblicke darauf.

Schlimm genug, dass ich mich Mams Anordnungen widersetzt hatte, nun hatte ich auch noch eine weitere kostbare Lebensperle verschwendet.

Die zähe bernsteinfarbene Flüssigkeit sickerte heraus. In dem Moment dachte ich nur daran, dass sie nicht vergeudet werden durfte, packte Biffa am Nackenfell und rieb ihr die Flüssigkeit in die verletzte Pfote.

(Im Lauf der Jahre habe ich Mam immer wieder versichert, dass ich das nicht mutwillig getan habe. Ich wollte die Perle nur nicht verschwenden.)

Dann wickelte ich einen Streifen sauberen Stoff um meinen Arm und einen um Biffas Bein. Ihr schien das nichts auszumachen. Sie leckte sich die Schnurrhaare, gähnte und rollte sich zusammen. Gegen den blauen Abendhimmel sah ich Mams

Gestalt am Höhleneingang mit einem Kübel Wasser auftauchen und ich schämte mich ganz schrecklich.

Manchmal schäme ich mich immer noch.

Bis dahin hatte ich elf Winter erlebt.

Und ich sollte über tausend Jahre lang elf bleiben.

3. Kapitel

All das ist Ewigkeiten her.

Ich habe schon einige Male versucht, meine Geschichte zu erzählen, musste aber schnell einsehen, dass keiner sie hören will. Ich muss wesentliche Einzelheiten wie die Lebensperlen auslassen, also denken die Leute, ich nehme sie auf den Arm (bestenfalls) oder ich bin ernsthaft irre (schlimmstenfalls).

Manchmal frage ich mich, ob die Leute wohl anders reagieren würden, wenn ich alt aussähe. Also wenn ich faltig und glatzköpfig wäre, gebückt ginge, mit zitternder Stimme spräche, riesige, von Adern durchzogene Ohren und schlecht sitzende Klamotten hätte. Nur dass dann keiner mehr glauben würde, ich nähme ihn auf den Arm. Da würde gleich jeder denken, dass mir das Alter den Verstand geraubt hätte.

»Gott hab ihn selig, den alten Alfie«, hieße es dann. *»Heute hat er schon wieder unentwegt von den Wikingern gefaselt.«*

»Was? Oh, oh. Gestern hatte er es mit Charles Dickens. Meint, er hätte ihn getroffen!«

»Im Ernst? Der arme Kerl. Zum Glück ist er harmlos. Tut keiner Fliege was zuleide, ist eben nur vollkommen gaga.«

Aber ich sehe kein bisschen alt aus. Ich sehe aus wie elf.

Als ich aufgehört habe zu altern, hatten die Wikinger ihre Besetzung vom Nordosten Englands schon so gut wie abgeschlossen. Es waren die Schotten gewesen, vor denen Mam und ich geflohen waren. Es sollte noch etwas über fünfzig Jahre dauern, bis der Süden des Landes besetzt wurde, nämlich 1066 von den Normannen. (Wenn ihr mich fragt, waren das im Grunde bloß Wikinger, die Französisch gelernt hatten. Aber mich fragt ja keiner. Nor-manne, Nord-mann, versteht ihr, was ich meine?)

Und falls es euch interessiert, Charles Dickens bin ich wirklich begegnet, aber erst viele Jahre später.

Seht ihr? Ihr glaubt mir auch nicht, oder? Ich kann es euch nicht verübeln, schließlich bin ich der einzige verbliebene Nimmertote auf Erden. Und jetzt, wo Mam von mir gegangen ist, ist das ewige Leben überhaupt kein Leben mehr.

Bloß, wenn ihr mir schon nicht glaubt, wie überzeuge ich denn erst Aidan Linklater und Roxy Minto? Deren Hilfe brauche ich nämlich, um den Fluch des endlosen Lebens aufzuheben.

Und wenn die beiden mir nicht glauben, bin ich, wie man heute sagt, geliefert.

AIDAN

Ich verrate euch lieber gleich, warum ich so genervt bin. Dann ist das geklärt. Und wir können dazu übergehen, wie ich Alfie kennengelernt habe und sich mein Leben für immer verändert hat.

4. Kapitel

Whitley Bay, heute

Wir sind umgezogen, so fängt es schon mal an. Schlimm genug, aber nun haltet euch fest:

1. Das Haus ist kleiner. Viel kleiner und hat kaum Garten, nur so eine Holperwiese, auf der man nicht mal Fußball spielen kann. Mum hat mich mehr als einmal daran erinnert, wie glücklich ich mich schätzen kann, dass wir überhaupt einen Garten haben, und wenn sie das sagt, tut es mir leid, davon angefangen zu haben, denn ich weiß ja, warum wir umgezogen sind. Bloß mein Freund Mo, der in einer Wohnung wohnt, kam sonst immer vorbei, weil er keinen Garten hat, aber das ist ja jetzt wohl witzlos.
2. Wenn wir Besuch haben, muss ich mir nun das Zimmer mit Libby teilen, die eine echte Nervensäge ist. Libby ist sieben und steht auf My Little Pony.
3. Inigo Delombra, der in meine Stufe geht, wohnt jetzt in unserem alten Haus. Ich glaube, er hat sogar mein altes Zimmer.

Wenn er mich sieht, grinst er immer so dämlich, als wollte er sagen: »Loser!«

Wenigstens konnte ich auf meiner Schule bleiben, aber so wie es mit Spatch und Mo läuft, hätte ich ebenso gut wechseln können.

Und noch was: Mum und Dad sind nur noch am Streiten. Gestritten haben sie eigentlich schon immer viel – »kabbeln« nennen sie es –, doch in letzter Zeit ist es viel schlimmer geworden, und sie glauben, ich merke es nicht. Es geht ums Geld, immer ums Geld. Genaueres weiß ich nicht. Irgendwie haben sie das Geld »schlecht angelegt« und Mum gibt Dad die Schuld daran. Mum arbeitet nun in einem Callcenter, was sie grässlich findet.

Neulich Abend habe ich Libby oben auf der Treppe erwischt, als sie gelauscht hat. Sie fragte: »Lassen sie sich jetzt scheiden, Aidan?«

Natürlich musste ich sagen: »Ach, Quatsch!« Libbys Kinn zitterte, aber geweint hat sie nicht. Jedenfalls nicht vor mir. Zum Glück, sonst hätte ich auch noch losgeheult.

So, nachdem das geklärt wäre …

Jetzt mal ehrlich. Wenn euch ein Junge, den ihr gerade erst kennengelernt habt, erzählt, er wäre tausend Jahre alt, wie würdet ihr wohl reagieren?

Vielleicht würdet ihr lachen und sagen: »Ja, alles klar!«

Oder ihr ignoriert ihn einfach, so nach dem Motto: Den Irren provoziere ich lieber nicht.

Man könnte auch mit einer witzigen Bemerkung kontern: »Und ich bin der Kaiser von China!«

Okay, mit witzigen Bemerkungen habe ich es nicht so, aber ihr wisst, was ich meine.

Als Alfie also zu mir sagte: »Aidan, ich bin über tausend Jahre alt«, habe ich ihm logischerweise nicht geglaubt.

Und dann musste ich es doch, denn so unglaublich es auch war, es stimmte.

Aber damit ihr das kapiert, muss ich noch mal ein bisschen zurückgehen.

5. Kapitel

Am Anfang der Osterferien sind wir – ich, Mum, Dad und Libby – ins neue Haus gezogen. Nach drei Tagen hatten wir alles ausgepackt. Auch meine Xbox, die beim Umzug zu Bruch gegangen war. Ich fragte Mum, ob ich eine neue haben könnte, doch sie lachte nur traurig, was wohl nein bedeutete. Als sie dann noch meinte, wir hätten »andere Prioritäten«, bereute ich, überhaupt gefragt zu haben.

Vor mir lagen die gesamten Ferien.

»Ruf deine Freunde an und geh runter zum Strand«, sagte Mum alle fünf Minuten.

Aber leider war Spatch mit seinen italienischen Großeltern in Neapel, wo er jede Ostern hinfährt, und diesmal hatte er auch Mo eingeladen. Mich nicht.

Vor den beiden habe ich so getan, als machte es mir nichts aus, aber das tat es. Als ich mit Mum darüber sprach, sagte sie bloß: »Ach, na ja. Wir hätten uns den Flug eh nicht leisten können. Ist doch nicht so schlimm.« Aber darum geht es ja gar nicht. Spatch war es wohl ein wenig peinlich. Er sagte, im Bauernhaus seiner Großeltern wäre kein Platz mehr gewesen, aber ich habe Fotos von dem Haus gesehen und es ist riesig, außerdem hätte ich auch mit dem Fußboden vorliebgenommen. Fast wäre es mir rausgerutscht, ist es aber zum Glück nicht.

Um der Sache noch die Krone aufzusetzen, wie Dad gerne sagt, kamen auch noch Tante Alice und Onkel Jasper zu Besuch. Tante Alice geht ja noch, aber Onkel Jasper? Oh Mann!

Dad war auch nicht begeistert, denn er stöhnte und sagte zu Mum: »Mein Gott, können die nicht ins Hotel? So viel Platz haben wir auch nicht.«

»Sie ist meine Schwester, Ben.«

Dad schnalzte nur mit der Zunge und verdrehte die Augen.

Am vierten Ferientag kamen also Tante Alice und Onkel Jasper am Morgen und ich wurde mit Luftmatratze in Libbys Zimmer einquartiert. Libby war noch ein paar Tage im Zeltlager, also musste ich mir das Zimmer noch gar nicht richtig mit ihr teilen, aber trotzdem …

Wir saßen in der Küche zwischen all den Kartons, die die Umzugsfirma dagelassen hatte. Dad arbeitet zurzeit nicht, deshalb war er zu Hause, kochte Tee und erkundigte sich nach Jaspers Boot (offenbar ein »unverfängliches Thema«). Mum machte ein großes Gewese um Tante Alices Bluse. Tante Alice ist viel älter als Mum und Jasper ist viel jünger als Tante Alice, wobei er dank seines Bartes älter als alle beide aussieht, falls das verständlich ist.

Nachdem Tante Alice gesagt hatte, wie groß ich geworden war, kam die einzige Bemerkung, die an mich gerichtet war, von Jasper.

»Und was ist mit dir, Junge? Bekommst du auch genug frische Luft? Du siehst ja aus wie der Tod auf Latschen!« Und dann grinste er und entblößte seine langen weißen Zähne, als würde er es nicht ernst meinen, tat er aber.

Tante Alice meinte daraufhin: »Ach, Jasper, er sieht doch prima aus!«

Und Mum sagte mit leicht scharfem Unterton: »Ihm geht's gut, Jasper. Stimmt's, Aidan?«

Ich nickte heftig, als könnte ich meinem Onkel damit zeigen, dass auch ich so »fit wie ein Turnschuh« war, um eine seiner Formulierungen zu übernehmen.

Er gab einen *Grumph*-Laut von sich und fügte hinzu: »Seeluft. Ein wenig von der guten *ventum maris*. Das brauchst du, Junge.« Dann nahm er schlürfend einen Schluck Tee (schwarz, ohne Zucker).

Tja, so redet er, dieser Jasper.

Soweit ich es beurteilen kann, spricht er weder mit einem regionalen Dialekt noch hat er einen ausländischen Akzent. Manchmal klingt er amerikanisch und dann wieder australisch, (wenn seine Stimme am Ende eines Satzes nach oben geht, als wollte er was fragen, tut er aber gar nicht). Der Akzent ist echt schwer auszumachen. Geboren ist Jasper in Rumänien, aber er hat schon in vielen Ländern gelebt. Hinter getönten Gläsern schimmern eng zusammenstehende Augen, dunkel sind sie, fast schwarz.

Einmal habe ich ihn gefragt, woher er komme. »Nenn mich einfach Nomade«, sagte er da und bleckte die Zähne. Mal ganz ehrlich, der Typ macht mir Angst.

Mein Glas Milch war leer und Jasper hatte das Wort »Premierminister« in den Bart gemurmelt – höchste Zeit, sich zu verdünnisieren. Sobald die Regierung ins Spiel kommt, geht es mit dem Gespräch meist nicht aufwärts, das ist jedenfalls meine Erfahrung.

»Ich gehe nach draußen«, sagte ich. Daraufhin erntete ich ein Grunzen, was ich als Zustimmung von Jasper wertete.

6. Kapitel

Es tat richtig gut, aus dem Haus zu kommen. Ich atmete tief durch die Nase ein und mit einem lauten »Haaah!« durch den Mund aus.

Unser Haus liegt ganz am Ende der Siedlung im alten Teil. Hier stehen etwa zehn winzige Reihenhäuser und gleich daneben beginnen die Neubauten. Hinter unserem Gartenzaun liegt bloß Wald. Soweit ich weiß, hat der Wald nicht mal einen Namen. Er heißt immer bloß »der Wald« oder »das Waldstück hinter dem Golfplatz«.

Wäre echt cool, wenn wir ein kleines Tor im Zaun hätten, durch das man direkt in den Wald gehen könnte, aber leider ist es nicht so. Unsere trostlose Wiese endet einfach an einem Holzzaun.

Links von unserem Grundstück liegt eine Gasse, in der es nach Katzenpisse stinkt und sich das Gerümpel türmt. Eine gebrauchte Matratze steht dort herum, eine verrostete Waschmaschine und eine Mülltüte, aus der alte Klamotten quellen. Dad meint, die Kommune wäre dafür verantwortlich, den Müll zu entsorgen, aber die haben offensichtlich kein Interesse daran.

Auf der anderen Seite der Gerümpel-Gasse wohnen Susi und Prudi, zwei Damen mit kurzem grauem Haar, die Mum bereits kennengelernt hat und die sie »sehr nett« findet, wobei sie noch hinzufügte: »Eine davon ist ein Doktor.« (Ich dachte immer, Ärzte verdienen gut, warum die hier wohnen, kapiere ich nicht.)

Ihr Grundstück wurde in einen schönen Garten mit gepflasterten Wegen verwandelt und sie haben fünf Katzen aus dem Tierheim. (Dad schnaubte, als Mum es uns erzählte. »Trau keinem, der mehr als zwei Katzen hat«, sagte er, was ich ein wenig gemein fand, denn ich mag Katzen.)

Rechts von unserem Grundstück liegt ein weiterer Garten, ein richtiger mit Rasen, der von unserem nur durch einen klapprigen Zaun getrennt ist.

An dem Morgen, an dem alles begann, stand ich mit dem Rücken zu ebendiesem Zaun und betrachtete die alten Häuser aus dreckigen Ziegelsteinen. Die Hälfte der Häuser sieht aus, als wären sie nicht einmal bewohnt, manche haben kaputte Fensterscheiben. Kein Wunder, dass wir hier so billig zur Miete wohnen. Mum und Dad behaupten, es sei nur vorübergehend.

»Hallo, Aidan!«

Überrascht sah ich mich um, konnte aber niemanden entdecken. Dann ertönte ein Lachen, ein helles, fröhliches Gebell. Ich drehte mich einmal um die eigene Achse, um herauszufinden, woher die Stimme kam.

»Hier!«

»Wo?«, fragte ich. Und dann: »Au!«, als mich etwas Hartes im Gesicht traf. Kurz darauf sauste etwas an meiner Nase vorbei.

»He! Hör auf«, sagte ich und wieder ertönte diese Terrier-Lache. Dann sah ich ihn, den gelben Kuli, der durch ein Loch im

Zaun lugte. Jemand benutzte den Schaft als Blasrohr, um mich mit Papierkugeln zu beschießen. Und dieser Jemand schoss gut.

Ich ging zum Zaun, beugte mich hinunter und linste durch das Astloch. Sofort verspürte ich einen heftigen Tritt in den Hintern. Als ich herumfuhr, stand dort ein winziges Mädchen, grinste frech und gackerte. Ich kannte sie aus der Schule, wusste aber nicht, wie sie hieß. Wir hatten keinen gemeinsamen Unterricht.

»W-wo kommst du denn plötzlich her?« Es war, als hätte sie sich aus dem Nichts vor mir materialisiert.

»Ich bin Roxy Minto von nebenan. Und du bist Aidan!«

»Ähm … weiß ich. Aber woher weißt du das?«

Sie schnaubte verächtlich, um zu zeigen, für wie dämlich sie meine Frage hielt. »Was glaubst du denn? Meine Mum hat mit deiner gesprochen. Ich habe gesehen, wie die Umzugsleute eure Sachen reingetragen haben. Du hast ein rotes Fahrrad und einen weißen Schreibtisch in deinem Zimmer. Dreh dich mal um.«

»Warum?«

»Dreh dich einfach um.« Sie sagte es mit solcher Überzeugung, dass ich ihr gehorchte, obwohl ich einen weiteren Tritt in den Hintern befürchtete.

»Woher weißt du, dass das Fahrrad und der Schreibtisch mir gehören?«, fragte ich, doch es kam keine Antwort. Ich drehte mich wieder um … und Roxy war nicht mehr da. Einfach verschwunden.

»Roxy?« Eine Latte im Zaun klappte nach oben. Roxy steckte kichernd den Kopf durch das Loch. »Hier lang!«

Ich passte mit Ach und Krach durch. (Roxy war so winzig,

dass sie mühelos hindurchschlüpfte.) Und dann stand ich in ihrem verwilderten Garten, mit kümmerlichen Büschen, Blumen und Unkraut und einer alten Plastikrutsche.

Roxy stiefelte über den ungemähten Rasen auf einen riesigen Busch zu, der am Ende des Gartens über den Zaun wucherte und dessen Ausläufer sich an einem Haselnussstrauch hochrankten. Sie schob einen Zweig beiseite und verschwand im Busch. Kurz darauf hörte ich ihre Stimme hinterm Zaun.

»Kommst du oder hast du Angst?«

Ich schob den Zweig beiseite. Verborgen im Busch befand sich ein Loch im Zaun, dahinter lag ein Pfad und dann kam der Wald. Vom Garten her nicht einsehbar stand am Zaun ein Container, so ein Fertigteil, wie man es von Baustellen kennt.

Roxy lehnte in der Tür. »Willkommen in meiner Garage!«, verkündete sie mit ihrer Quietschstimme. Ihr war anzumerken, wie stolz sie war. Innen griff sie nach einem Schalter, und ein Leuchtschild, das vom Dach hing, erwachte flackernd zum Leben. GARAGE war dort in pinken Buchstaben zu lesen, nur dass die ersten drei nicht mehr funktionierten, also stand dort nur AGE, aber ich muss zugeben, dass es trotzdem ziemlich cool war.

Im Container standen ein ramponierter Schreibtisch, ein wackliger Drehstuhl, zwei Holzhocker und ein winziger Kühlschrank in Form einer Bierdose. Auf dem Boden lag ein Teppich, die Glühbirne war mit einem Lampenschirm versehen und an den Fenstern hingen sogar Gardinen. Aus einem Riss im Kunststoffbezug eines sehr abgewetzten Sofas quoll gelber Schaumstoff. Ich lachte.

»Was ist denn so lustig? Gefällt es dir nicht?«

Insgeheim war ich schwer beeindruckt, aber das wollte ich nicht zugeben.

»Nicht übel«, meinte ich. »Wo … wo hast du denn das ganze Zeug her?«

Ich merkte, dass sie von meiner Reaktion enttäuscht war, und es tat mir sofort leid. »Das meiste habe ich vom Müll«, sagte sie. »Die Leute schmeißen so viel weg. Wiederverwertung, Recycling, bla, bla. Das Neonschild ist das *Pièce de résistance!*« Roxy sprach mit übertrieben französischem Akzent und wedelte theatralisch mit der Hand.

»Was hier alles reingeht!«, sagte ich, um meine Bemerkung von eben wettzumachen.

»Du meinst, es steckt mehr drin, als man von außen ahnt? Das sagt man auch über mich!« Roxy sprang auf einen Stuhl und öffnete den Kühlschrank. »Lust auf ein Bier?«

»Ich … ähm …«

»Hey, du glaubst mir doch nicht etwa jedes Wort? Ich mache doch nur Spaß.« Damit warf sie mir ein Trinkpäckchen mit Strohhalm zu. »Setz dich und leg mal die Beine hoch. *Mi casa es su casa!*«

Wir saßen eine Weile und schlürften unseren Saft. Auch wenn ich Roxy erst etwa sechs Minuten kannte, war ich überzeugt, dass ich noch nie jemandem wie ihr begegnet war.

Als ich meinte, sie wäre winzig, habe ich nicht übertrieben. Sie war so klein, dass ich sie vom Alter her auf sechs schätzen würde, nur ihrem Verhalten nach war sie älter, eher sechzehn. Ihre braune Haut glänzte wie frisch poliertes Holz, die Sommersprossen waren noch eine Spur dunkler und ihr krauses Haar war wie bei einem Jungen einfach kurz abgeschnitten. Aus ihren Klamotten ließ sich auch nichts ablesen: Shorts, Flip-Flops, fleckiges weißes T-Shirt, Jeansjacke. So liefen im Sommer alle rum. Nur dass Roxy mindestens elf sein musste, denn sie ging ja auf die Percy Academy.

Am auffälligsten fand ich aber ihr Lächeln. Manche Leute sehen von Natur aus griesgrämig aus. Dabei haben sie gar keine schlechte Laune, sondern vielleicht gerade einfach nichts zu lachen. Bei Dad ist das so. Ständig sagt jemand zu ihm: »Du ziehst ein Gesicht wie sieben Tage Regenwetter!«

Jedenfalls schien Roxy das genaue Gegenteil davon zu sein. Ihr Mund war zu einer Art Dauerlächeln verzogen, als würde sie die ganze Zeit in sich hineinlachen.

Roxy merkte, dass ich sie ansah. »Was glotzt du? Hast du noch nie einen feinen Pinkel gesehen?« Auf einmal klang sie wie einer aus London. Die Überraschung stand mir wohl ins Gesicht geschrieben, denn sie lachte. »Das ist aus *Oliver*!«

Ich muss ziemlich verständnislos geguckt haben.

»*Oliver!* Kennst du das Musical etwa nicht? *Oliver Twist* von Charles Dickens. Als Oliver dem Artful Dodger begegnet, sagt der das zu ihm. Wir proben das Stück in der Theater-AG. Ich spiele den Dodger. Ich habe das Kostüm und alles.« Sie deutete auf einen langen Samtmantel und einen Zylinder, die beide an einem Haken an der Wand hingen.

Ah, jetzt kapierte ich. »Wie alt bist du, Roxy?«

Wieder änderte sie die Stimme, diesmal mimte sie eine vornehme alte Dame. »Junger Mann, wie können Sie es wagen, eine Dame nach ihrem Alter zu fragen!« Meine neue Nachbarin war offenbar die geborene Schauspielerin. »Genauso alt wie du. Vier Wochen älter!«

»Du weißt, wann ich Geburtstag habe?«

Sie sprang vom Stuhl und öffnete die Tür vom Container.

»Es gibt so einiges, das ich über dich weiß, Aidan Henry Linklater. Und über deine Schwester Liberty, geboren am 5. Februar. Wirf das Trinkpäckchen in den Recyclingbehälter und komm. Ich will dir was zeigen.«

Ich folgte ihr über einen kaum erkennbaren Pfad in den Wald. Hätte ich doch nur da schon gewusst, was passieren würde, dann hätte ich mir vielleicht eine Menge Ärger ersparen können.

Aber dann wäre ich auch nie Alfie Monk begegnet.

7. Kapitel

Roxy stapfte vor mir durch den Wald, schob Zweige beiseite und hieb Brennnesseln mit einem Stock nieder. Nach etwa dreißig Metern verloren wir ihre »Garage« aus dem Blick.

»Du kennst den Weg, oder?«, fragte ich und versuchte, ganz unbekümmert zu klingen, als wäre es mir auch egal, wenn sie Nein sagte. Doch sie hörte mich wohl gar nicht.

Im Wald war es schattig, aber nicht still. Bisher war der Frühling ungewöhnlich warm und trocken gewesen, die Blätter und Zweige raschelten und knackten laut unter unseren Füßen. Als wir stehen blieben, hörte ich eine Biene und Roxys Atem. Wenn ich genau horchte, vernahm ich auch das tröstliche Brausen des Verkehrs auf der A19. Mir kam es zwar vor, als wären wir mitten in der Pampa, aber das waren wir zum Glück nicht.

Dann hielt Roxy an und hockte sich hin. »Da. Siehst du es?«

»Was?«

»Da, Mann! Bist du blind?«

Vor uns ging es steil bergab und dort unten zwischen silbergrauen Bäumen, etwa so weit entfernt, wie ich einen Stein werfen könnte, sah ich es: ein mit Moos bedecktes Schieferdach.

Ich schaute zu Roxy. Wollte sie mich auf den Arm nehmen? Ein Dach? Na und?

Roxy reagierte sofort. »Von Nahem sieht man's noch besser. Komm!« Und damit tauchte sie zwischen den Bäumen ab. Nun schlug sie die Brennnesseln nicht mehr mit dem Stock aus dem Weg, sondern schlich sich an. Ab und zu sah sie sich um, ob ich ihr auch folgte. Dann blieb sie stehen.

Jetzt hatten wir einen besseren Blick auf das Dach. Es schien auf gleicher Höhe mit uns zu sein, was natürlich seltsam war, doch das lag bloß daran, dass wir uns auf einem Hang befanden, an dessen Fuß ein Steinhaus lag. Es war von dicken, dornigen Büschen umwachsen, die so dicht standen, als hätte sie jemand gepflanzt, um Eindringlinge abzuhalten.

»Vorsicht«, flüsterte Roxy und deutete auf eine Rolle rostigen Stacheldrahts, die in einem Busch hing und vollkommen zugewuchert war. Weiter unten wuchsen die Büsche weniger dicht, und es gab ein Schild, wie man es im Baumarkt oder so kaufen kann:

VORSICHT, BISSIGER HUND!

»Ähm … Roxy?«

Mit ihrer winzigen Hand machte sie eine abwehrende Geste. »Da ist kein Hund. Keine Sorge. Komm weiter!«

Ich folgte ihr wie ein gehorsamer Welpe.

Wir gelangten zu einer Lücke in der Stacheldrahtbuschabwehr. Wenn ich so klein wäre wie Roxy, wäre ich auch leicht durchgekommen. So blieb mir nichts anderes übrig, als flach auf dem Bauch ihren Flip-Flops folgend vorwärtszurobben.

Ihre Füße und Waden waren vollkommen zerkratzt und von Brennnesseln zerstochen, aber Roxy schien das gar nichts auszumachen.

Dann hörten die Ginsterbüsche auf, und wir waren von hohem Gras umgeben, das uns im Liegen noch verbarg. Da erst sah ich das Haus so richtig.

Der Hang fiel noch ein paar Meter weiter ab bis zu einer mannshohen Mauer. Es gab einen gepflasterten Hof mit einer runden gemauerten Feuerstelle. Von einem glimmenden Holzscheit stieg eine zarte Rauchfahne in die windstille Luft; Hühner pickten auf dem Boden herum. Neben der Feuerstelle stand ein rußgeschwärzter Kessel.

Das Haus selbst bestand aus Ziegelsteinen, die schon ganz verwittert waren. Die bemoosten Dachschindeln hatte ich ja schon von Weitem gesehen. Wir blickten auf die Rückseite des Hauses; die Hintertür war zweigeteilt, der obere Teil stand offen, aber hineinsehen konnte man nicht. Von der Tür und den Fenstern blätterte schon die Farbe ab, eigentlich wirkte alles an diesem Haus alt und abgenutzt.

»Du, Roxy …«

»Schhh!«

Ich senkte die Stimme. »Du, Roxy. Da wohnt jemand.«

»Ja!«, flüsterte sie aufgeregt.

»Und das ist was Besonderes?«

»Hhmm … ja!«

»Und warum genau? Menschen haben Häuser, weißt du. Darin wohnen sie.«

»Du hast ja keine Ahnung, wer hier wohnt.«

Roxy zögerte einen Moment und holte tief Luft, um mich auf

die Folter zu spannen. Dann aber starrten wir beide zur Tür, hinter der sich etwas bewegte.

Eine Frau erschien und ließ den Blick über die Büsche und das Gras schweifen, in dem wir versteckt lagen. Instinktiv wichen wir zurück.

Ich hatte die Frau nur ganz kurz gesehen, bevor sie wieder im Haus verschwand. Wie alt mochte sie sein? Keine Ahnung. Langer Rock, Kopftuch und Sonnenbrille.

»Das war sie«, sagte Roxy.

»Das war wer?« Schon klar, das klingt jetzt, als wollte ich Roxy ärgern, indem ich so uninteressiert tat, aber ich verstand einfach nicht, was es mit dieser Frau auf sich hatte.

»Das war die Hexe.«

Und in dem Moment ließ ich alle Vorsicht außer Acht und sagte lauter, als ich sollte: »Oh, Roxy!«

Ich ärgerte mich wirklich. Und enttäuscht war ich auch.

Ich ärgerte mich über Roxy, weil ich ihretwegen im Gras lag, Angst hatte, von Brennnesseln zerstochen und vom Waldboden verdreckt war und wahrscheinlich mehr als ein Gesetz gebrochen hatte. Und wofür? Für nichts und wieder nichts. Und enttäuscht, na ja …

Ich hatte geglaubt, Roxy wäre anders. Eine, mit der es Spaß macht abzuhängen. Besonders jetzt, wo Spatch und Mo in Italien waren.

Und dann kommt sie mir ausgerechnet mit Hexen. Wenn ich Lust auf Hexen, Einhörner oder Tiere in Anziehsachen habe, brauche ich nur fünf Minuten mit meiner kleinen Schwester zu verbringen.

»Schhh! Sie ist wirklich eine Hexe, glaub mir. Sie ist bestimmt zweihundert Jahre alt und sie wohnt in dieser Hütte im Wald. Sie hat sogar eine schwarze Katze. Schau mal!«

Wie auf Knopfdruck erschien eine Katze, die zwar nicht ganz schwarz war, aber immerhin, und die direkt vor uns über die Mauer spazierte. Die Katze fixierte uns kurz mit ihren leuchtend gelben Augen, sprang dann elegant hinunter und maunzte laut, woraufhin ihr ein Huhn aus dem Weg flatterte.

»Hast du es schon mal probiert? Das Haus?«, fragte ich.

»Wie meinst du das?«

»Ist es aus Pfefferkuchen?«

Mit dem Blick, den Roxy mir zuwarf, hätte man ein Eis am Stiel schmelzen können, aber mir war das egal. Alles bloß alberne Fantasie.

»Ich gehe zurück«, sagte ich und erhob mich langsam.

»Runter mit dir!«, zischte Roxy. »Sonst sieht sie dich noch.«

»Und dann? Verwandelt sie mich in eine Kröte? Das Risiko gehe ich ein.«

Was nun geschah, war vielleicht meine Schuld. Schon möglich.

8. Kapitel

Als ich mich auf Hände und Knie aufstützte, zog mich Roxy am Kragen gewaltsam zurück zu Boden. Für eine so kleine Person hatte sie erstaunlich viel Kraft.

»Lass das«, zischte ich und versuchte, mich loszureißen. Dabei gab ich ihr einen Schubs, und sie rutschte den Abhang hinunter, fuchtelte wild mit den Händen, um Halt zu finden und nicht im Hof zu landen.

Wir sahen uns an, ihr stand die blanke Angst ins Gesicht geschrieben. Im nächsten Augenblick verschwand sie über den Rand der Böschung.

Es gab einen lauten Rums, aber sonst nichts, kein Geschrei, kein Gebrüll. Ich hatte Luft geholt, um nach ihr zu rufen, aber der Schrei blieb mir in der Kehle stecken, als die Hintertür aufging und die Hexe herausschoss.

»*Al-vuh, Al-vuh!*«, rief sie. Und dann noch etwas, was ich nicht verstand, weil es in einer Sprache war, die ich noch nie gehört hatte.

Französisch war es nicht. Wie Französisch klingt, weiß ich (ich bin Drittbester in der Klasse, *en fait*). Und Italienisch war es auch nicht, denn das spricht Spatch zu Hause mit seinem Vater.

Solche Worte hatte ich überhaupt noch nie gehört, so einen kehligen Singsang. Die Hexe – oder was auch immer – rannte direkt zu der Stelle, wo Roxy gelandet war. Dann schrie sie wieder in ihrer Sprache, als würde sie nach jemandem rufen.

Und da sah ich ihn.

Er stand in der Tür: ein blasser, schmaler, blonder Junge. Um den Hals hatte er eine Sonnenbrille hängen, die er aufsetzte, bevor er auf den Hof in die Sonne trat, wo Roxy lag.

War sie tot? Ich hatte schreckliche Angst, aber für wahrscheinlich hielt ich es nicht, auch wenn es ein ganz schöner Sturz war. Dann hörte ich sie stöhnen. Gott sei Dank.

Sollte ich aufstehen? Mich zu erkennen geben? Ich war in einem furchtbaren Dilemma, wusste einfach nicht, was ich tun sollte, als der Junge Roxy mühelos hochhob und ins Haus trug. Sie blutete am Kopf.

Beide Türhälften wurden zugeklappt und erst da holte ich wieder Luft.

ALFIE

9. Kapitel

Was ich über Lebensperlen weiß:

1. Sie enthalten eine Flüssigkeit, die mit dem eigenen Blut vermischt sofort alle Alterungsprozesse stoppt.
2. Wiederholt man diese Prozedur mit einer weiteren Lebensperle, altert man wieder.

Das ist es. Das ist alles, was ich über Lebensperlen weiß, und auch alles, was Mam weiß.

An meinen Vater kann ich mich leider kaum erinnern, auch wenn Mam mir alles über ihn erzählt hat. In tausend Jahren hat man eine Menge Zeit, Geschichten wieder und wieder zu hören, aber mir werden sie nie langweilig.

(Manchmal ist die Erinnerung an ihn fast greifbar. Ein verschwommenes Bild eines groß gewachsenen blonden Mannes, der Geruch von in Teer getunktem Schiffstau, Angst im Sturm … aber das sind alles diffuse Erinnerungen. Sie sind so dünn und durchscheinend, als hätten die ewigen Versuche, sie mir zu vergegenwärtigen, sie abgenutzt.)

Mein Da hieß Einar. Er war ein Soldat, der zum Handwerker geworden war, und kam aus Gotland in der Ostsee oder *uster-shern*, wie Mam sie in ihren Geschichten nennt.

Wo kamen diese Lebensperlen her? So genau wusste das niemand. Es gab eine Sage, die mir Mam gern im Schein des Feuers erzählte und die vom Hausdiener eines Alchemisten handelte, der einem gewaltigen Wirbelsturm im Nahen Osten trotzte. Dieser Diener trug einen Beutel Lebensperlen durch die Wüste in die Karpaten nach Osteuropa. Ob das stimmte?

Vermischte man die Flüssigkeit der Lebensperle mit dem eigenen Blut, alterte man nicht mehr. Es machte einen aber nicht unsterblich, man konnte nach wie vor im Kampf fallen, an einer Krankheit sterben oder wie Da bei einem Unfall.

Mam sagte, Da hätte die Lebensperlen in einem heldenhaften Kampf gegen Plünderer bekommen, die ein winziges Dorf überfallen hatten. Ich liebte diese Geschichte.

»Wie ein echter, edler Krieger«, sagte Mam, »ließ er einen der Räuber am Leben und im Tausch bekam er die Lebensperlen. Eine Perle verwendete er sofort für sich. Er schnitt sich zweimal in den Arm und goss die Flüssigkeit in die Wunden. Vier Lebensperlen blieben übrig. Der kühne Einar wusste natürlich, dass die Perlen so wertvoll waren, dass jeder, der sie besaß, in Gefahr schwebte. Für das ewige Leben würden die Menschen töten. Also sagte er niemandem etwas davon, bis er …«

»Dich traf!«, rief ich dann und Mam lächelte jedes Mal.

»Das stimmt. Aber zu der Zeit war er schon hundertvierzig Jahre alt. Er lebte im Land der Dänen und sprach ihre Sprache. Wir waren erst sechs Monate verheiratet, als ich erfuhr, dass ich mit dir schwanger war, Alve.«

(»Wir haben aus Liebe geheiratet«, wurde sie nicht müde zu sagen. »Damals war das unüblich.« Vor tausend Jahren rangierte Liebe ganz unten auf der Liste von Gründen, aus denen man heiratete, weit unter Familienbande, Reichtum und Sicherheit.)

Mam war arm, Da aber nicht, und viele Leute waren neidisch, als sie den gut aussehenden, reichen Einar von Gotland heiratete. Wenn Leute neidisch werden, fängt das Gerede an. Auf einmal ging es um Einars Alter, und dass es seltsam war, dass einige der Dorfältesten ihn schon aus ihrer Jugend kannten.

Konnte er einer dieser legendären Nimmertoten sein?

Und falls er ein Nimmertoter war, besaß er womöglich die *livperler,* die Lebensperlen?

Schon damals waren die Nimmertoten so selten, dass viele Leute sie für ein Lügengespinst hielten, von denen Reisende aus fremden Ländern erzählten. Genauso wie die Geschichten von einem riesigen Land im Süden, in dem es vierbeinige Geschöpfe mit enorm langen Hälsen gab, die auch noch die Blätter in den Baumkronen erreichten, dicke Pferde, die im Fluss lebten, und winzige, behaarte Wesen mit langen Schwänzen, die durch die Bäume im Wald turnten.

Keiner wusste, wie viel man davon glauben sollte. Vielleicht waren die Geschichten über die Nimmertoten auch nur Erfindungen der Reisenden?

Doch als meinem Vater die Gerüchte über sein langes Leben zu Ohren kamen, ging er kein Risiko ein. Mit seiner Frau und seinem Kind plante er ein neues Leben im Land der Angelsachsen, wo sie hoffentlich sicher sein würden. Und da hatte er auch recht … jedenfalls zum Teil.

Er rettete mich und Mam. Aber sich selbst rettete er nicht.

10. Kapitel

Als er mit seiner Frau Hilda und seinem kleinen Kind auf dem hölzernen Pier in Ribe an der dänischen Westküste stand, war Einar nicht wiederzuerkennen. Und genau das wollte er auch.

Er hatte sich den Bart abrasiert, das Haar geschnitten und sich wie ein Handwerker mit mittlerem Auskommen gekleidet. Nicht zu reich, um keine Aufmerksamkeit zu erregen, nicht so arm, dass man fürchtete, er könne die Überfahrt nach Bernizien in Britannien nicht bezahlen.

In Ribe kannte ihn zwar keiner, dennoch ging er auf Nummer sicher und wir lagerten außerhalb der Stadt. Da war nervös, sagte Mam. Er fühlte sich verfolgt. Sie war inzwischen auch eine Nimmertote, der blutige Prozess hatte in der Nacht ihrer Hochzeit stattgefunden. Zusammen würden sie mit ihrem Sohn in dem neuen Land ewig leben.

Wenn sie es bis dahin schafften.

Einar hatte eine Überfahrt auf einem Frachtschiff gelöst, das direkt über die Nordsee segelte. Es würde einmal nördlich vom Hadrianswall halten, um Fracht zu entladen und neue an Bord zu nehmen, dann sollte es weiter die Küste hinuntersegeln bis zur Mündung der Tine.

Der Kapitän hatte gesagt, es würde je nach Wind vier, vielleicht fünf Tage dauern, bis sie ablegten, aber der Wind spielte nicht mit. Frachtschiffe verließen sich auf Segel, nicht auf Ruder wie die Langschiffe. Wenn der Wind also aus Westen kam, wie meist, war es eine schwere Überfahrt ins neue Land.

Nach einer Woche drehte der Wind endlich und binnen eines Tages glitt die alte, ramponierte *Knorr,* das Frachtschiff der Wikinger, mit seinen schmutzigen, geflickten Segeln und den alten geteerten Tauen aus dem Hafen von Ribe.

Da bestieg das Schiff getrennt von Ma und mir. Die ganze Reise über sollten wir so tun, als gäbe es keine Verbindung zwischen uns. Und er gab Mam die Perlen, weil sie bei ihr sicherer wären, falls ihn jemand erkannte. »Bis wir an Land gehen«, hatte Mam mir mit ernster Miene eingebläut, »sprichst du kein Wort mit deinem Vater.«

Offenbar war ich völlig verwundert, tat aber, wie mir geheißen. Ich bin immer ein guter, gehorsamer Junge gewesen, wie Mam sagte.

Gepäck hatten wir nur wenig dabei. Jeder hatte einen Beutel aus Hanf, und ich hatte noch einen Weidenkorb mit einer jungen Katze, die ich Biffa genannt hatte. Es war kein Name, nicht mal ein Wort. Mir gefiel wohl einfach der Klang.

Auf dem Boot gab es keine Privatsphäre. Beim Pinkeln oder bei größeren Geschäften musste man ins Meer machen, während das Schiff in den wilden Wellen wogte. Die Mannschaft war nicht zimperlich, die ließen einfach die Hosen runter und hängten ihren Hintern über die Reling.

Und so haben wir wohl auch Da verloren, meinte Mam. Niemand sah, wie er über Bord ging. Der Wind hatte aufgefrischt, der Kapitän hatte das Segel eingeholt und die lange Knorr stieg und fiel mit der Dünung. Während das Boot in den Schaumkronen auf und ab hüpfte, machte sich Da zum hinteren Teil des Schiffs auf, wo sie alle hingingen. Dort war es ein wenig abgeschiedener, denn als Sichtschutz gab es einen Stapel Fässer, der mit einem Seil gesichert war und an dem man sich festhalten konnte.

Danach hat ihn keiner mehr gesehen.

Mam bemerkte es als Erste. Alle standen zusammengedrängt, um nicht nass zu werden, als sie sagte: »Wo ist Einar?«

Als klar wurde, was geschehen war, wendete der Kapitän das Schiff im Sturm und kreuzte hin und her, fuhr sogar noch weiter zurück, als wir an jenem Tag gekommen waren, falls Da von der Strömung davongetragen worden war. Keine Spur von ihm. Selbst wenn er gerufen hatte, als er über Bord ging, hätte man ihn wegen der Wellen, des Windes und des Knarrens des alten Kahns nicht gehört.

Was für ein Abgang. Auch wenn ich mich kaum noch an ihn erinnere und es schon Jahrhunderte her ist, macht es mich noch traurig, und ich muss immer wieder daran denken, trotz all der anderen traurigen und furchtbaren Dinge, die ich erlebt habe.

»Das Schlimmste war«, sagte Mam, »dass ich nicht trauern durfte. Ich musste so tun, als wäre ich nur so traurig wie jemand, der ihm gerade erst begegnet war. Und dass du bloß weintest, weil du noch so klein warst und der Tod dich allgemein mitnahm, nicht etwa, weil dein Vater gerade verschwunden war.«

»Aber warum?«, fragte ich dann immer.

»Weil wir die abschütteln wollten, die vielleicht hinter den Perlen her waren. Und ich bin bei dem Plan geblieben. Ich weiß bis heute nicht, ob jemand deinen Vater über Bord gestoßen hat. Auf dem Schiff gab es noch einen weiteren Passagier, einen böse aussehenden Teufel mit buschigem schwarzem Vollbart. Er und dein Vater hatten an diesem Tag gestritten. Einar traute ihm nicht, das weiß ich. Als du vor Kälte gewimmert hast, meinte der Bärtige: ›Stopf dem Blag das Maul!‹ Und als du weintest, weil Einar über Bord gegangen war, hat er gedroht, dich hinterherzuwerfen.«

Wenn ich die Augen schließe, sehe ich sein Gesicht dicht vor mir und *»Holl munnen!«* knurren. »Halt den Mund!« Bei der Erinnerung fröstelt es mich noch heute.

Und so segelten wir sechs Tage später durchnässt, halb erfroren und nach Schafskäse, Seehundfellen und Schiffsteer stinkend die Tine hinauf und gingen am langen Holzpier bei den Fischerhütten von Bord.

Meine Mutter hatte Dänemark als junge Ehefrau verlassen und kam nun in Teenmooth als Witwe mit einem kleinen vaterlosen Kind an.

Meine Wenigkeit.

Dann purzelte über tausend Jahre später ein winziges junges Mädchen bei uns in den Hof und stieß sich den Kopf. Und von dem Tag an änderte sich alles.

11. Kapitel

Am Morgen, als es geschah, sagte Mam zu mir: »Weißt du, was heute für ein Tag ist, Alve?« Nach wie vor nannte sie mich bei meinem Geburtsnamen, wenn wir allein waren. Also quasi immer.

Natürlich wusste ich es, aber ich tat, als wüsste ich es nicht, um ihr nicht die Freude zu nehmen, mich zu erinnern.

»Dreißig Jahre im Eichenhaus. Dreißig Jahre, seit wir hierher zurückgekehrt sind.« Lächelnd zeigte sie ihre Zahnlücken und drückte mich mit ihren kräftigen Armen. »Ich will nicht wieder umziehen. Nicht nach dem letzten Mal«, sagte sie bestimmt zum hundertsten Mal.

Ich rang mir ein Lächeln ab und nickte, verkniff mir zu sagen, dass die Welt sich immer rasanter veränderte.

Mam machte sich Sorgen. Wir beide taten es. Umzuziehen, unerkannt zu bleiben, das Leben überhaupt, wurde zunehmend schwieriger.

Einfach ist es nie gewesen. Mam und ich sind viel umhergezogen, aber es fand sich eigentlich immer jemand, der uns ein kleines Häuschen oder auch bloß ein Zimmer vermietete. Unseren Besitz beschränkten wir auf ein Minimum oder lagerten ihn ein, vor allem unsere Bücher.

Aber heutzutage? Heutzutage wollen alle alles über einen wissen. Mietverträge, Kontoauszüge, Genehmigung hierfür, Erlaubnis dafür, Formulare, die man ausfüllen muss, Ausweispapiere …

Mam hörte selten die Nachrichten im Hörfunk. »Zu verwirrend«, sagte sie, aber sie meinte eher »zu beängstigend«. Wir hatten so lange zurückgezogen gelebt, dass Mam die Welt mit ihren Autos, Düsenjets, Computern und Handys nicht mehr verstand.

Aber wenn Mam oben im Bett lag, hörte ich mitunter Nachrichten. Ich versuchte, alles zu begreifen, und sehnte mich danach, in dieser Welt zu leben, in der richtigen Welt mit all ihren Wundern.

Mam schnalzte abschätzig mit der Zunge. »Sie ist schon wieder da, Alve.« Sie trocknete sich die Hände ab und spähte aus der Klöntür. »Das ist schon das zweite Mal diese Woche. Und sie hat noch jemanden mitgebracht. Dahinten links. Siehst du?«

Das »kleine neugierige Mädchen« nannte Mam sie. Inzwischen weiß ich, dass sie Roxy Minto heißt. Gesehen hatte Mam sie schon vor einem Jahr, als sie uns ausspionierte. Anfangs rechnete Mam mit dem Schlimmsten, dass es wieder so kommen würde wie beim letzten Mal, als wir hier wohnten und diese Jungs uns das Leben schwer machten. Da hatten all die Fragen angefangen und wir mussten wegziehen.

Doch so war es diesmal nicht. Dieses kleine Mädchen wollte uns bloß beobachten. Wir hörten, wie sie sich bemühte, keinen Laut im Gebüsch zu machen.

Bislang war sie immer allein gekommen. Sie schlich sich an, lag vor dem Ginsterbusch im hohen Gras und schaute uns bei der Verrichtung alltäglicher Dinge zu. Dann wurde es Herbst, die Blätter fielen, und das Mädchen kam nicht mehr, wohl weil sie sich nicht länger verbergen konnte.

Es war lästig, ausspioniert zu werden, aber immer noch besser, als sich vor einem Angriff zu fürchten oder vor Anschuldigungen.

Welchen Anschuldigungen?

Hexerei?

Ich weiß, dass man im 21. Jahrhundert nicht mehr der Hexerei beschuldigt werden kann, aber in dieser Gefahr schwebten wir nun schon so lange, dass wir es uns zur Gewohnheit gemacht hatten, ganz zurückgezogen zu leben und jede Gesellschaft zu meiden.

Und so ließen wir sie gewähren. Dann kam der Frühling wieder und mit ihm das kleine Mädchen in den Büschen.

Mam ging zur Klöntür, die zum Hof lag, und blinzelte hinaus. Noch einmal sagte sie: »Ich ziehe nicht wieder um, Alve. Nicht nach dem letzten Mal.«

Das letzte Mal. Wie könnte ich das vergessen? Denn es hatte mit Jack zu tun, und Jack war der letzte Freund, den ich hatte.

AIDAN

12. Kapitel

Ich weiß nicht mehr, wie lange ich da stand und auf die Hintertür der Hütte starrte, in die Roxy verschwunden war, aber irgendwann rannte ich davon.

Eigentlich wollte ich Hilfe holen, Dad oder sonst jemandem sagen, was passiert war, und alles wäre wieder gut, doch in meiner Panik verirrte ich mich im Wald.

Schon klar, der Wald ist nicht besonders groß, aber es gab keine Wege, und ich lief kreuz und quer, kam mindestens zweimal wieder am großen Ginsterbusch vorbei, bevor ich bergauf lief, was ja auf jeden Fall die richtige Richtung war.

Eine gute Stunde später kam ich schwitzend, verdreckt, keuchend und verängstigt oben am Hang raus, nicht weit von Roxys »Garage«. Ich rannte auf unser Haus zu und da war sie.

Mit offenem Mund glotzte ich Roxy an, die ganz entspannt im Eingang ihres Containers unter dem flackernden AGE-Schild saß. Sollte sie nach der Begegnung mit der Hexe nicht ein wenig traumatisiert wirken? Das war sie nicht die Bohne.

»Dein Vater war hier«, sagte Roxy. »Na, dahinten hat er über den Zaun geschaut. Netter Typ. Heißt Ben.«

»Ja, Roxy, das weiß ich. Er ist mein Vater.« Ich war fix und fertig. Und ich wollte wissen, was mit ihr geschehen war.

»Mir geht's gut«, sagte sie, »falls du deshalb so seltsam aussiehst.«

»Tu ich das?«

Mit schief gelegtem Kopf musterte sie mich, überlegte.

»Ja. Du bist völlig verdreckt, hast Blätter in den Haaren und dein Gesicht ist rot und verschwitzt. Finde ich schon seltsam.«

»Aber was ist mit dir? Was ist passiert?«

»Also …«, setzte sie an, wurde aber unterbrochen.

»Da bist du ja«, sagte Dad und steckte den Kopf über den Zaun, der ihm bis unters Kinn reichte. »Mensch, was ist denn mit dir los? Du siehst aus, als hätte man dich rückwärts durch die Hecke gezogen!«

Das kam der Wahrheit bedeutend näher, als mir lieb war.

Aber warum? Warum sagte ich in dem Moment nicht:

»Dad, du glaubst ja nicht, was gerade passiert ist! Ich und Roxy (darf ich vorstellen? Roxy, mein Vater. Dad, Roxy) sind im Wald auf ein ganz unglaubliches Haus gestoßen. Wusstest du davon? Es ist wirklich gut versteckt. Und darin lebt diese Frau, die Roxy für eine Hexe hält, was sie natürlich nicht ist, auch wenn sie so aussieht! Jedenfalls ist Roxy bei ihr im Hof gelandet und hat sich den Kopf angestoßen, aber sie scheint nichts weiter zu haben. Ist das nicht cool, Dad?«

Doch das sagte ich nicht. Und ich glaube, ich weiß auch, warum.

Abgesehen davon, dass wir unerlaubt eingedrungen waren – das Schild und der Stacheldraht hatten schon dafür gesorgt, dass ich bei dem Abenteuer kein bisschen entspannt war –, verunsicherte mich, dass Roxy sich so locker gab. Mir war aufgefallen, dass sie hinterm Ohr am Haaransatz einen dicken Verband trug.

Deshalb hatte ich das Gefühl, dass es hier vielleicht um mehr ging. Und dass ich es vielleicht vermasseln würde, wenn ich zu viel preisgab.

Außerdem hatte ich ein schlechtes Gewissen, weil ich Roxy nicht zu Hilfe geeilt war und nur reglos wie eine Schaufensterpuppe im Gras gelegen hatte, während die blutende Roxy in die fremde Hütte getragen worden war. Das hätte Dad ganz sicher nicht gefallen.

Und deshalb log ich – und ich bin wohl der weltschlechteste Lügner. Als Dad »rückwärts durch die Hecke gezogen« sagte, schüttelte ich mich vor Lachen.

»Ja, klar! Habe ein bisschen die Gegend ausgekundschaftet, Dad! Habe mich verlaufen, aber nichts passiert, keine gebrochenen Knochen. Haha!«

Dad schaute mich merkwürdig an. »Jetzt aber zack, zack nach Hause. Ich brauche deine Hilfe bei den Fußbodenleisten.« Damit drehte er sich um und ging.

Na toll, dachte ich. Weiter renovieren. Bei unserem Einzug war das Haus in keinem guten Zustand gewesen.

Als er weg war, sagte Roxy: »Du bist ein miserabler Lügner, Aidan. Wenn man schlechte Schauspieler prämieren würde, könntest du sämtliche Preise einheimsen. Ich glaube sogar …«

»Ja, ja, schon gut. Vielen Dank auch. Es hat ja funktioniert. Was ist denn jetzt mit dir passiert?«

Im Container setzte sich Roxy hinter ihren ramponierten kleinen Schreibtisch. Ihre Finger waren vor dem Mund zu einem Dach gefaltet, die Ellenbogen aufgestützt. Jede Wette, dass sie cool und einschüchternd wirken wollte, aber dafür war sie zu klein und schmuddelig. Vielmehr wirkte sie wie ein Kind, das eine strenge Direktorin mimte.

»Es ist seltsamer, als wir dachten«, sagte sie.

»Es ist seltsamer, als *du* dachtest«, erwiderte ich. »Für mich sind es lediglich eine Frau und ihr Kind, die ein abgeschiedenes Leben geführt haben, bis du in ihren Hof geplumpst bist.«

»Die Frau hatte eine Katze, einen Kessel und einen Besen.« Roxy zählte es an den Fingern ab und nickte jedes Mal, als wäre damit alles bewiesen.

»Nein, Roxy. Sie hatte einen Kochtopf, eine schwarz-*weiße* Katze und einen … was weiß ich … einen Feger wie alle.«

»Aber du weißt ja nicht, wie es drinnen aussah.«

»Nein, aber ich habe gehofft, du würdest es mir sagen. Und wie geht es überhaupt deinem Kopf?«

Roxy fasste sich vorsichtig hinters Ohr und verzog das Gesicht. »Ist okay. Tut nicht mehr weh. Sie hat da so eine Tinktur draufgeschmiert.«

»Du meinst eine Zaubertinktur«, spottete ich.

Mit zusammengekniffenen Augen sah sie mich an. »Wenn du dich nur über mich lustig machen willst, dann verschwinde aus meiner Garage.« Sie zeigte mit dem Finger zur Tür.

Ich seufzte. »Tut mir leid. Aber … du weißt doch, dass es keine Hexen gibt. Keine Zauberei. Alles bloß Geschichten, das weißt du, oder?« Ich meinte es ernst und gab mir Mühe, sie nicht glauben zu lassen, ich wollte sie verspotten.

Roxy entspannte sich sichtlich. »Klar weiß ich das. Oder wenigstens wusste ich es.«

Sie holte einen Laptop unter dem Schreibtisch hervor und klappte ihn auf. Roxy drückte ein paar Tasten und ein Film begann. Und da fiel mir die Kinnlade runter. Also fast. Ihr wisst schon, wie ich das meine.

13. Kapitel

Zunächst hatte ich keine Ahnung, was da lief. Es waren bloß Geräusche wie Rascheln und Knacken zu hören und verschwommenes Graugrün zu sehen, während sich die Kamera durch … irgendwas bewegte.

Blätter. Unterholz. Gebüsch. Und dann ertönte glasklar eine Stimme, und zwar meine Stimme: »So was Flaches mit grünen Flecken?«

Dann Roxys Stimme: »Genau. Das ist ein Dach!«

»Halt sofort den Film an!«, sagte ich zu Roxy, und sie beugte sich vor, um die Leertaste zu drücken.

»Du hast das alles gefilmt?«

Sie sagte nichts, nickte nur grinsend.

»Aber … wie? Du hattest doch keine Kamera.«

Mit der linken Hand zerrte Roxy an ihrer Jeansjacke und hielt sie mir hin. Bei genauerem Betrachten entdeckte ich eine winzige Glaslinse, die in einem Messingknopf eingelassen war. Als Roxy die Jeansjacke aufschlug, kam ein schwarzes Kabel zum Vorschein, das zu einer Innentasche und einem silbernen Gehäuse führte.

»Ist das eine Kamera?«

»Ja. Eine Überwachungskamera, 720p HD-Auflösung, Videoaufzeichnung mit Ton.«

Ich nickte verständig, als wüsste ich, wovon zum Teufel sie sprach. »Oh, wow«, setzte ich hinzu. Es schien zu funktionieren, denn sie geriet regelrecht ins Schwärmen.

»Ja und das Beste daran ist, dass die Kamera mit 16,4 Mbits aufnimmt und nicht mit MJpeg-4, sodass man …«, sie hielt inne und sah mich prüfend an.

Ich setzte das Gesicht auf, das ich immer mache, wenn ich in der Schule nicht aufgepasst habe und der Lehrer es nicht merken soll. (Unser Mathelehrer Mr Reid kennt das Gesicht ziemlich gut.)

»Du hast keinen Schimmer, oder?«

Ich schüttelte den Kopf. »Hast du den Sturz auch drauf?«

Sie nickte zerstreut und drückte wieder auf PLAY.

Es war seltsam, noch einmal all das zu sehen, was sich erst ein paar Stunden zuvor ereignet hatte. Roxy spulte vor und übersprang den Teil, wo wir bloß durch den Wald streiften, bis kurz vor den Moment, als sie im Hof der Hexe landete.

(Habt ihr's gemerkt? Jetzt fange ich auch schon damit an. Die Frau ist keine Hexe!)

Roxy lag im hohen Gras und man sah auf dem Film nur ein Stück vom Erdboden.

»Runter mit dir! Sonst sieht sie dich noch.« Das war Roxy.

»Was? Und dann verwandelt sie mich in eine Kröte? Das riskiere ich.«

Eine Art Handgemenge war zu hören, dann rollte Roxy den Hang hinunter und traf mit einem heftigen Rums unten auf.

»Au!«, rief ich. Das klang nach einem schmerzhaften Sturz.

Sehen konnte man so gut wie nichts, nur verschwommene Bewegungen, bis das Bild wieder stabil wurde und größtenteils Himmel zeigte, als Roxy bewusstlos auf dem Rücken lag.

»Das muss wehgetan haben«, sagte ich.

»Wie Hölle«, antwortete Roxy. »Aber erst, als ich wieder zu mir gekommen bin.«

Auf dem Video waren Schritte zu vernehmen und dann das, was ich Feigling oben von der Böschung aus gehört hatte.

Die seltsamen Worte. Erst die Frau.

»Al-vuh. Al-vuh! Kuma!«

So klang es zumindest. Und dann folgte eine Menge unverständliches Zeug. Ich hielt die Luft an, als das Gesicht der Frau den Monitor ausfüllte. Die Frau beugte sich über Roxy und die winzige Kamera fing alles ein.

Roxy stoppte den Film. »Und da ist sie!« Aus Roxys Mund klang es, als kündigte sie eine Berühmtheit auf einem roten Teppich an.

Wir blickten gebannt auf den Bildschirm.

Wie alt mochte die Frau sein? Ehrlich gesagt, kann ich das Alter von Erwachsenen nicht gut schätzen. Für mich sehen alle über dreißig gleich aus, bis sie so sechzig sind. Dann bekommen sie Falten und weißes Haar wie Gran und Grandpa Linklater.

Also diese Frau konnte irgendwas über dreißig sein. Auf der Stirn und um die Augen hatte sie zwar Falten, doch das mochte auch an ihrem besorgten Gesichtsausdruck liegen. Ihr Haar war unter einem Schal verborgen, aber ein paar blonde Strähnen schauten hervor. Ihre Wangen glänzten hellrot wie Pink-Lady-Äpfel.

Roxy ließ den Film weiterlaufen. Die Frau rückte ein wenig ab, bewegte den Kopf hin und her, als würde sie das Ausmaß der Verletzungen abschätzen. Einst mochte die Frau mal sehr hübsch gewesen sein, doch als sie den Mund aufmachte, fehlten oben und unten Zähne, der Rest war verfärbt und kaputt.

Dann nahm sie die Sonnenbrille ab und ich sah ihre Augen: wasserblau mit feucht-rosa Rändern und blassen Wimpern.

»Hat schon mal jemand so müde ausgesehen wie die?«, fragte ich Roxy. »Als könnte sie ewig schlafen.«

Auf dem Bildschirm war wieder Himmel zu sehen und es folgte eine Unterhaltung in der fremdartigen Sprache. Für mich klang es wie: *»In-ann bolld.«* Das wiederholte die Frau zweimal.

»Da haben sie mich aufgehoben«, sagte Roxy. Eine Mauer tauchte auf, dann wurde es dunkler, als sie ins Haus gingen. Das Bild kam wieder zur Ruhe und man sah so was wie eine Decke und eine Hängelampe.

»Hallo? Hallo?« Nun erklang eine andere Stimme, die des Jungen. »Hörst du mich? Hallo? Bist du verletzt?« Ein leises Klatschen war zu vernehmen. Es kam wohl daher, dass jemand Roxy sanft tätschelte, um sie aufzuwecken. Schließlich erklang wieder die Frauenstimme, jemand schnappte nach Luft und stöhnte matt.

Der Junge sagte etwas zu der Frau und dann hörte man Husten und wieder ein Stöhnen.

»Das bin ich«, sagte Roxy. »Ich komme gerade zu mir und versuche aufzustehen.«

Und tatsächlich wackelte das Bild kurz, als Roxy sich aufsetzen wollte, doch dann sah man wieder bloß die Decke, und die Frau sagte: »Nein, Hinny. Leg dich mal wieder hin. Hast dir ordentlich den Kopf gestoßen. Ruh dich aus. Nicht bewegen. Schhh.«

Die Stimme war sanft und beruhigend. Der Dialekt klang nach Geordie, wie man ihn in Nordengland in der Region um Newcastle spricht. Aber nicht nur, dazu kam noch ein Akzent. Kristina Nilsen aus meiner alten Schule hat auch so gesprochen. Sie kommt aus Norwegen und hat einen Geordie-Dialekt.

So oder so war es nicht die krächzende Stimme einer Hexe, aber das sagte ich Roxy nicht.

Roxy spulte noch ein wenig vor.

»Da liege ich einfach nur so da und die unterhalten sich in ihrer Sprache.«

Auf dem Bildschirm war kurz eine Schüssel zu sehen. Roxy sagte: »Mit dem Zeug in der Schüssel hat sie mir die Wunde ausgewaschen. Hat eklig gerochen und wie verrückt gebrannt.«

Dann sagte die Frau: »Kannste dich aufsetzen, Hinny? Versuch's mal. Sachte, sachte. Geht's?«

Als Roxy sich aufrappelte, standen sie mit einem Mal vor ihr. Die kleine Kamera fing alles ein.

Der formlose Pulli der Frau schien selbst gestrickt. Ihre schlanken Hände wirkten rau und spröde. Sie hielt sie vor der Brust gefaltet, als wäre sie sehr besorgt.

Der obere Teil ihres Kopfes war nicht zu sehen, aber sie machte ein freundliches Gesicht. Sie sagte was zu dem Jungen: *»Go-ther svine, Alve. Go-ther svine.«*

Der Junge war eindeutig ihr Sohn. Von den blassblauen Augen bis zum aschblonden Haar und den langen Fingern ähnelten sie sich. Auch ihm fehlten Zähne und die anderen waren gelb. Seine Klamotten wirkten altmodisch. Stoffhosen (keine Jeans) und Hemd. Tante Alice hätte wohl »adrett« dazu gesagt, aber ich fand, er sah aus, als hätte er sich die Sachen von seinem Vater geborgt. Die Sonnenbrille, die ihm um den Hals hing, rundete das seltsame Outfit ab.

Im Hintergrund war ein dunkles, vollgestopftes Zimmer zu sehen mit altmodischen Sesseln und einem Tisch, auf dem sich Papiere stapelten. Der Kaminsims war mit Vasen und Schnickschnack überfüllt, auf dem Boden lagen weitere Papierstapel und …

»Mann, wie sieht es denn da aus!«, sagte ich.

Roxy lachte. »Oh, là, là, ein Ordnungsfreak!«, neckte sie mich. »Aber ich weiß schon, was du meinst. Und da hat es auch ziemlich gerochen …«

»Schlecht?«

Roxy kräuselte die Nase, als könnte sie sich so besser an den Geruch erinnern. »Nicht richtig schlecht. Nur … nach Mottenkugeln. So wie bei alten Leuten, die viel Krempel haben. Ein wenig muffig vielleicht. Es war aber alles sauber.«

Ich nickte. Bei Gran und Grandad roch es auch ein bisschen, dabei waren sie noch nicht mal richtig alt. Wieder schauten wir auf den Monitor.

»Wie fühlst du dich, Hinny? Bisschen schwindelig? Nun steh auf – sachte, sachte.«

»Sie klingt doch ganz normal«, sagte ich. »Richtig nett.«

»Ich weiß«, antwortete Roxy. »Wart's nur ab.«

»Kannst du dich bewegen? Nix gebrochen? War 'n ganz schöner Bums.«

Das Bild wackelte, während Roxy offenbar Arme und Beine bewegte. »Nichts gebrochen. Danke. Ich geh dann mal lieber.«

Dann meldete sich der Junge plötzlich wieder zu Wort. »Sicher? Du brauchst nicht sofort zu gehen. Nachher hast du noch eine Gehirnerschütterung.«

Daraufhin folgte eine Unterhaltung in ihrer Sprache, von der ich nichts verstand, nur das Wort *»Al-vuh«* fiel wieder. Weil man die beiden nicht sah, war es schwer einzuschätzen, aber es klang so, als würde die Frau den Jungen zurechtweisen.

»Halt mal an«, sagte ich zu Roxy. »Worum geht es da?«

Roxy zuckte die Achseln. »Woher soll ich das wissen?«

Wir spulten zurück, um es uns erneut anzuhören. »Wenn ich raten müsste, würde ich sagen, sie verbietet ihm, dich einzuladen. So klingt es wenigstens«, meinte ich.

Wir hörten es uns noch ein drittes Mal an und Roxy stimmte mir zu. »Ich wollte eh nicht bleiben. Ich hatte eine Heidenangst.«

Die Kamera fing nun den restlichen Teil des Zimmers ein. In manchen Ecken türmten sich die Bücher und Papiere so hoch, dass sie umzufallen drohten. An einer Wand stand ein Bücherregal, das wahrscheinlich so viele Bücher enthielt wie unsere gesamte Schulbibliothek, alle kreuz und quer reingestopft. Titel konnte ich keine erkennen, dafür bewegte sich die Kamera zu schnell, aber es waren alte Bände, keine grellbunten Taschenbücher. Der schwarz-weiße Schwanz einer Katze huschte durchs Bild.

Roxys Stimme: »Ich … ich muss jetzt wirklich gehen. Danke. Vielen Dank.«

Die Frau trat vor sie und wirkte jetzt wesentlich weniger freundlich.

»Hinny, du hast mir gar nicht erzählt, was du hier wolltest.

Was hattest du überhaupt auf unserem Grundstück zu suchen? Es ist eindeutig privat und du und dein Freund, ihr müsst ja die Zäune durchbrochen haben.«

»Mein … mein …«

»Deinen Freund. Oh ja, den haben wir auch gesehen, nicht wahr, Alve?«

Der Junge nickte gequält. Ganz offensichtlich behagte ihm das Kreuzverhör nicht.

»W… wir haben uns verlaufen.«

Die Frau rückte nah heran. »Ach ja? Dann mach so was nicht noch mal, sonst sag ich's den Bobbys.« Daraufhin lächelte sie kalt, so nach dem Motto: *Ich will ja nicht gemein sein, aber unterschätz mich nicht.*

Keine Ahnung, was sie mit »Bobbys« meinte. Ich sah Roxy an, doch die zuckte nur die Achseln. Es klang jedenfalls nicht gut.

Im Film stammelte Roxy Entschuldigungen und bewegte sich langsam aus dem Zimmer durch einen ebenfalls dunklen und komplett vollgestellten Flur auf eine riesige Holztür mit einem kleinen Fenster zu. Ihre Hände griffen nach der Klinke, und als sie sich noch mal umdrehte, stand bloß der Junge vor ihr.

»Tut mir leid«, sagte Roxy erneut und da geschah etwas Seltsames.

Der Junge lächelte scheu, was man wegen Roxys Größe nur am oberen Bildrand sah. Dann sagte er: »Mir auch.« Er schaute sich um und fügte noch leiser hinzu: »Vielleicht sehen wir uns ja mal wieder?« Irgendwie klang er traurig, aber auch hoffnungsvoll. Die Schritte seiner Mutter näherten sich.

Die Holztür wurde geöffnet und er sagte: »Da geht's lang.«

Am Bildrand winkte er ihr schüchtern hinterher und die (überwiegend) schwarze Katze huschte in der Ecke davon.

Dann machte sich Roxy aus dem Staub und man hörte nur noch stampfende Füße und das Bild hüpfte auf und ab.

Und nun saß sie völlig selbstzufrieden vor mir.

»Hab ich's dir nicht gesagt? Die fremde Sprache, die Tinktur, die alten Bücher, die Drohung? Die ist voll die Hexe!«

14. Kapitel

Da konnte ich reden und spotten, wie ich wollte, Roxy Minto ließ sich durch nichts davon abbringen, dass sie einer leibhaftigen Hexe begegnet war.

Wenn man von etwas überzeugt ist, schaltet man leicht auf stur, weil man ansonsten ja zugeben müsste, dass man kindisch war und sich geirrt hat.

»Natürlich trägt sie keinen schwarzen Hut und ist mit Warzen übersät. Das wäre ja auch zu offensichtlich«, verkündete Roxy.

»Verstehe. Die Tatsache, dass sie *nicht* aussieht wie eine Hexe, beweist, dass sie eine ist!«, sagte ich belustigt. »Und wenn sie nun einen spitzen schwarzen Hut gehabt hätte? Was hätte das bewiesen? Dass sie keine Hexe ist?«

Auf die fehlende Logik ging Roxy nicht ein. »Und außerdem hat sie einen Kessel und eine schwarze Katze.«

»Schwarz-*weiße* Katze, Roxy«, erwiderte ich verdrossen.

»Na und?«

Alles warf sie mir mit größter Unschuld zurück. Unsere Stimmen wurden lauter, und es entspann sich ein Streit, was ich nicht wollte, denn Roxy war lustig und mutig.

»Ich kann's aber beweisen«, sagte sie, und dann klingelte ihr Handy, ein fröhliches Klaviergeklimper, das perfekt zu Roxy passte. Sie blickte ungerührt auf den Laptop und ging nicht ran. Fragend sah ich sie an.

»Es ist meine Mum. Ich muss los.«

Mir ist gar nicht bewusst gewesen, dass Roxy ja die ganze Zeit über allein war. Bei mir schwirren meistens mein Vater oder meine Mutter rum, die Saft bringen, kontrollieren, ob ich einen warmen Pulli trage und ja nicht mit der Schere in der Hand renne, einfach Elternzeug eben. Aber Roxy schien den ganzen Tag elternlos zu sein.

Ihr Handy hörte auf zu klingeln und die Mailbox sprang an.

»Wo ist denn deine Mum?«, fragte ich.

Roxy deutete mit dem Kopf zum Haus. »Drinnen.«

»Und dann ruft sie dich an?«

Roxy seufzte tief und sprang auf. »Lange Geschichte. Erzähl ich dir ein andermal.«

Es war, als hätte man sie mit einer Nadel gepikt und mit dem Seufzer wäre ihr nicht nur alle Luft, sondern auch alle Lebensfreude entwichen. Ich hätte schwören können, dass selbst ihr störrisches Haar plötzlich wie geplättet am Kopf klebte. Sie verschloss die Containertür und legte den Schlüssel unter einen Stein. Sagen tat sie nichts, aber da sie wusste, dass ich alles beobachtete, war klar, dass sie mir vertraute.

Als sie sich zu mir umdrehte, kam wieder etwas Leben in ihre Augen: »Mitternacht.«

»Heute?«

»Nein, in zehn Jahren. Natürlich heute Nacht.« Damit schlüpfte sie durch die Lücke im Zaun. »Da ist Hexenstunde«, sagte sie noch, bevor sie verschwand. Ich starrte in den dichten Wald und versuchte, mir einen Reim auf alles zu machen.

»Ich kann's aber beweisen«, hatte Roxy gesagt.

Was hatte sie bloß damit gemeint? Sollte das heißen: *»Ich kann beweisen, dass die Frau gezaubert hat«* oder so einen Quatsch?

Roxy hatte es mit so einem überzeugten Leuchten in den Augen gesagt, dass ich nicht aufhören konnte, darüber nachzudenken.

Ich war drauf und dran, Roxy als harmlose Irre abzutun. Dann wären wir nie Freunde geworden, der Junge und die Frau im Waldhaus hätten in Frieden weitergelebt und Roxy hätte den Gedanken an »die Hexe im Wald« irgendwann fallen gelassen.

Doch dann geschah das Unglück, und Roxy und ich sollten die Letzten sein, die die Hexe noch lebend gesehen hatten.

ALFIE

15. Kapitel

Das Mädchen lief den Weg hinauf. Am liebsten hätte ich es begleitet, damit es sicher nach Hause kam, aber Mam hätte das bestimmt nicht gefallen. Außerdem wohnte das Mädchen nicht weit, bloß auf der anderen Seite vom Wald. Ihm gehörte eine lustige kleine Hütte mit einem Leuchtschild über der Tür. So viel wusste ich.

Biffa sprang mir auf den Arm. Deshalb hat das Mädchen wohl nicht gesehen, dass ich ihm zugewunken habe, als es sich zu mir umdrehte. Ich weiß es nicht. Vielleicht ja doch.

R. Minto.

Das stand auf dem Aufnäher auf seiner Jacke. Ich habe es gesehen, als ich das Mädchen vorhin ins Haus getragen habe. Außerdem führten irgendwelche Kabel zur Jackentasche. Bestimmt so ein Handy.

Ich sah ihm bis zur Biegung hinterher, für den Fall, dass es umkehren würde, tat es aber nicht. Biffa sprang mir vom Arm und knurrte leise. Ich lächelte.

»Magst du sie, Biffa?«, fragte ich in unserer alten Sprache. »Ich auch.«

Ich atmete tief ein. Es war ein ungewöhnlich warmer Frühlingstag, doch gegen Abend würde es kühler werden. Das lag schon in der Luft. Kein Wölkchen stand am Himmel, und sobald die Sonne untergegangen war, würde Mam sich über ein Feuer freuen, damit die Kälte nicht ins Haus kroch.

Ich hätte gleich zum Unterstand gehen und Brennholz holen sollen, aber ich dachte immer noch über R. Minto und ihren Freund nach und wie misstrauisch Mam gewesen war. Dann kam Biffa mit einem großen Käfer zurück und ließ ihn vor mir auf den Rücken fallen, wo er mit den Beinen zappelte.

»Nein, Biff«, lachte ich. »Lass doch den Käfer in Ruhe!« Ich drehte ihn wieder richtig herum und er huschte dankbar ins Gebüsch.

Das mit dem Holz habe ich dann komplett vergessen, was sich als größter Fehler der letzten tausend Jahre erweisen sollte.

AIDAN

16. Kapitel

Es war nach Mitternacht, als die Feuerwehrsirenen losgingen. Ich stand auf und schaute aus dem Fenster. Obwohl das Feuer im Wald ein ganzes Stück entfernt war, rutschte mir das Herz in die Hose. Sein Schein war so hell, dass er den Himmel erleuchtete.

Ich wusste sofort, was da brannte.

»Dad! Dad!«, rief ich.

»Mein Gott!«, hörte ich. »Was für eine Feuersbrunst.« Als ich mich umdrehte, stand Onkel Jasper nur mit Schlafanzughosen bekleidet hinter mir an einen Stapel Umzugskartons gelehnt, die noch nicht ausgepackt waren.

Durch das Fenster zog Rauchgeruch, also schloss ich es.

»Da steht ein Haus, weißt du«, sagte ich. »Im Wald.«

»Ach ja? Dann sind die Leute hoffentlich in Sicherheit. Grässliche Sache, so ein Feuer.« Jasper kratzte sich am Bart, und dann wanderten seine Finger weiter zum Hals und zur Brust, wo die Haare fröhlich weiterwucherten. Der Bart hörte eigentlich nie richtig auf, verschmolz einfach mit der restlichen Körperbehaarung.

Unten klingelte es an der Haustür. *Das ist bestimmt Roxy,* dachte ich.

Doch Dad öffnete nicht Roxy, sondern einem Feuerwehrmann die Tür. Und während ich nach unten stürmte, unterhielten sie sich. Durch den Spalt sah ich ein Feuerwehrauto mit blinkendem Blaulicht.

»Tut uns leid, dass wir Sie wecken, Sir, aber wir müssen an Ihrem Haus entlang einen Schlauch legen. Falls sich das Feuer ausbreitet, sind auch die Häuser ringsum in Gefahr, da müssen wir die Bäume tränken«, sagte er.

Der Feuerwehrmann ging wohl nicht davon aus, dass wir uns widersetzen würden, denn seine Kollegen entrollten bereits den Schlauch und schlossen ihn an den Hydranten vor unserem Haus an.

»Keinen Grund zur Sorge, mein Junge«, sagte der Feuerwehrmann zu mir. »Reine Vorsichtsmaßnahme.«

»Was ist mit dem Haus? Die Hexe … das Haus im Wald? Was ist mit den Leuten?«

»Darüber weiß ich nichts, mein Junge. Nun entschuldige mich.« Er wandte sich den Männern zu, die bereits durch die Gerümpel-Gasse liefen und Platz schufen.

Er log, das wusste ich gleich, und ich hatte Angst.

Ich stand auf dem Gehweg vorm Haus und sah den Feuerwehrleuten zu. Da entdeckte ich Roxy, die im kurzen Schlafanzug zitternd in der Tür stand und an ihrem Verband fummelte. Unsere Blicke trafen sich, und wir wussten, was der andere dachte. Ich winkte sie zu mir, denn ich wollte mit ihr darüber reden, was hier gerade passierte, ob wohl das Haus der Hexe brannte und ob jemand verletzt war oder Schlimmeres …

Doch Roxy schüttelte den Kopf und deutete nach oben, mit den Lippen formte sie das Wort »Mum«.

Dann war plötzlich meine Mutter hinter mir.

»Komm, Aidan. Steh hier nicht im Weg rum. Wenn du zusehen willst, schau oben vom Fenster zu.«

Draußen standen eine Menge Nachbarn in Hausschuhen auf der Straße und sahen dem Spektakel zu. Einer mehr oder weniger machte nun wirklich keinen Unterschied, aber ich hatte keine Lust auf Diskussionen.

Vom Schlafzimmerfenster aus entdeckte ich einen weiteren Feuerwehrwagen mit einer riesigen Leiter, die ausgefahren sogar noch die Häuser überragte. Der Feuerwehrmann, der sie bestieg, gab den anderen am Boden Anweisung, wie sie den Schlauch ausrichten sollten, und dann ergoss sich eine gewaltige Wasserfontäne über die Bäume, bis sie triefend nass waren.

Inzwischen wurde das orangerote Leuchten des Feuers immer größer, breitete sich aus und rückte näher. Als ein Baum umfiel, gab es einen Funkenregen, und kurz darauf ging das nächste Waldstück in Flammen auf, wohl weil das trockene Laub am Boden Feuer gefangen hatte.

Dad kam zu mir ins Zimmer. »Pack ein paar Sachen in die Sporttasche. Die Feuerwehrleute meinen, wir werden vielleicht evakuiert.«

Verständnislos blickte ich ihn an.

»Evakuieren. Das Haus verlassen. Zur Sicherheit. Zack, zack.«

»Aber … wir sind doch hier in Sicherheit«, protestierte ich.

»Nicht, wenn das Feuer noch näher rückt. Schau mal.« Dad zeigte zu einem Baum nicht weit von unserem Haus, an dessen Stamm schon kleine Flammen züngelten. Die Äste fingen bereits Feuer, bis die Feuerwehr den Schlauch darauf richtete und die Flammen erloschen.

Ich zog mir ein Paar Jeans über den Schlafanzug und fand noch einen dicken Pulli.

Grace Darling Close ist eine Sackgasse, die in einem Rondell endet. Die Straße hatte sich schon ordentlich mit Menschen und Fahrzeugen gefüllt. Susi und Prudi, die beiden Ladys von nebenan, trugen die gleichen blauen Nachthemden. Susi hielt einen kräftigen roten Kater auf dem Arm, der sehr miesepetrig guckte und jeden Feuerwehrmann anfauchte, der ihm über den Weg lief. »Ach Gottchen, keine Angst, der will nur spielen«, sagte sie mit ihrem deutschen Akzent. Da strapazierte sie die Wahrheit ein wenig, wie ich fand.

Neben den drei Feuerwehrwagen zählte ich noch zwei Polizeiautos, einen Mannschaftswagen der Feuerwehr und einen gelben Krankenwagen. Und dann fuhr noch ein weiteres Auto vor und zwei Frauen stiegen aus. Eine hielt eine Fernsehkamera und eine tragbare Leuchte. Sofort filmte sie wahllos so ziemlich alles: die Autos, die Menschenmenge. Ich rannte in Hausschuhen herum und zog mir diese seltsame Versammlung rein.

Susi und Prudi unterhielten sich mit der Reporterin. »Unsere Katzen sind furchtbar verwirrt, nicht wahr, Prudence?«, sagte Susi und Prudi nickte. »Thomas hat schon an einer unmöglichen Stelle sein Geschäft verrichtet, du unartiger, kleiner Schlingel.« Thomas gähnte.

Auf einmal erhob sich eine Stimme über das allgemeine Tohuwabohu.

»Lassen Sie mich runter! Lassen Sie mich sofort RUNTER, verdammt! Mir geht es gut. Lassen Sie mich endlich!« Alle drehten wir uns zu der Stimme um, die aus Roxys Haus kam. Dort trugen zwei Feuerwehrmänner einen in Decken gehüllten Stuhl die Vorderstufen hinunter, aus dem ein Kopf mit Haarnetz hervorschaute.

»Hier! Lassen Sie mich hier runter. Nein, HIER, Sie Idiot! Sind Sie TAUB?« Unter den Decken tauchte eine Hand hervor, die dem Feuerwehrmann im Takt der Worte auf den gelben Helm schlug. »Stopp!« Klonk. »Stopp!« Klonk. »Stopp!« Klonk.

Als der Stuhl am Ende des Weges abgestellt wurde, sah ich, dass es ein Rollstuhl war.

»Was zum Teufel ist nur in Sie gefahren?«, rief die Frau und raffte die Decken um sich.

Der Feuerwehrmann, der nun außer Reichweite war, lächelte trocken. »Gern geschehen. Mir ist nichts lieber, als Sie vor dem Feuertod zu bewahren.«

»Von wegen Feuertod! Mir ging es prima! Was zum Teufel … NEHMEN SIE DAS VERDAMMTE DING AUS MEINEM GESICHT! ICH WARNE SIE!« Nun hatte sie sich der Kamerafrau zugewandt, die den Tumult mitbekommen hatte, und die Frau filmte, wie sie den Feuerwehrmann anschrie.

»Tut mir leid«, sagte die Kamerafrau. »Haben Sie den Nachrichtenzuschauern im Fernsehen vielleicht was zu sagen?«

»Ja«, erwiderte die Frau. »Läuft das Ding? Gut. Hier ein paar Worte für die Zuschauer«, und damit ließ sie eine Salve von Schimpfwörtern vom Stapel wie Sch… und N… und noch mal N… und noch etliche, die ich nicht kannte. Es war so ein bösartiger Schwall und so laut, dass der Feuerwehrmann, den sie geschlagen hatte, loslachte.

Die Kamerafrau sagte: »Ähm … danke«, und verdrückte sich.

Auf einmal tauchte Roxy neben mir auf.

»Darf ich dir meine Mutter vorstellen«, sagte sie und zeigte auf die Frau im Rollstuhl.

»H… hallo«, stammelte ich. »Schön, Sie kennenzulernen.«

Sie würdigte mich keines Blickes.

»Verzieh dich!«

17. Kapitel

Am Ende wurden wir doch nicht evakuiert. Allmählich legte sich das Chaos in unserer Straße wieder. Die Einsatzwagen zogen der Reihe nach ab. Und die Leiter auf dem Feuerwehrwagen wurde eingefahren. Holzrauch hing in der Luft wie nach einem gigantischen Freudenfeuer.

Als sich der Himmel im Osten lichtete, machte der Brandmeister (der zwei Streifen am Helm trägt, das Einzige, was ich vom Besuch der Feuerwehrwache in der Vorschule behalten habe) die Runde zwischen den Nachbargrüppchen, die noch draußen standen.

Roxy hatte ihre Mutter wieder ins Haus geschoben. Ich hatte nicht weiter mit ihr gesprochen (wollte ich auch nicht).

Dad trank einen Becher Tee und hatte auch einen für den Feuerwehrmann gemacht, der auf der Leiter gestanden hatte. Ich glaube, sie merkten gar nicht, dass ich hinter ihnen auf der Treppenstufe saß.

»… das geht so schnell, Mann«, sagte der Feuerwehrmann und schlürfte durstig seinen Tee. »Trockenheit, ein bisschen Wind, da reicht ein Funke!«

»Ist denn jemand verletzt worden?«, fragte Dad, als könnte er meine Gedanken lesen. Der Feuerwehrmann nahm noch einen Schluck und überlegte.

»Eigentlich soll ich ja nichts sagen, bis es offiziell ist, aber …« Er hielt inne und Dad wartete geduldig. »Aber das hilft ihm jetzt auch nicht mehr.«

Ihm? Hatte er gerade »ihm« gesagt? Mir stockte das Herz.

»Oder ihr«, fuhr er fort. »Jedenfalls … haben wir eine Leiche gefunden. Bislang wissen wir nicht mal, wer dort überhaupt gelebt hat. Uns ist es nicht gelungen, mit den Fahrzeugen durchzukommen, und die Schläuche waren nicht lang genug. Die hatten keine Chance.«

Die? »Die« in »er« oder »sie« oder »die« in … So müde und durcheinander, wie ich war, wusste ich nicht mehr, was ich glauben sollte.

Dad schüttelte den Kopf. »Ein schrecklicher Tod.«

»Schön ist es nie, wenn man nicht bereit ist. Aber so? Geht wenigstens schnell. Bevor die Flammen dich erreichen, bist du längst erstickt.« Der Feuerwehrmann lächelte aufmunternd, aber es war trotzdem unglaublich traurig. Ich ließ den Kopf auf die Knie sinken, mir war zum Heulen. Offenbar hatte ich ein leises Schluchzen von mir gegeben, denn Dad und der Feuerwehrmann schauten zu mir.

»Na, komm, mein Junge. Du gehörst ins Bett, was? Das war vielleicht 'ne Nacht!« Irgendwie hatte der Geordie-Dialekt des Feuerwehrmanns was Beruhigendes.

Als ich aufstand und kurz zum Abschied nickte, lief mir eine Träne über die Wange. Ich wischte sie rasch mit dem Ärmel weg.

»Mir … mir ist Rauch in die Augen gekommen.« Keine Ahnung, warum ich das sagte.

»Ja, ja. Das passiert. Geht uns allen so«, sagte der Feuerwehrmann und klopfte mir auf die Schulter. »Spring noch mal unter die Dusche. Das wird dir guttun, dann bist du auch den Geruch los.«

18. Kapitel

Ich wurde um zehn Uhr wach und schaute eine Weile aus Libbys Fenster. Am hellblauen Himmel war keine Wolke zu sehen, hinter den Bäumen stiegen vereinzelte Rauchfahnen empor. Als ich das Fenster öffnete, roch es noch nach verbranntem Holz.

Unten im Fernsehen liefen die Lokalnachrichten. Es wurden Bilder von Feuerwehrmännern und Leuten in weißen Schutzanzügen gezeigt, die um ein ausgebranntes Haus standen. Und mit »ausgebrannt« meine ich, dass nur noch ein paar verkohlte Mauern übrig waren, eine Tür und die Hälfte des Obergeschosses, das ein Stück Dach trug. Man konnte noch die Überreste eines Tisches und anderer Möbelstücke ausmachen, die Kamera zeigte in Nahaufnahme verbrannte Bücher, eine Steinspüle, ein Bücherregal und ein Bild, das schief an der Wand hing.

»… als die Feuerwehrmänner eintrafen, brannte es bereits lichterloh. Das abgelegene Haus, das zum Teil noch aus dem 18. Jahrhundert zu stammen scheint, wurde in dem Inferno vollkommen zerstört. Der Sprecher der Feuerwehr spricht vom schlimmsten Hausbrand, den er je miterlebt hat.

Brandschutzleiter Harry Oxley: »Am Tatort haben wir eine Leiche geborgen, die sich zur Obduktion in der Gerichtsmedizin befindet. Mehr kann ich im Moment nicht sagen.«

Reporterin: »Haben Sie schon irgendwelche Hinweise auf die Brandursache?«

Brandschutzleiter Oxley: »Derzeit verfolgen wir alle möglichen Spuren, doch bislang deutet nichts auf Fremdeinwirkung hin.«

Reporterin: »Das Feuer hat auf den Wald übergegriffen und die Einwohner des benachbarten Wohngebiets Delaval wurden alarmiert und auf eine mögliche Evakuierung …«

In dem Moment gab es einen Schnitt und die Kamera zeigte unsere Straße. Und dort stand ich und blickte zu dem Feuerwehrmann auf der Leiter empor. Normalerweise hätte ich gerufen: »Dad! Dad! Guck mal, ich bin im Fernsehen!« Doch ich verfolgte bloß traurig den Rest der Sendung.

»… wurde kurz vor dem Morgengrauen unter Kontrolle gebracht. Bis die Ermittlungen der Polizei und der Feuerwehr nach der Brandursache und der Identität des unglückseligen Opfers abgeschlossen sind, bleibt der Bereich gesperrt. Und das war es aus Whitley Bay für North Today. Mein Name ist Janey Calvert.«

Als es am Fenster klopfte, schreckte ich so zusammen, dass ich Milch aufs Sofa kleckerte. Es war Roxy.

»Immer noch im Schlafanzug?« Ihre hohe Stimme klang durch die Scheibe gedämpft. »Wir treffen uns in zehn Minuten in der Garage. Es ist wichtig.«

19. Kapitel

Noch immer tropfte das Wasser von den Bäumen, und der Boden hatte sich in hellen Schlamm verwandelt, in dem frische Fußspuren zu sehen waren. Roxy war offenbar schon da, also stieß ich die Containertür auf, aber drinnen sah ich niemanden.

In dem Moment zwängte sich Roxy durch das Loch im Zaun, ihr winziger Fuß zuerst, ihr Wuschelkopf zuletzt.

»Hey«, sagte sie und registrierte gleich, dass die Tür offen stand. »Wie bist du rein?«

»War offen«, antwortete ich, legte den Finger an die Lippen und deutete auf die Fußspuren im Schlamm, die dann also nicht von ihr stammten. Nun fiel mir auch auf, dass die Spuren in die Garage hineinführten.

Automatisch senkte Roxy die Stimme. »Jemand ist da gewesen. Meinst du, es war einer der Feuerwehrmänner?«, fragte sie.

Ich zeigte auf die kleinen Abdrücke. »Der muss aber zarte Füße gehabt haben.«

Roxy stieß ein bellendes Lachen aus. »Sehr gut, Sherlock Holmes! Aber was ist mit meinem Laptop?«

Ich zuckte die Achseln, und sie drängte sich an mir vorbei zum Schreibtisch, wo sie den Computer verwahrte. Dann schrie sie.

Und ich meine, so richtig.

Für ihre zierliche Statur war das ein gellender Schrei, danach schnappte sie ein paarmal nach Luft. »Ah, ah, ah«, und dann, »Aidan!«

»Was?« Ich stand bloß da, ohne zu wissen, was sie von mir wollte, denn ich hatte ja keine Ahnung, was los war.

Roxys Blick war auf etwas unter dem Schreibtisch gerichtet, das ich nicht sehen konnte.

»D… da ist … jemand.«

Okay. Wir hätten den Garagencontainer einfach ganz ruhig verlassen, die Tür hinter uns abschließen und die Polizei rufen sollen.

Das wäre vernünftig gewesen. Das solltet ihr tun, wenn ihr jemals in die Situation kommt, einen Fremden in einem alten Baucontainer unterm Schreibtisch zu finden.

Stattdessen packte ich den Schreibtisch mit beiden Händen und kippte ihn, bis er umfiel und eine kleine Person entblößte, die sich wie ein verängstigter Igel zusammengerollt hatte und sichtbar zitterte.

»Was zum …«

»Wer zum …«

Langsam wie ein knospendes Blatt im Frühling hob die Person den Kopf, straffte den Rücken und schaute zu uns hoch.

»Du!«, riefen Roxy und ich im Chor.

Der Junge aus dem Waldhaus blinzelte ins Licht, das von der Tür hereinfiel, und erhob sich langsam. »Meinemam … meinemam … meinemam …«

Mehr nicht. Stammelnd und blinzelnd wandte er sich erst mir und dann Roxy zu.

Natürlich begriff sie es als Erste.

»Deine Mam?«

Er nickte. »Meine Mam.« Er schluckte schwer und blinzelte weiter ins Licht.

ALFIE

20. Kapitel

Der letzte Freund, den ich hatte, hieß Jack McGonagal. Und mit Jack hat sich alles verändert.

An 1934 könnt ihr euch bestimmt nicht erinnern. Mir gefiel es. Wir hatten weder Kühlschrank noch Telefon, aber so ging es den meisten Leuten damals. Fernsehen und Computer waren gerade mal erfunden, aber es sollte noch mindestens sechzig Jahre dauern, bis alle Welt das Internet nutzte, E-Mails schrieb und alle alles voneinander wussten. Was natürlich nicht besonders günstig ist, wenn man ein Geheimnis bewahren will.

Zu der Zeit lebten Mam und ich schon seit fast achtzig Jahren im Eichenhaus. Mam hatte es 1856 für 300 Pfund in bar gekauft. Damals ging das. Es war legal und Mam und ich hatten genügend Geld.

Auf jeden Fall lag das Haus abgeschieden, was für uns ideal war. Zu der Zeit gab es weit und breit keine anderen Siedlungen. Auf dem Stück Land neben dem Haus bauten wir Obst und Gemüse an. Wir hatten eine Ziege namens Amy und Hühner. (Den Hühnern gaben wir keine Namen, weil wir sie mitunter aßen.)

Biffa liebte das Haus. Vor uns hatte es eine Weile leer gestanden und es gab eine Menge Mäuse. Sie fing sie innerhalb weniger Wochen.

Wir lasen viel, und seit der Erfindung des Radios hörten wir auch Radio oder Hörfunk, wie wir es nannten.

Ein- oder zweimal die Woche fuhr Mam auf unserem alten, klapprigen Rad nach Whitley Bay, manchmal fuhr auch ich, um Lebensmittel zu kaufen. Um die Schule machte ich immer einen großen Bogen, damit ja niemand dachte, ich schwänzte.

Es gab einen Lebensmittelladen in Eastbourne Gardens, der Mr und Mrs McGonagal gehörte. Mr McGonagal war hochgewachsen und dünn, hatte große rote Ohren und scharfe Augen; Mrs McGonagal war klein und pummelig. Sie hatten einen Sohn in meinem Alter, der Jack hieß und hinterm Tresen aushalf.

Jack und ich grüßten uns irgendwann, und einmal half er mir, die Kette wieder aufs Rad zu ziehen. Als Dankeschön ließ ich ihn mal mit dem Rad fahren. Da sagte er: »Wo wohnst du eigentlich?«

»Hexham«, log ich. Ich wusste, was ich zu sagen hatte. »Ich bin nur zu Besuch bei meiner Tante.«

Mit der Geschichte kamen wir gut durch, falls jemand mal fragte, was selten vorkam, denn wir sprachen kaum mit Leuten. Hexham liegt etwa vierzig Kilometer entfernt, nicht zu weit, aber auch nicht so nah, dass es zu vertraut war.

»Wo gehst du denn zur Schule?«, fragte Jack. Es war vier Uhr nachmittags in der Schulzeit.

»In Hexham«, sagte ich. »Unsere Schulen haben heute geschlossen. Ist ein regionaler Feiertag.«

»Mensch, was für ’n Glück!«, sagte Jack.

Und weiter fragte er nicht nach. Ich mochte Jack. Ich nahm ihn hinten auf dem Gepäckträger mit bis zum Park beim Strand, wo wir mit Steinen auf eine Dose warfen. Jack konnte auf den Händen laufen, und als er versuchte, es mir beizubringen, lachten wir uns halbtot. Wir hatten eine Menge Spaß.

Es war schon eine Weile her, seit ich einen Freund gehabt hatte, und auch Jack wirkte etwas einsam. Als es langsam dunkel wurde und ich ja noch ohne Licht nach Hause radeln musste (und womöglich vom Schutzmann angehalten werden würde, der mich nach Hause bringen und unangenehme Fragen stellen könnte), sagte ich zu Jack: »Samstag bin ich wieder hier. Wollen wir uns treffen?«

Und das taten wir auch. Im Musikpavillon spielte eine Blaskapelle und wir aßen Pommes (die ich bezahlte), schauten auf die große weiße Kuppel von *Spanish City,* der Spielhalle, und Jack berichtete von seinem Vater, der mal einen Elch in Kanada geschossen hatte …

Warum erzähle ich euch das alles?

Damit ihr versteht, wie verletzt ich war, als mein neuer Freund Jack, der witzige, dürre Jack mit seinen knochigen Knien und viel zu weiten Shorts, mir in den Rücken fiel. Obwohl es eigentlich gar nicht seine Schuld war. Jedenfalls nicht nur.

21. Kapitel

Natürlich wurde Jack älter und ich nicht. So war es immer mit Freunden und es fiel mir jedes Mal schwer. Ich habe mich nie daran gewöhnt.

Nachdem wir uns ein oder zwei Jahre kannten, begann Jack, lange Hosen zu tragen. Und ein oder zwei Jahre darauf wuchs ihm ein flaumiger Bart und seine Stimme wurde tiefer.

Soweit Jack wusste, kam ich fast jedes Wochenende, um meine »Tante« zu besuchen. Zwischendurch erholte ich mich auch immer wieder mal von einer ominösen Krankheit, die längere Aufenthalte an der gesunden Seeluft von Whitley Bay erforderte. Und dann gab es ja auch noch die Sommerferien.

Jack besuchte uns sogar zu Hause im Wald. Auch wenn Mam ihn mochte, blieb sie misstrauisch. Am liebsten hätte sie niemanden in unserer Nähe gehabt.

»Das nimmt kein gutes Ende, Alve«, warnte sie mich. Ich wollte ihr nicht glauben. Jack war anders, dafür legte ich meine Hand ins Feuer.

Wenn Jack es wunderte, dass ich nicht wuchs, sagte er zumindest nichts. Anders seine Mutter.

»Eh, Alfie Monk, bekommst du zu Hause nichts zu essen?«, fragte mich Mrs McGonagal eines Tages im Laden. »Schau dich nur an! Da wächst ja der Schimmel am Käse schneller.«

»Ma!«, rief Jack, aber auch er musste lachen. Wahrscheinlich dachte er sich nichts dabei, aber ich zuckte innerlich zusammen, denn ich kannte das alles schon. Der Verdacht, das Misstrauen, der allmähliche oder auch manchmal ganz plötzliche Rückzug von diesem seltsamen Freund, der nicht älter wird.

Kurz darauf kriegte ich mit, wie er über mich redete. Ich war in den Laden gekommen. Die Ladenglocke, die normalerweise einen Kunden ankündigte, war seit ein paar Tagen kaputt, also bemerkte mich keiner.

Ich hörte Jack im Hinterzimmer. In seiner tiefen Stimme wiederholte er den Witz seiner Mutter: »... wächst ja der Schimmel am Käse schneller, ich sag's dir!«

»Hör auf, Jack. Mach dich doch nicht auch noch lustig. Vermutlich hat er Wachstumsstörungen oder so.« Die Stimme gehörte einem jungen Mädchen, Jean Palmer, die Jack umwarb. Ich war ihr auch ein- oder zweimal begegnet. Sie war hübsch.

»Bei Alfie ist es anders. Da stimmt was nicht«, sagte Jack. »Er hat sich in fünf Jahren nicht verändert. Fünf Jahre! Und hast du mal gehört, wie er spricht? Angeblich ist er aus Hexham. Ich kenne zufällig Leute aus Hexham, so redet da kein Mensch.«

Inzwischen hatte ich mich hinter einem Stapel Kartons verschanzt. Ich wollte nicht, dass sie rauskamen und bemerkten, dass ich gelauscht hatte.

»Ja, er spricht schon etwas seltsam, da hast du recht«, meinte Jean Palmer. »Aber ich mag ihn.«

»Mit dem stimmt was nicht, Jean. Und mit seiner Tante auch

nicht. Die sieht dir beim Sprechen nie ins Gesicht. Lebt allein im Wald mit einer Ziege. Die alte Lizzie Richardson hat Ma erzählt, dass sie sie von früher aus North Shields kennt, wo sie selbst einen Sohn hatte, der auch Alfie hieß. Ist doch komisch, oder?«

»Lizzie Richardson? Die ist doch schon über achtzig.«

»Sag ich doch, Jean. Und wenn Mrs Richardson sie noch aus Shields kennt, dann ist Mrs Monk mindestens sechzig.«

»Dafür hat sie sich aber gut gehalten.«

In dem Augenblick kam ein Kunde und rief »Hallo«. Keiner bekam mit, wie ich den Laden verließ. Niedergeschlagen radelte ich nach Hause.

So war es bislang jedes Mal gewesen, nur diesmal geschah es schneller als sonst.

Ihr seht also, dass es unmöglich ist, nicht älter zu werden, ohne dass es jemandem auffällt. Die Leute schwatzen, die Leute tratschen. Meist kommt man eine ganze Weile damit durch, länger, als man denkt, aber irgendwann sind Menschen eben bloß … Menschen.

Oft erfinden sie Gründe, um das Unerklärliche zu erklären, und Mam und ich halfen ihnen dabei, stifteten Verwirrung. War ich Mams Sohn oder ihr Neffe? Mam ermunterte die Leute, zu glauben, schon ihre Mutter hätte im Eichenhaus gelebt.

Und die Alten mit gutem Gedächtnis wie Lizzie Richardson sterben auch irgendwann und mit ihnen der Verdacht. Die Hinterbliebenen denken schließlich, dass es sich bloß um die Hirngespinste eines verwirrten alten Menschen handelt, denn die Wahrheit ist zu unglaublich.

Aber alle kann man nicht täuschen. Nicht dauerhaft.

22. Kapitel

1939 war Jack sechzehn, ein großer junger Mann mit einem schiefen Lächeln. Zum Geburtstag hatte ich ihm eine Schachtel Zigaretten geschenkt, denn das war damals so üblich. Er bot mir eine an, aber ich hatte es vor Jahren schon mal mit dem Rauchen versucht und mir schmeckte es nicht. Als ich ablehnte, erntete ich ein spöttisches Grinsen.

Ein paar Wochen, nachdem Jack im Hinterzimmer über mich geredet hatte, war ich im Laden in Eastbourne Gardens vorbeigegangen. Es war Sommer und Mrs McGonagal stand hinterm Tresen.

»Jack ist nicht da. Er ist zurzeit sehr beschäftigt. Er hilft viel im Laden, da kann er nicht rauskommen.«

Was stimmte nun? War er nicht da oder durfte er nicht rauskommen? Mir war klar, dass sie log.

»Soll … soll ich morgen noch mal wiederkommen?«

»Nein, mein Junge. Das lass mal lieber bleiben. Wie gesagt, Jack ist sehr beschäftigt.«

»S-sagen Sie ihm, dass ich hier war?«

»Ja.« Ihre Aufmerksamkeit galt schon der nächsten Kundin.

»Mrs Abercrombie, wie geht es der kleinen Queenie? Haben Sie schon das Neuste von Hitler gehört? Später soll es eine Bekanntmachung geben.«

Im Hinterzimmer kicherte ein Mädchen. Die Tür war bloß angelehnt, sodass die Geräusche nach draußen drangen. Und auch der Zigarettenqualm.

In dem Moment wusste ich, dass Jack und Jean dort im Zimmer waren. Und über mich lachten.

Da begriff ich, dass er sich nicht mehr mit einem Jungen abgeben wollte, der aussah wie elf. Ein Junge, der zu keiner Tanzveranstaltung zugelassen würde, ein Junge, der nicht rauchte, ein Junge, der sich nicht für Mädchen interessierte, ein Junge, der … bloß ein Junge war. Ein seltsamer Junge, das war ich. Bin ich.

Ich schluckte schwer und atmete tief durch. Auch wenn es mir nicht zum ersten Mal passierte, machte es mich wütend.

Ich stand noch draußen, als Jack und Jean aus dem Laden kamen und in unterschiedliche Richtungen davongingen.

Jack lief die Straße entlang, meine Wangen brannten vor Scham. Und dann warf ich alle Vorsicht, die mich jahrhundertelang begleitet hatte, über Bord und rannte ihm hinterher. »Hey!«, rief ich. »Hey, Jack!«

Er drehte sich um.

»Oh. Hallo, Alfie!« Er wurde rot.

Was sollte ich nun sagen? Das hatte ich mir nicht überlegt. Einen Moment standen wir uns bloß gegenüber, ich noch der Junge in kurzen Hosen und er, der junge Mann. Jack zog lässig an seiner Zigarette und schaute auf mich herunter. Er war so viel größer. Da konnte ich mir nicht länger etwas vormachen.

»Ich habe gehört, was du neulich zu Jean gesagt hast. Dass was mit mir nicht stimmt.«

»Ähm. Hhmm.« Er kaute auf der Unterlippe und mied meinen Blick, bevor er eine Rauchwolke ausblies.

»Ich dachte, du wärst mein Freund.«

»Bin ich auch, Alfie. Ich bin nur …« Er schaute verlegen zur Seite. Ihm war es peinlich, aber das war mir egal. »Wollen wir uns setzen?«

Wir ließen uns auf eine lange Mauer nieder. Er knöpfte sich das Jackett auf und schob die Hose über den Knien hoch, bevor er sich setzte. Alles wirkte so … erwachsen.

»Das Ding ist, Alfie …«, er hielt inne.

Ich glaube nicht, dass er wusste, was das »Ding« war. Sofort fiel ich ein. »Du schämst dich für mich, ist es das?«

Er zögerte, bevor er sagte: »Nein, Alfie!«, aber durch das Zögern verriet er sich, und nun wusste ich, was ich wissen musste. Mir schnürte sich die Kehle zusammen.

»Ich muss nicht so bleiben, weißt du!«, sagte ich mit immer lauter werdender Stimme. »Ich kann es rückgängig machen!«

»Du kannst es rückgängig machen? Was denn?«

Ich hatte schon viel zu viel preisgegeben, also hielt ich den Mund, aber ich keuchte.

»Hör zu, Alfie«, sagte Jack und sprang von der Mauer. »Du bist in Ordnung. Du bist ein guter Freund gewesen. Aber … na ja, die Menschen verändern sich.« Er trat die Zigarette aus.

Und das war es. Er drehte sich um und lief die Eastbourne Gardens hoch, und wieder einmal versuchte ich, den Kloß im Hals hinunterzuschlucken.

23. Kapitel

Mam sagte ich davon nichts, das hätte sie nur traurig gemacht. An dem Abend molk ich Amy und wendete wie immer die Käse in der kleinen Käsekammer. Und die ganze Zeit saß mir dieser Kloß im Hals.

Später hörten wir Radio. Der Premierminister Mr Chamberlain verkündete, dass wir uns wieder im Krieg mit Deutschland befänden. Dabei hatten wir beide das Gefühl, als sei der letzte Krieg gerade erst vorbei.

Endlich weinte ich. Als ich vor dem Feuer saß, lief mir eine dicke Träne über die Wange, und Schluchzer schüttelten mich wie Wellen ein Schiffswrack.

Mam dachte, ich würde wegen des Krieges weinen, aber das stimmte nicht. Ich sehnte mich zum zigsten Mal danach, erwachsen zu werden, so wie Jack, wie alle anderen Jungen.

Konnte Mam meine Gedanken lesen? Manchmal kam es mir so vor. Sie setzte sich zu mir und rieb mir über den Rücken. Wie schon so oft fuhr ich mit dem Finger über die beiden Narben auf ihrem Oberarm, während sie ein trauriges Lied sang. Die Worte stammten aus unserer alten Sprache, und Mams bebende

Stimme machte mich noch trauriger, sodass ich mit dem Kopf in ihrem Schoß wie ein kleines Kind schluchzte.

Ich dachte, dass ich Jack McGonagal nie wiedersehen würde und dass es das Ende der Welt bedeutete.

In beiden Fällen lag ich falsch.

24. Kapitel

Mam und ich hatten schon viele Kriege erlebt, doch dieser war anders. Bei den vorherigen Kriegen hatte es keine Kampfhandlungen in unserer Nähe gegeben. Die Kämpfe wurden von Soldaten oder Flotten ausgetragen, ohne dass wir verwickelt waren. Am nächsten dran war ich damals gewesen, als die Männer aus dem Norden über die Tine gekommen waren und wir fliehen mussten.

Einmal mussten wir an Feldern vorbei, wo ein paar Wochen zuvor große Schlachten stattgefunden hatten und der Geruch von Krieg und Tod noch in der Luft hing.

Aber durch die Bomben war bei diesem Krieg alles anders. Nun kam der Feind zu uns und alles war ein einziger unaufhörlicher Kampf. 1940 und 1941 flogen die deutschen Flugzeuge immer wieder über uns. Meistens nachts, manchmal aber auch tagsüber.

Die Bomben galten den Fabriken in Newcastle und den Schiffswerften in Wallsend und North Shields. Aber die Deutschen zielten nicht besonders gut. Einmal kam Mam vom Einkaufen zurück und setzte sich schwer auf einen Stuhl.

»Fast hundert Seelen sollen es gewesen sein, Alve. Die haben Schutz vor den Bomben gesucht. Der Bunker ist direkt getroffen worden. Und Mr McGonagal aus dem Laden war auch darunter.«

Der arme Jack. Sein Vater.

(Am Ende waren es 107 Tote. Eine einzige Bombe hatte die Limonadenfabrik in North Shields getroffen, unter der der Luftschutzbunker lag.)

Kurz vor dem Krieg hatte ich Sorge, dass es mit den Gerüchten um mich und Mam losgehen würde. Es genügte, wenn einer damit anfing. Als aus den Kriegsmonaten aber Jahre wurden, stellten wir mal wieder fest, dass es vergleichsweise einfach war, unbemerkt zu bleiben.

Wenn man sich bedeckt hält, keinen Ärger macht, kräht kein Hahn nach einem. Die Behörden haben Wichtigeres zu tun, besonders in Kriegszeiten. Eine Frau und ihren »Neffen« kann man da getrost vergessen.

Über ein Jahr lang verhielten wir uns ruhig. Natürlich musste man Formulare ausfüllen, um Lebensmittel zu bekommen, die rationiert waren. Mam kam damit bestens klar, legte Geburtsurkunden und offizielle Dokumente vor, die fast jeden überzeugten.

Dank unserer Hühner aßen wir reichlich Eier, denn Fleisch war knapp. Hin und wieder töteten wir auch eines der Hühner, wenn es keine Eier mehr legte. Das war meistens meine Aufgabe. Und in genau so einem Moment tauchte Jack in Uniform auf.

Es war keine richtige Uniform, wie sie Soldaten trugen, dafür war er noch zu jung. Er war Kriegsreserve-Wachtmeister und gehörte der Polizei an.

Jacks Uniform sah aus wie die eines Polizisten, nur dass sie schlecht saß, die Ärmel reichten bis zu den Fingerknöcheln, und die Hosen waren so kurz, dass man die Socken sah. Dennoch merkte man ihm an, wie stolz er war.

Ich hatte Jack seit über einem Jahr nicht mehr gesehen und er war inzwischen noch größer und erwachsener geworden. Fast achtzehn Jahre alt musste er sein. Und wie immer, wenn ich erlebte, dass jemand, den ich kannte, älter wurde und mich hinter sich ließ, schnürte sich mir das Herz vor Kummer zusammen.

Jack wirkte munter, fast dreist, als er sich selbst in den Hof ließ, wo ich einem altersschwachen Huhn nachstellte.

»Guten Morgen«, rief er. Mam drehte sich als Erste zu Jack in Uniform und Blechhelm um.

»Hallo, Jackie«, sagte sie zwar, aber in ihrer Stimme lag Misstrauen. »Schmucke Uniform. Sieht erwachsen aus, was, Alfie?«

Ich grunzte bloß. Ich freute mich nicht besonders, ihn zu sehen. Anders als Mam fiel es mir schwer, »normal« zu tun.

»Bist du den ganzen weiten Weg in der Hitze mit dem Rad gefahren? Möchtest du ein Glas Wasser?«

»Ja, bitte, Mrs Monk.« Jack vermied es, mich anzusehen, aber ich wusste, dass da was im Busch war, denn er war viel zu förmlich.

»Und den Blechhelm kannst du auch abnehmen. Mr Hitler bombardiert uns heute nicht mehr.«

Wir saßen im Hof und schauten auf den dicht bewaldeten Hügel, während Jack sein Wasser trank und mir immer wieder verstohlene Blicke zuwarf.

»Uns hat es leidgetan, als wir von deinem Vater erfahren haben, was, Alfie?«, sagte Mam. Ich nickte. Jack schwieg.

Spannung lag in der Luft, bis Mam nach einer Weile die Stille wieder durchbrach.

»Was führt dich her, Jackie? Wolltest du nur mal Hallo sagen? Wir haben dich lange nicht mehr gesehen.«

Auch Mam ahnte, dass was nicht stimmte, das war ihr anzuhören.

»Um genau zu sein, Mrs Monk …«, begann er und da war alles klar. Niemand sagt »um genau zu sein«, wenn er eine gute Nachricht hat.

»… um genau zu sein, bin ich in offizieller Sache hier, um Erkundigungen einzuziehen. Wenn ich darf?«

Mam sagte immer, eine Uniform mache aus einem einen besseren oder einen schlechteren Menschen, ginge aber nie spurlos an einem vorbei. Jack zog einen Notizblock aus seiner übergroßen Uniformjacke und wandte sich mir zu.

»Wie alt bist du, Alfie?«

Und so ging es mit der Befragung los. Wie lange lebten wir schon hier? Warum gab es Unstimmigkeiten bei den offiziellen Papieren (zu denen Jack angeblich Zugriff hatte)? Und so weiter.

Mam blieb ganz ruhig. »Ist bestimmt bloß was mit den Papieren durcheinandergeraten. Du weißt doch, dass Alfie eine Wachstumsstörung hat, Jackie. Markandayas Syndrom, Typ III.«

Diese kleine Lüge hatte in der Vergangenheit immer gut funktioniert. Eine rätselhafte Krankheit, die »in der Familie lag« und die meine ungewöhnliche Erscheinung erklärte. Nur Jack kaufte es uns nicht ab.

»Das haben Sie schon mal gesagt, Mrs Monk. Und ich habe mich bei Dr. Menzies in Whitley Bay erkundigt, der weiß nichts von so einer Krankheit.«

»Ist auch ziemlich selten«, sagte ich, aber das klang nicht sehr glaubwürdig. Jack ging gar nicht darauf ein. In dem Moment pickte das Huhn, das ich bei Jacks Ankunft gejagt hatte, neben mir auf dem Boden, und blitzschnell packte ich es am Hals.

»Nimm die Beine!«, brüllte ich Jack zu, als das Huhn herumzuflattern begann. »Los, mach schon!« Zaghaft fasste Jack nach den zappelnden Beinen des Huhns. »Gut, jetzt zieh ran.«

Derweil riss ich beherzt am Kopf, bis es leise knackte und das Huhn erschlaffte. Eine Weile schlug es noch mit den Flügeln. Es war eine Sekundensache.

»Ist … ist es tot?« Jack war bleich geworden und zitterte ein wenig. *Gnade ihm Gott, wenn der mal in den Krieg muss,* dachte ich.

»Hoffentlich«, sagte ich. »Denn wir wollen es essen.«

Mam nahm mir den toten Vogel ab und legte ihn in Jacks umgedrehten Helm.

»Nein, Alfie. Das Huhn ist für Jack. Nimm es deiner Mutter mit, Jackie. In einem Monat kommst du wieder und holst dir noch eins, was? Und ähm … vergiss die Verwechslung mit den Dokumenten. Das passiert doch ständig. So ein Kriegsreserve-Wachtmeister hat sicher Wichtigeres zu tun.« Sie wischte ihm eine Hühnerfeder von der Schulter und klopfte ihm auf die Brust.

Und so radelte Jack davon, den umgedrehten Helm mit dem toten Huhn wie einen Einkaufskorb am Arm.

»Es ist Krieg, Alve«, sagte Mam kopfschüttelnd. »Da werden die Menschen wunderlich. Als hätte man nicht schon genug Sorgen mit diesem Hitler.«

Sechs Monate lang kam Jack regelmäßig zurück. Er ließ sich

immer durch den Hof rein und einmal fand Mam ihn auch bei uns im Haus vor dem Bücherregal. Jahre später bemerkten wir, dass eine signierte Dickens-Ausgabe von »Eine Geschichte aus zwei Städten« fehlte. Wir gingen davon aus, dass Jack sie genommen hatte, aber sicher waren wir uns nicht.

»Er treibt sich hier rum«, sagte Mam. »Er sucht nach was.« Jedes Mal gaben wir ihm ein Huhn, bis wir nur noch drei übrig hatten.

Dann kam er auf einmal nicht mehr, und Mam hörte, dass er zur Luftwaffe eingezogen worden war und man ihn zur Ausbildung nach Schottland geschickt hatte.

Wir sahen Jack viele Jahre lang nicht.

Bis ich seinem Sohn begegnete.

25. Kapitel

Es war das Jahr 1962. Allmählich verblasste die Erinnerung an den Krieg, der so vielen Menschen das Leben gekostet und so viel Leid in der Welt verursacht hatte.

Über zwanzig Jahre war es her, seit ich das letzte Mal mit Jack McGonagal gesprochen hatte. Der Laden in Eastbourne Gardens hatte den Besitzer gewechselt und Mrs McGonagal war Mam zufolge aufs Land gezogen. Und dann sah ich Jack am Strand.

Es war Frühsommer und damals, bevor Ferienreisen ins Ausland erschwinglich wurden, füllte sich der Strand in Whitley Bay schnell mit Tagesausflüglern und Urlaubern von den schottischen Schiffswerften.

Mam genoss es, wenn es voll am Strand war. Von uns aus war es bloß eine halbe Stunde Fußmarsch durch den Wald, dann die Hauptstraße entlang bis zur Promenade. Am Ende des Strands lag der Leuchtturm und im Sand gab es kaum noch Platz für unser Handtuch. Mam hatte sich eine kurzärmelige Bluse geschneidert und mir eine Shorts aus rotem Cordstoff mit tiefen Taschen, die erst heute Morgen fertig geworden war.

Wir saßen mit unseren Sonnenbrillen am Strand und fielen gar nicht auf. »*Vor aller Augen versteckt*«, sagte Mam dazu.

Ich las ein neues Buch aus der Bibliothek, wir aßen Sandwiches und wateten ein wenig durchs Wasser. Mam lachte, als ich sie nass spritzte. Dann sprach mich ein Mann an.

»Hey, uns fehlt ein Torwart. Hast du Lust, dich ins Tor zu stellen?« Er sah nett aus. Die Hosenbeine hatte er aufgerollt, und er deutete weiter hoch zum Strand, wo weniger los war und eine Gruppe von Jungs und Vätern ein kleines Fußballfeld in den Sand malte.

Mam wollte gerade für mich antworten: »Oh, nein …«

»Ja!«, rief ich, und bevor Mam was dagegen sagen konnte, lief ich schon mit dem Mann mit. Ich verriet ihm meinen Namen und er stellte mich den anderen vor: »Das ist Alfie.«

Alle nickten und sagten: »Hi, Alfie, alles klar?«

Das Spiel war schnell und brutal. Unser Team (Hemden) behielt die Hemden an und das andere Team (Haut) spielte mit nacktem Oberkörper. Die Jungs purzelten reihenweise in den Sand, was vor allem an dem größten Spieler lag, der für die Haut spielte: ein drahtiger, muskulöser Junge von ungefähr zwölf Jahren, der sich mit roher Gewalt seinen Weg zum Tor bahnte, das ich zu verteidigen versuchte. Die Bälle rauschten nur so an mir vorbei.

Einer der Väter unternahm den zaghaften Versuch, das Spiel zu schiedsen, aber meistens sagte er bloß: »Ach, komm schon, John! Das ist nicht sehr sportlich von dir!«, nachdem John dem jüngsten Spieler den Ellenbogen in die Kehle gerammt hatte. Dafür gab er einen Freistoß, den John geflissentlich ignorierte und einfach weiterspielte.

Als John dann wieder mit dem Ball auf mich zugestürmt kam, war ich fest entschlossen, ihn nicht reinzulassen.

Was ist denn das Schlimmste, was passieren könnte?, dachte ich und stürzte mich auf seine Füße. *Vielleicht bekomme ich einen Tritt ab, aber dafür bin ich ein Held.*

Und so war es auch. Als John abbremste, um zu schießen, stürzte ich mich auf den Ball. Ich sah nicht, wie er über mich fiel, aber ich hörte den Aufprall im Sand und kurz darauf das Schmerzgeheul.

»Faul!«, riefen die Jungs.

Andere sagten: »Das war kein Faul! Er hat doch den Ball!« Aber als ich aufstand und mich umdrehte, war Johns wütendes und gerötetes Gesicht direkt vor mir.

»Du hast mir das verdammte Handgelenk gebrochen«, schrie er mich an und wedelte so wild mit der Hand in der Luft, dass da nichts gebrochen sein konnte. Dann räusperte er sich ausgiebig und rotzte mir einen dicken, fetten Klumpen Spucke ins Gesicht.

Der Vater, der den Schiedsrichter machte, kam angelaufen. »He, jetzt reicht es aber, John McGonagal! Wo ist dein Vater?«

Und dort stand er an der Linie im Sand: Jack McGonagal. Erst sah er zu mir, dann zu seinem Sohn und wieder zu mir. Er hatte sich in den zwanzig Jahren kaum verändert. Noch immer war er schlank und sein schwarzer Haarschopf hatte keine einzige graue Strähne.

Unsere Blicke trafen sich kurz, als er das Sandfeld betrat, aber ich war schon auf dem Rückzug.

John rief mir nach: »Du bist tot, Mann. Ich finde dich und dann mache ich Hackfleisch aus dir!«

Da hörte ich Jack rufen: »Alfie?«

Aber ich hatte mich schon umgedreht und war davongelaufen. Zurück in die Menge der Sonnenbadenden, zurück in die Sicherheit von Mam. Der Tag war mir verdorben.

Kurz darauf zogen Wolken auf, so konnte ich Mam bitten, nach Hause zu gehen, ohne ihr von Jack und John McGonagal erzählen zu müssen. Sie hätte sich nur Sorgen gemacht.

Aus gutem Grund, wie sich herausstellte. Als wir nach Hause liefen, wartete John bereits in der Kurve vom Waldweg auf uns.

26. Kapitel

John hatte noch zwei ältere Jungen dabei, die drei lümmelten am Wegrand auf einem umgestürzten Baum.

Man lebt nicht so lange wie ich, ohne Ärger zu wittern, wenn er vor einem auf einem Baumstamm sitzt.

Und einem, der richtig Ärger macht, ist es auch egal, ob Erwachsene dabei sind. Das habe ich bei John McGonagal gleich gemerkt, als er sich von dem Schiedsrichter nichts hatte sagen lassen und so unbekümmert geflucht hatte.

Dass Mam dabei war, würde ihn nicht davon abhalten, mir eine ordentliche Tracht Prügel zu verpassen. Ihm war das einfach egal.

»Ruf die Polizei, Mam«, murmelte ich.

»Die Polizei?«, keuchte sie. »Wer sind die Jungs?«

»Die verstehen keinen Spaß, Mam. Los.«

Sie machte kehrt und lief den Weg zurück. Auf der Hauptstraße stand eine Telefonzelle.

Kaum hatte ich Mam die Anweisung gegeben, bereute ich es auch schon. Nicht in Kontakt mit der Obrigkeit zu kommen, war wichtig, wenn man nicht auffallen wollte. Ich sollte mich einfach verprügeln lassen und gut ist, niemand durfte sich in unser Leben mischen.

Tausend Jahre lang habe ich keine Schlägerei gesucht, aber was sollte ich jetzt machen?

Heutzutage wird den Jungs nicht beigebracht, wie man kämpft. Wahrscheinlich ist das auch gut so.

Mir? Mir wurde das Kämpfen schon viele Male beigebracht.

Von einem Preiskämpfer aus Aragon hatte ich gelernt, wie ich mit einem kurzen Holzstab umgehen musste. Der Holzstab sei die edelste Waffe, weil ohne Hinterlist.

Auch wenn es Jahrhunderte her war, kehrte diese Stimme zu mir zurück, als die Jungs sich langsam erhoben.

»Deine Mami hat wohl Schiss gekriegt«, sagte der größte Junge, den ich auf fünfzehn schätzte.

»Sie ruft die Polizei an«, antwortete ich und die Jungs feixten sich eins.

»Keine Sorge. Das ist alles längst vorbei, bevor die Bobbys kommen!«

Schritt für Schritt rückten sie näher, John in der Mitte, ein gutes Stück kleiner als die anderen. Ich blieb stehen, bis sie auf vier Meter herangekommen waren.

»Was ist mit dir, du Muttersöhnchen? Stehst du nur blöd rum, oder was?«

John machte einen weiteren Schritt auf mich zu und das nutzte ich. Ich beugte mich runter, nahm eine Handvoll von dem feinen Kies am Boden und schleuderte es ihm direkt ins Gesicht.

Ich bin ein echt guter Werfer, wenn ich das sagen darf. Bei Rafel, dem Preiskämpfer, mussten wir es wieder und wieder üben. John brüllte, als ihn der Kies in die Augen traf.

Solange die beiden Schläger noch abgelenkt waren, griff ich nach einem dicken Ast, der zwar nicht perfekt gerade war, aber die richtige Länge und das richtige Gewicht hatte: knapp über einen Meter lang und so schwer, dass es etwas Anstrengung kostete, ihn hochzuheben.

Keine Anstrengung für dich, kein Schmerz für den anderen, sagte Rafel in meinem Kopf.

Mit beiden Händen schwang ich den Ast und ging auf den Jungen rechts von John los. Es gab einen ordentlichen Knacks, als ich ihm mit Wucht gegen das Knie schlug. Er schrie auf und stolperte rückwärts.

Erst die Knie, damit verlangsamst du ihn!

John rieb sich noch die Augen, also rammte ich ihm das Stockende in den Bauch. Er sah es nicht kommen und klappte keuchend vor Schmerz zusammen.

Inzwischen hatte sich der andere Schläger genähert und versetzte mir einen gut platzierten Schienbeintritt, der wie Feuer brannte. Als ich mit dem Stock auf ihn losging, duckte er sich geschickt weg. Vor dem musste ich mich in Acht nehmen.

Im Kampf gegen mehrere Gegner knöpf dir den stärksten zuerst vor, solange du noch bei Kräften bist …

Der Junge ging wieder auf mich los, doch diesmal hielt ich den Ast fest in beiden Händen. Ich schwang ihn in die Höhe, täuschte einen Schlag an, und als der Junge die Arme hob, um ihn abzuwehren, änderte ich die Schlagrichtung und traf ihn mit Wucht seitlich am Brustkorb.

Nun bring es zu Ende, Alfie!, sagte Rafel.

Ich hob den Ast erneut und verpasste ihm einen Schlag auf den Kopf. Er ging sofort k. o. Mit heraushängender Zunge lag er am Boden. Doch mir blieb keine Zeit, mein Werk zu bewundern, denn John und sein anderer Kumpel griffen nun gleichzeitig an. Sein Freund hob die Faust, doch ich blockte den Schlag mit dem Ast, dann trat ich ihm in den Bauch, woraufhin er rückwärts in einem Brennnesselbeet landete. Und laut jammerte.

Blieb nur noch John, der viel größer war als ich und einen gemeinen Blick hatte. Allmählich gab auch mein Ast nach, der ohnehin alt und trocken war. Vorhin hatte es schon geknackt, und als ich nun damit auf Johns Oberschenkel zielte, wich John aus, der Ast krachte auf den Boden und zerbrach. Ich warf die Stücke nach John, verfehlte ihn aber und er lachte mich aus.

»Gut gemacht, Spinner. Mal sehen, wie es dir so gefällt …« Ohne den Blick von mir zu nehmen, ging er in die Hocke, hob ein Aststück auf und ging damit auf mich los. Gegen den Ast wäre ich machtlos. Schützend riss ich die Arme hoch.

In dem Moment schoss ein schwarz-weißer Blitz herbei und ein unmenschliches, hohes Knurren ertönte, gefolgt von Johns Schrei.

»Aaah, nimm sie weg! Auu! Aaah!« John ließ den Ast fallen, griff nach der Katze, die ihm ihre Krallen in den Schädel bohrte. Biffa miaute und fauchte und kratzte, während John McGonagal wie von der Tarantel gestochen herumsprang, wild mit den Armen fuchtelte und vor Schmerz schrie. Am Ende gelang es ihm dann, Biffa von seinem Kopf zu bekommen. Die Katze machte vor ihm einen Buckel und zischte und spuckte wie ein kochender Kessel.

»Du bist ja gestört! Spinner! Psycho!«, brüllte John.

»Dann hau doch ab«, sagte ich und deutete auf seinen Freund, der sich schon in sichere Entfernung begeben hatte. »Und?

Willst du ihm nicht Gesellschaft leisten? Verschwindet endlich alle. Auf meinem Weg will ich keinen Müll rumliegen haben.«

John half seinem Freund auf die Beine und die beiden stolperten davon.

»Gut gemacht, Biffa«, murmelte ich, doch sie hörte nicht zu. Sie lief den Jungen hinterher, die nun die Beine in die Hand nahmen.

Es tat gut. Richtig gut. Aber ich wusste, dass es damit nicht zu Ende wäre. Noch lange nicht.

In der echten Welt musst du sie umbringen, Alfie. Sonst kommen sie zurück, um Ärger zu machen.

Rafel lebte im siebzehnten Jahrhundert. Das war noch eine andere Welt.

27. Kapitel

Am nächsten Tag, einem Montag, kam die Polizei, um »einen tätlichen Übergriff auf drei Minderjährige« zu untersuchen.

Ich sage »Polizei«, dabei handelte es sich um einen jungen Polizisten auf einem Fahrrad. (Die Uniform hatte sich etwas verändert, aber mich erinnerte sie noch immer an Jack in seiner Kriegsreserve-Wachtmeister-Uniform. Mam und ich hatten den Vorgänger des jungen Beamten gekannt, einen korpulenten, wenig wissbegierigen Mann mit dem Namen Wachtmeister Sargent, der Mams Beteuerung, ich sei Besuch aus Hexham und hätte eine Wachstumsstörung, Glauben schenkte. Solange wir ihm keinen Ärger machten, interessierte ihn das alles nicht.)

Aber dieser Wachtmeister Armitage stellte zu viele Fragen und wirkte viel zu neugierig. Wir saßen zusammen mit ihm im Hof. Amy, die Ziege (die die vorherige Amy abgelöst hatte), blökte und die Hühner pickten um uns herum. Der Polizist fühlte sich sichtlich unbehaglich, er war ein Städter. Er zuckte sogar zusammen, als Biffa sich an seinem Bein rieb. Und als er den Helm abnahm, entblößte er sein glänzendes, blankes Haupt. Dabei war der Mann erst fünfundzwanzig.

»Wie alt bist du, mein Junge?« Er notierte sich alles in einem kleinen Büchlein.

»Wann bist du geboren?«

»Wo gehst du zur Schule?«

»Seit wann bist du hier?«

»Erzähl mal, was gestern vorgefallen ist.«

Ich erzählte ihm all die gut einstudierten Lügen. Ich sei vierzehn und hätte die Schule schon verlassen. (Damals durfte man das in dem Alter.)

»Für vierzehn bist du aber ziemlich klein«, meinte er.

Ich zuckte die Achseln.

»Und die Schlägerei? Was ist passiert?«

Ich sagte ihm die Wahrheit.

»Also waren es die drei gegen dich?«

Ich nickte. Biffa ließ ich außen vor.

Mir schien, der Polizist war sogar ein wenig beeindruckt. »Du weißt schon, dass einer der Jungen ins Krankenhaus musste? Gebrochenes Knie.«

Wieder zuckte ich die Achseln.

Viel mehr gab es nicht zu fragen, aber mir war klar, dass er nicht zufrieden war. So wie er sich im Hof umschaute, Mam und mich musterte … Man sah ihm an, dass er dachte: *Da steckt mehr dahinter.*

Glaubt mir, dafür war ich lange genug auf der Welt, den Blick kannte ich. Es bedeutete eigentlich immer, dass es weitere Fragen geben würde.

Irgendwo in irgendeiner staatlichen Stelle würde einer zu dem Entschluss kommen, dass hier was nicht stimmte, und Gründe finden herumzuschnüffeln. Immer wenn das passierte, kamen

Mam und ich meist überein, dass es sinnvoller war, eine Weile wegzuziehen.

Und so war es auch diesmal. Eine Woche später wurde Mam von einer Frau von der Schulbehörde befragt, während ich mich oben versteckte. Dann kam der Polizist mit einem Kollegen und jemandem vom Sozialamt zurück.

Deshalb fand sechs Wochen später jeder, der sich nach meinem Alter, meinen Schulbesuchen oder irgendwas anderem erkundigen wollte, das Haus im Wald verschlossen vor, die Fenster verrammelt. Und so sollte es auch dreißig Jahre lang bleiben.

Dann kamen wir zurück und alles war gut. Ehrlich wahr, es war richtig gut. Eine neue Wohnsiedlung war auf der anderen Seite vom Wald gebaut worden, wo auch der Golfplatz lag. Whitley Bay war im Sommer viel ruhiger, denn die Leute fuhren jetzt nach Spanien, aber im Allgemeinen gab es mehr Menschen, und alle schienen einen Wagen zu fahren. Niemand störte uns, außer diesem neugierigen Mädchen, und das konnte man auch nicht »stören« nennen.

Und dann … brach das Feuer aus und zum ersten Mal in meinem Leben erfuhr ich, was es bedeutete, ganz allein zu sein.

AIDAN

28. Kapitel

Der Junge aus dem einsamen Waldhaus sah uns mit großen Augen an. Der Schreibtisch, den ich umgeworfen hatte, lag zwischen uns auf der Seite.

»Tut … tut mir leid. Ich brauchte dringend einen Unterschlupf.« Er sah bleich und verängstigt aus. »Das … das Feuer.« Sofort beschleunigte sich sein Atem, und er blinzelte, als hätte schon allein das Wort »Feuer« eine beunruhigende Wirkung auf ihn.

Ich stand neben Roxy und schaute auf diesen schmutzigen, mit Ruß verschmierten, durchnässten und zitternden Jungen. Er kniete neben dem umgekippten Schreibtisch, hatte die Arme um sich geschlungen und blickte zu uns auf. Die Augen sprangen hin und her, die Lider flackerten, der Mund bewegte sich, fand die Wörter nicht und auf der Oberlippe glänzte der Schnodder. Noch nie hat mir jemand so leidgetan.

Roxy fand als Erste die Sprache wieder: »Schon gut. Wir tun dir nichts.«

Die Worte hingen in der Luft und er starrte uns weiter an. Hin und wieder entwich ihm ein kleines Stöhnen.

»Mei…ne … Mam … mei…ne … Mam …«, setzte er an und keuchte nach jeder Silbe.

Roxy hockte sich vor ihn hin, um auf Augenhöhe mit ihm zu sein. Ich tat es ihr gleich. Sanft berührte sie ihn an der Schulter und neigte den Kopf, um ihm ins Gesicht zu sehen.

»Al-vuh?«, fragte sie. Er schnappte nach Luft und nickte. Ich blickte Roxy an. »Heißt du so? Al-vuh?«

Wieder nickte er. »Mein … mein alter Name. A-L-V-E. Meistens werde ich, ähm … Alfie genannt. Alfie ist gut.«

»Komm, Alfie. Setz dich doch.« Roxy sprach so lieb und sanft mit ihm, ließ ihn dabei nicht aus den Augen.

Langsam stand er auf, presste noch immer einen Arm an die Brust. Er stolperte zum Kunststoffsofa und ließ sich darauf nieder. Roxy setzte sich neben ihn und wandte sich ihm zu, während ich den Schreibtisch aufstellte und dort Platz nahm.

»Darf ich deinen Arm mal sehen?«, fragte Roxy und schob vorsichtig seine Hand weg. »Tut es weh?«

Es musste höllisch wehtun. Unter dem zerrissenen Ärmel war der komplette rechte Unterarm verbrannt: Tiefe rote Striemen zogen sich vom Ellenbogen bis zum Handgelenk, teilweise hatte sich schon die Haut abgelöst. Roxy und ich hielten die Luft an.

»Du brauchst einen Arzt, Mann«, sagte ich. Es war nicht unfreundlich gemeint, aber es war das Erste, was ich zu ihm sagte, und das Falsche. Wütend funkelte er mich an.

»Nein. Bestimmt nicht. Unter keinen Umständen.«

Ich kapierte zwar, was er meinte. Es war ja deutlich genug. Nur diesen Ausdruck »unter keinen Umständen« fand ich seltsam für einen Jungen. Er sah aus, als wäre er in unserem Alter.

»Aber, Alfie«, sagte Roxy (wie schlau von ihr, ihn gleich mit seinem Namen anzusprechen), »du hast eine schlimme Verbrennung. Es könnte sich … ich weiß nicht … sich entzünden, oder so.«

»Siehst du! Du weißt es ja gar nicht genau!« Direkt aggressiv klang er nicht, aber etwas gereizt oder einfach selbstsicher. »Kein Arzt.« Er sank in die Polster und wirkte gleich wieder erschöpft. »Lasst mich bitte einfach … in Ruhe. Ich komme schon klar. Zu keinem ein Wort. Ich komme schon klar.«

Kam er nicht. Es war ganz offensichtlich, dass es das »Ich komme schon klar« von einem war, der so gar nicht klarkam.

»Was ist denn passiert, Alve? Alfie? Beim Brand?« Ich dachte, vielleicht wäre es eine gute Idee, wenn er ein bisschen erzählte, aber ein entschiedenes Kopfschütteln von Roxy belehrte mich eines Besseren.

»Hör zu, Alfie«, sagte sie, »erst mal musst du dich waschen und warm werden. Du zitterst ja. Am besten, wir reinigen die Wunde. Und dann verbinden wir sie. Vielleicht reicht das fürs Erste.« Sorgfältig betrachtete sie die Verbrennungen und berührte die Ränder mit den Fingerspitzen. »Tut es hier weh?«, fragte sie und er zuckte vor Schmerz zusammen. Roxy wandte sich mir zu. »Ist dein Vater zu Hause, Aidan?«

»NEIN!«, sagte Alfie. In seinem ascheverschmierten Gesicht stand die blanke Angst, sein Blick wanderte zur Tür und er machte Anstalten aufzustehen.

»Alles gut, Alfie. Setz dich wieder. Du kannst uns vertrauen. Wenn du es nicht willst, erzählen wir niemandem von dir.« Dann wandte sie sich wieder an mich. »Du musst dich irgendwie ins Haus schleichen. Stell dich mal neben Aidan, Alfie.« Roxy kam so autoritär rüber, dass er sich gehorsam neben mich stellte. »Hhmm. Hast du noch ein paar alte Klamotten, Aidan? Sachen, aus denen du rausgewachsen bist?«

»Nein. Vor dem Umzug haben wir alles aussortiert.«

»Und deine Schwester?«

Libby war in etwa so groß wie dieser seltsame, schmutzige Junge.

»Ich schaue mal nach. Könnten allerdings rosa sein, ich hoffe, das macht nichts.«

Falls es Alve – Alfie – was machte, ließ er es sich nicht anmerken. In seinem Gesicht konnte man kaum eine Gemütsregung ablesen. Er setzte sich zurück aufs Sofa neben Roxy und begann wieder zu zittern, seine Lippen bibberten. Das konnte ja noch was werden.

Roxy stand auf und deutete mit dem Blick zur Tür. Ich folgte ihr nach draußen.

Dort liefen wir erst mal ein paar Schritte durch den Matsch.

»Klassische Symptome«, sagte Roxy. »PTBS.«

»Häh?«

»Posttraumatische Belastungsstörung. Er hat gesehen, wie das Haus abgebrannt ist, vielleicht auch, wie seine Mutter im Feuer umgekommen ist. Da hat er viel zu verarbeiten, deshalb … du weißt schon.«

»Verhält er sich seltsam.«

»Na ja. Er braucht Hilfe, aber erst mal müssen wir ihn dazu bringen, uns zu vertrauen. Sonst haut er bei der nächstbesten Gelegenheit ab.«

»Und woher weißt du das alles?«, fragte ich. Auch wenn es schnippisch klang, war ich doch ziemlich beeindruckt.

Sie zuckte die Achseln. »Ich lese einfach viel. Jetzt geh und hol saubere Klamotten. Komm damit zur Haustür, ich mache dir auf. Meine Mutter ist in ihrem Arbeitszimmer und arbeitet. Wahrscheinlich trägt sie Kopfhörer.«

»Hoffentlich.« So schnell hatte ich ihre fiese Mutter nicht vergessen.

Roxy warf mir einen vernichtenden Blick zu. »Meine Mutter ist okay. Sie ist bloß …«

»Furcht einflößend?«

»Wütend.«

»Wütend und Furcht einflößend.«

»Egal. Du musst ihm helfen, sich zu waschen. Du weißt schon, ihn in die Wanne setzen und so. Ihn abtrocknen.«

»Ich?« Eigentlich sollte es ganz normal rauskommen, aber es war ein Quieken.

Wieder sah sie mich vernichtend an. »Ja, du. Immerhin bist du ein Junge. Ich glaube kaum, dass er sich vor mir splitternackt ausziehen will.«

Sollte ich je in der Klemme stecken, würde ich die elfjährige Roxy Minto auf meiner Seite haben wollen, das war mir auf der Stelle klar.

Im Hinblick auf die Dinge, die noch kommen sollten, eine weise Entscheidung.

29. Kapitel

Eine knappe Stunde später waren wir wieder in der Garage und ich hatte einiges erfahren:

1. Dad verlor langsam die Geduld. Stimmte schon, dass ich mich in letzter Zeit um die Arbeiten im Haus gedrückt hatte. Ich versuchte, mich in Libbys Zimmer zu schleichen, ohne dass er was mitkriegte, aber er sortierte unten Pinsel und rief: »Wo steckst du nur die ganze Zeit, mein Sonnenschein?« *Sonnenschein* nennt er mich nur, wenn er sich ärgert. »Ich könnte Hilfe gebrauchen. Wir müssen das Haus auf Vordermann bringen.« Ich versprach, ihm später zu helfen, und flitzte davon. Da ich unter Zeitdruck stand, konnte ich mich mit der Wahl von Alfies Klamotten nicht groß aufhalten.
2. Roxys Mutter wohnte unten im Wohnzimmer, weil sie nicht so leicht nach oben kam. Was sie hat, würde ich Roxy ein anderes Mal fragen. (Kann man das so sagen: »Was hat sie denn?« Oder fragt man lieber: »Welcher Art ist ihre Beeinträchtigung?« Keine Ahnung. So wie ich die Mutter erlebt hatte, brauchte es nicht viel, um sie auf die Palme zu bringen.)

3. Alfie war ein Junge. Damit meine ich, er war noch kein Jugendlicher. (Das bekommt man mit, wenn man jemandem nackt in die Wanne hilft.) Wahrscheinlich war er so alt wie ich, deshalb fragte ich ihn: »Wie alt bist du?«, aber er antwortete nicht. Im Grunde sprach er während des gesamten Bades kein Wort. Während ich ihm die Haare wusch, hielt er den Arm aus dem Wasser.
4. Am anderen Arm hatte er zwei kleine Narben, direkt auf dem Bizeps. Jede war etwa fünf Zentimeter lang und zusammen sahen sie aus wie ein Gleichheitszeichen. Ich sprach ihn nicht darauf an.
5. Er hatte ein Tattoo. Unglaublich! Mit elf schon ein Tattoo. Es war auf dem Rücken zwischen den Schulterblättern. Ein breites Kreuz, groß und ziemlich verblichen, mit einem Muster, das man nur noch schwer erkennen konnte. Es sah so verwaschen aus wie das Tattoo von Grandad Linklater, das er vor Jahren in der Marine bekommen hatte.

Nach dem Bad half ich ihm, sich abzutrocknen und anzuziehen. Ich hatte ihm ein Paar Unterhosen von mir gegeben. Die waren zwar zu groß, aber besser als Libbys Schlüpfer. Ihre Jeans passten ihm ganz gut, nur dass die Nähte mit glitzernden Pailletten gesäumt waren. Alfie sagte nichts dazu. Das T-Shirt war schlicht schwarz, und was ich für ein blau-weißes Sweatshirt gehalten hatte, stellte sich als Jacke heraus, aber wegen seines Arms konnte er sie noch nicht anziehen. Libbys gestreifte Gummistiefel rundeten den durch und durch bizarren Look ab.

Falls es Alfie störte, zeigte er es nicht.

Als wir zurück in die Garage kamen, hatte Roxy inzwischen

einen Verband besorgt und Mullbinden für darunter, Salbe, Watte und eine Schüssel mit Wasser. Wie die sanfteste Krankenschwester der Welt badete sie Alfies verbrannten Arm, verteilte die Creme darauf und hielt immer wieder inne, wenn er sich vor Schmerz auf die Lippen biss. Dann wickelte sie den Verband darum und fixierte ihn mit einer Sicherheitsnadel.

Roxy hatte auch ein paar Äpfel mitgebracht. Alfie aß drei, einen nach dem anderen, Kerngehäuse, Kerne, komplett.

Als alles geschafft war, murmelte er: »Danke«, und fing wie aus heiterem Himmel an zu weinen. Schluchzer schüttelten ihn. Roxy und ich konnten uns nur neben ihn setzen.

Roxy legte den Arm um ihn. »Schhh«, sagte sie wie eine Mutter und strich ihm übers Haar.

Und so ging es in einem fort, wie ein Sommersturm beruhigte er sich für eine Weile, um dann noch heftiger loszustürmen. Am Ende weinte Roxy mit, und ich fürchtete kurz, es würde mich auch erwischen.

Irgendwann hörte er auf zu heulen und sank erschöpft auf dem Sofa zusammen. Ihm fiel der Mund auf und sein Kopf bewegte sich leicht hin und her. Und dann lag er ganz still da.

Seine Augen waren noch geschlossen, als ich fragte: »Willst du mit zu mir, Alfie? Mein Vater könnte dir ein Bett machen.«

Er öffnete die Augen, rührte sich sonst nicht. Natürlich hatte ich mal wieder was Falsches gesagt.

»Wenn du jemandem – irgendjemandem – von mir erzählst, wirst du es bereuen.«

Dann schloss er die Augen wieder. Man hätte denken können, dass er schlief, bloß dass die Tränen lange Zeit nicht versiegen wollten.

Teil 2

30. Kapitel

Schnell«, sagte Roxy, als wir die Garage verließen. »Wie ist deine Handynummer?«

Ungläubig riss sie die Augen auf, als ich ihr sagte, dass ich kein Handy hatte. Mal im Ernst, wenn ich ihr erzählt hätte, dass ich ein Krokodil als Haustier halte, hätte sie nicht entsetzter gucken können. Von unseren Geldproblemen und dass mein Vater meinte, wir bräuchten nicht noch eine monatliche Rechnung, sagte ich nichts. Stattdessen gab ich ihr unsere Festnetznummer.

»Ich rufe dich einfach an«, sagte ich. »Das ist eh besser.«

»Und denk dran: zu niemandem ein Sterbenswörtchen.«

»Bist du sicher, dass das richtig ist? Ich meine …«

»Du hast doch gehört, was er gesagt hat. Tun wir einfach, was er will, jedenfalls erst mal. Sonst geht es ihm nachher noch schlechter. Das will ich lieber nicht riskieren, du etwa?«

Ich nickte, womöglich ein wenig zögerlich, aber es war ein Nicken.

Den Anpfiff, den ich anschließend von Dad bekam, erspare ich euch. *Fauler, egoistischer Drückeberger* fasst es wohl zusammen.

Tante Alice und Onkel Jasper waren mit Jaspers Boot rausgefahren, deshalb wurde ich dazu verdonnert, den Rest des Nachmittags Dad zu helfen, Libbys Zimmerwände violett zu streichen, die letzten Kisten auszupacken, Möbel umzustellen, Staub zu wischen und zu saugen … damit, wenn Mum so gegen sieben vom Callcenter zurückkam, alles tipptopp, ein Auflauf im Ofen und Dad wieder guter Dinge war.

Beim Auspacken fand ich noch eine Tüte mit meinen zu klein gewordenen Klamotten, die es nicht zur Kleiderspende geschafft hatten, und eine Wolldecke, die ich noch nie zuvor gesehen hatte und die wohl auch keiner vermissen würde. Ich bunkerte die Sachen unter meinem Bett, um sie später rüberzubringen.

Dad war sogar so guter Laune, dass ich entgegen meinem Versprechen drauf und dran war, ihm von Alfie zu erzählen.

Überlegt doch mal: Alfie war verletzt, verzweifelt und obdachlos. Seine Mutter war gerade gestorben, deshalb konnte er wahrscheinlich keinen klaren Gedanken mehr fassen. Zum Teufel mit Versprechen, Alfie brauchte die Hilfe eines Erwachsenen.

Ich hatte mir schon überlegt, wie ich es sagen würde, und vielleicht sogar schon dafür Luft geholt, als ich Mums Schlüssel in der Tür hörte. Dann musste es eben noch warten.

Bloß dass Dads gute Laune nicht anhielt. Mum war keine zehn Minuten zurück, da fauchten sie sich schon wieder an, und ich weiß nicht mal, was der Auslöser war. Ich hörte sie sagen: »Nachdem ich zehn Stunden von irgendwelchen Idioten beschimpft worden bin, brauche ich das nun echt nicht, Ben …«

Mir war nur klar, dass ich mir das nicht länger geben wollte, und die Sache mit Alfie konnte ich jetzt auch nicht mehr anschneiden.

»Ich flitze mal kurz nach nebenan«, sagte ich und schaute ins Wohnzimmer, wo Dad am Kamin lehnte, den Kopf über einen Haufen geöffneter Briefe gebeugt.

Rechnungen, so viel wusste ich.

Wahrscheinlich hatten sie mich gar nicht gehört.

31. Kapitel

Ich stand vor Roxys Haustür und wollte gerade klingeln, als ich von drinnen Gesang hörte: Mit hoher, zittriger Stimme schmetterte jemand eine Hymne, die ich aus Schulversammlungen kannte, nur dass sie mit einem starken karibischen Akzent gesungen wurde.

»Tochter Zion, freue dich!
Jauchze laut, Jerusalem!
Sieh, dein König kommt zu dir!
Ja, er kommt, der Friedensfürst.«

Dann gab es einen mordsmäßigen Krach, irgendwas ging zu Bruch, und ein »NEIN!« ertönte, gefolgt von Flüchen in einem Dialekt, den ich nicht verstand. Was sollte ich denn jetzt tun? Mit dem Finger über dem Klingelknopf stand ich da, als Roxy plötzlich die Tür aufriss und mich anschaute.

»Ich habe dich kommen sehen«, sagte sie und deutete auf eine winzige Kamera über dem Eingang.

»Tut mir leid, ich habe gerade gehört … also, ich meine …«

»Ach, Mum? Ja, ihr ist gerade was runtergefallen. Das geht ihr auf den Geist. Komm rein.« Roxy machte kehrt, trabte durch den Flur und rief: »Keine Sorge, Mum. Ich feg es weg.«

Am Ende des Flurs steckte ihre Mutter den Kopf aus der Tür. Sie war auf Krücken und sah ganz anders aus als beim letzten Mal. Hochgewachsen war sie nicht, aber dick für ihre Größe, unter den Kleidern zeichneten sich Fettwülste ab und ihre gigantischen Oberarme waren mit Dellen übersät. Ihr Haar war kürzer als Roxys, ein kurz geschorener Afro mit lila Strähnen, die farblich zu ihren großen, runden Ohrringen passten.

Ihre Augen aber blickten erschöpft. Sie passte genau in mein Bild von Leuten, die »tapfer gegen eine schwere Krankheit kämpfen«. Als sie lächelte, kamen perfekt weiße Zähne zum Vorschein. Doch ihr Lächeln wirkte müde und gezwungen, als würde es sie eine enorme Anstrengung kosten, die Mundwinkel zu heben.

Im Ansatz war es das gleiche 1000-Watt-Grinsen wie bei Roxy, nur die Leuchtkraft fehlte.

»Hallo. Du musst Aidan sein. Roxy hat mir schon viel von dir erzählt.«

»Ach ja? Ich meine … ähm, hallo, Mrs ähm …«

»Nenn mich Precious. Du willst bestimmt vorbei. Diese verdammten Krücken …« Sie drückte sich gegen die Wand, damit ich an ihr vorbei in die Küche konnte.

Ich fragte mich, ob sie wohl noch was zu ihrem seltsamen Benehmen neulich sagen würde. Zum Glück tat sie das nicht.

Roxy warf die Scherben eines Tellers in den Mülleimer. Ihre Mutter humpelte schwerfällig aus der Küche und knallte die Tür mit der Krücke zu.

»Sie scheint«, und da zögerte ich auf verheerende Weise, »nett zu sein.«

Armselig, Aidan.

Roxy stieß ein bellendes Lachen aus. »Ha! Nett? Guter Versuch, Aidan! Du bist ein miserabler Lügner!«

»Nein, ich meine doch bloß …«

Roxy lächelte ein wenig traurig. »Schon okay. Es ist nicht leicht mit ihr. Aber sie *ist* nett. Hinter der rauen Fassade.«

»Was ähm … ich meine, was ist … wie … welche Art von … ähm …«

Roxy machte sich einen Spaß draus und ließ mich ein wenig zappeln. Schließlich sagte sie: »Vor allem Diabetes. Außerdem Chronisches Erschöpfungssyndrom und wahrscheinlich noch was, das noch nicht festgestellt wurde. Die Medikamente, die sie gegen das eine nimmt, hemmen das Insulin und führen dazu, dass sie zunimmt, was wiederum den Diabetes beeinflusst und zu Stimmungsschwankungen führt, also nimmt sie noch ein Mittel, das sich aber wieder auf ihr CES auswirkt.« Roxy rasselte es runter, als hätte sie es auswendig gelernt, dann hielt sie inne, bevor sie die Frage beantwortete, die mir bereits auf der Zunge lag. »Nein, es gibt kein Heilmittel. Beziehungsweise: nichts, das garantiert hilft oder das wir uns leisten könnten. Und sie ist total sauer.«

»Weil es kein Mittel dagegen gibt?«

»Weil es kein Mittel gibt, weil sie es hat, weil sie nicht mobil ist, weil sie manchmal nicht mal aus dem Bett kommt, weil sie von mir abhängig ist, weil Dad sie verlassen hat, weil sie nicht nach oben kann, weil sie den Rollstuhl benutzen muss, wegen allem … eigentlich.«

Roxy hatte sich während dieser kleinen Rede mit verschränkten Armen gegen den Küchentresen gelehnt. Trotz ihrer Größe wirkte sie auf einmal wie vierzig, nur einen Moment lang, und ihr Dauerlächeln war auch verschwunden. Nun wusste ich, wie sie als Erwachsene aussehen würde, echt merkwürdig.

»Deine Mutter hat eine schöne Singstimme«, sagte ich und Roxy lächelte.

»Ja, wenn sie gut gelaunt ist, singt sie.«

»Und der Akzent?«, fragte ich.

Roxys Lächeln wurde noch breiter. »Die Hymnen hat sie alle von meiner Oma gelernt, die kam aus Trinidad. Mum hat schon ewig nicht mehr gesungen und ausgerechnet dabei musste ihr der Teller runterfallen …« Sie zuckte die Achseln.

»Hast du schon nach ihm gesehen?«, fragte ich und deutete zur Garage. Roxy schüttelte den Kopf.

»Ich musste Mum helfen. Ich habe aber Essen fertig.« Auf dem Küchentresen stand eine Tupperbox.

»Dann mal los.«

»Nein, Aidan. Ich muss dir vorher noch was zeigen. Ich habe dir doch gesagt, dass ich es beweisen kann.« Sie setzte sich an den Küchentisch und klappte ihren Laptop auf.

Was ich in den nächsten zwanzig Minuten zu sehen bekam, sollte unser Leben verändern.

32. Kapitel

Was ist denn eine Gähn-Allergie? Bekommt man dann Pickel, wenn man gähnt?«

»Klingt so«, sagte Roxy. »Aber es heißt GENEALOGIE. Im Grunde bedeutet es, dass man seine Vorfahren zurückverfolgt. Im Fernsehen machen sie es manchmal bei Promis.«

Ich zuckte die Achseln. Für mich klang es immer noch wie eine Gähn-Allergie, aber ich ließ sie mal machen.

»Das macht Mum jetzt, weil sie nicht mehr außer Haus arbeiten kann. Sie entwirft Familienstammbäume. Schau mal.«

Roxy öffnete eine Webseite, die »Ahnengalerie« hieß und die eine freundliche Precious Minto am Schreibtisch zeigte, dazu die üblichen Menüpunkte wie *Über uns, Preise, Kontakt* und so weiter.

»Nun guck dir das an«, sagte Roxy.

Die nächste Webseite hieß »England: Geburts- und Sterberegister«. Daneben gab es noch »Britisches Grundbuch« und »Adressverzeichnis Northumberland«, und während Roxy die Seiten öffnete, Links anklickte und durch Tabellen und Blogs scrollte, schien sie in ihrer eigenen kleinen Welt zu versinken.

Sie hatte bestimmt drei Minuten lang kein Wort gesprochen, und ich kam mir ein bisschen blöd vor, als würde ich jemandem beim Lesen über die Schulter schauen, nur dass das Buch in einer Fremdsprache geschrieben war. Dann hielt Roxy inne und warf einen schnellen Blick zur Küchentür. »Meine Mutter weiß übrigens nicht, dass ich all ihre Programme und Passwörter kopiert habe. Zu manchen Seiten hat eigentlich nicht mal sie offiziell Zugang, also wenn sie fragt … weißte Bescheid.«

Ich nickte.

Endlich sagte sie: »Warte, warte … hier ist es.«

Die Webseite hieß »Geschichte in Bildern« und zeigte ein körniges Schwarz-Weiß-Foto von einer Frau und einem Jungen, die vor einem kleinen Bauernhaus standen. Ihr langes Kleid reichte bis zum Boden und darüber war eine Schürze gebunden. Der Junge trug lange Hosen und ein kragenloses Hemd.

»Das ist es«, sagte Roxy, »das Haus im Wald, das abgebrannt ist. Schau mal auf die Bildunterschrift.«

Und tatsächlich, unter dem Bild stand: *Eichenhaus, nahe Whitley, Northumberland, um 1870.*

Ich nickte. »Und?«

»Und? Guck dir doch mal die Leute auf dem Bild an.«

»Es ist so körnig, Roxy. Da sieht man kaum was, außer …«

»Die tragen Sonnenbrillen!«

Das war ungewöhnlich, das musste ich zugeben. Ich hatte noch nie Bilder von Menschen aus dem 19. Jahrhundert mit Sonnenbrillen gesehen.

»Waren denn Sonnenbrillen da schon gebräuchlich?«

»Nein, eben nicht!«

»Gab es die da noch nicht?«

»Sonnenbrillen kamen erst 1920 in Mode. Gegeben hat es sie schon, das hab ich recherchiert. Die Leute haben sie bei Augenverletzungen getragen.«

Ich schaute mir das Foto erneut an. »Sorry, Roxy. Was willst du mir damit sagen?«

»Siehst du das denn nicht?« Allmählich verlor sie die Geduld mit mir, ihre Stimme überschlug sich fast. »Erkennst du die beiden nicht?«

Sie vergrößerte das Bild, so weit es ging, aber es half nicht, denn die Einzelheiten waren zu verschwommen. Weil ich Roxy nicht verärgern wollte, sagte ich: »Hhmm, ein bisschen sehen sie ihnen schon ähnlich.«

»Ein bisschen? Haargenau trifft es eher.« Nachdem Roxy ein paar weitere Tasten gedrückt hatte, öffnete sich eine Seite: »Zensus 1861«. »Beim Zensus wurden alle Menschen gezählt, die 1861 in Großbritannien gelebt haben.« Manche Seiten sahen ganz normal aus, andere waren Scans von alten Dokumenten, in denen die Einträge in altmodischer, schnörkeliger Handschrift gemacht worden waren.

»Wow!«, sagte ich beeindruckt. »Alle?«

»Ja, alle! Da …«, Roxy tippte aufs Touchpad, »siehst du, wer 1861 im Eichenhaus in Northumberland gelebt hat …«

Monk, Hilda – Witwe – 33 Jahre –
Beruf: Näherin – Ehemann: unbekannt
Monk, Alfred – Kind, männlich – 11 Jahre

Roxy hämmerte auf die Tastatur ein. Ich hatte ein schlechtes Gewissen, dass ich mich nicht ebenso begeistern konnte.

»Und hier«, sagte sie, »ist die Volkszählung von 1911, also fünfzig Jahre später.« Ich warf einen Blick auf den Bildschirm.

Monk, Hilda S. – Witwe – 34 Jahre –
Beruf: Schneiderin – Ehemann: verschieden
Monk, Alfred – Kind (m) – 11 Jahre

»Das ist ja fast das Gleiche«, meinte ich. »Wer sind bloß diese Leute? Alfred oder Alfie ist ja ein geläufiger Name, damals jedenfalls.«

»Es wird noch besser. Schau dir mal die Seite vom Statistikamt an. Die haben die letzten Zahlen von vor sieben Jahren.«

Monk, Hilda S. – Witwe – 33 Jahre –
Beruf: Kostümschneiderin – Ehemann: unbekannt
Monk, Alfred – Kind (m) – 11 Jahre

»Und wenn du noch weiter zurückgehst? Wann gab es denn die erste Volkszählung?«, fragte ich.

Roxys Finger flogen nur so über die Tastatur und sie gab ewig keine Antwort.

»Roxy?«

»Die erste Volkszählung … warte mal … die fand 1801 statt, und vom Eichenhaus steht hier nichts, aber guck mal.« Sie hatte eine weitere Webseite aufgerufen. »Da kann man auch nach Namen suchen und zum Glück ist ihr Nachname nicht so verbreitet.«

Als sie »Monk« eingab, erschien eine Trefferliste, doch bevor ich sie lesen konnte, tippte Roxy schon wieder. »Da sind sie nicht gelistet. Hm, mal sehen, was passiert, wenn ich den Namen anders schreibe.«

Sie schrieb »Munk« und erhielt eine halbe Seite mit Treffern. Roxy zeigte auf einen.

Munk, Frau H S Witwe, Hexham, Northumberland
Munk, Herr A (11), Hexham, Northumberland

»Siehst du? Einmal Monk mit »o« und einmal mit »u«. Hilda und Alfred. Es sind wieder dieselben Leute!«

Ihre Begeisterung war ansteckend, also spielte ich mit.

»Du denkst, das beweist, dass die beiden bis gestern Nacht hier mit Unterbrechungen seit 1860 gelebt haben? Und damit muss sie mindestens eine Hexe sein?« Mir fiel es schwer, den Zweifel in meiner Stimme zu unterdrücken.

Mit leuchtenden Augen grinste Roxy mich an. »Findest du es nicht auch *unglaublich?*«

Das war das treffende Wort. Ich glaubte nichts davon.

»Komm!« Ich stand auf. »Warum testen wir unsere Theorie nicht und fragen ihn einfach?«

Als wir durch den Garten liefen, dachte ich noch immer über die Sache mit der Genealogie nach. »Also … bezahlen die Leute Geld, um herauszufinden, wer ihre Vorfahren waren?«

»Ja. Genau.«

»Warum?«

»Warum? Willst du denn nicht wissen, wer du bist?«

Ich überlegte kurz. »Eigentlich nicht. Was soll das bringen?«

»Stell dir vor, du würdest erfahren, dass du ein Nachfahre von Karl dem Großen bist. Wärst du da nicht überrascht?«

In der Schule hatten wir gerade das Heilige Römische Reich durchgenommen. Karl der Große hatte im 9. Jahrhundert in Europa geherrscht. »Ja, schon. Aber woher willst du das wissen?«

»Weil fast jeder von ihm abstammt. Wenigstens alle weißen Europäer, außer den Immigranten, die erst vor Kurzem gekommen sind.«

»Aber … aber woher?«

»Erklär ich dir später. Schhh!«

Ich verstummte. Als wir vorm Zaun standen, hörten wir, wie Roxys Garagentür zugeschlagen wurde und jemand in den Wald lief.

»Komm«, rief Roxy. »Wir folgen ihm.«

33. Kapitel

Wir rochen es schon von Weitem. Verbranntes Holz, verbrannte Blätter, alles nass. Als wir in Sichtweite des Häuschens kamen, waren Roxy und ich von den triefenden Bäumen vollkommen durchnässt.

Es dämmerte. Zwischen den Zweigen schimmerte der Himmel in einem milchigen Königsblau, ein oder zwei Sterne waren schon auszumachen, doch kein Mond. Den Boden konnten wir nicht mehr sehen, so dunkel war es. Streckenweise hatte das Feuer Lücken in den Wald gerissen, durch die etwas mehr Licht einfiel, aber insgesamt war alles düster und dunkel, schwarz und schwer. Roxy leuchtete uns mit ihrem Handy den Weg, doch dadurch wirkte alles drum herum, was nicht im Strahl lag, noch schwärzer.

Um die abgebrannten Waldstücke zu sichern, hatte die Polizei überall Absperrband gespannt. Anders als Roxy zögerte ich zunächst, aber schließlich duckte auch ich mich einfach darunter weg.

Dann hörten wir ihn.

»Biff–a! Biff–a! *Kuma, kuma.* Biff-a!«

»Was soll das denn?«, flüsterte ich, aber Roxy zuckte bloß die Achseln.

So leise wie möglich schlichen wir uns an, versuchten, auf keine Äste zu treten. Wir sahen ihn wohl gleichzeitig. Er saß an der runden Feuerstelle und blickte auf die verkohlten Überreste seines Zuhauses. In der Dämmerung wirkte sein blondes Haar beinahe weiß.

»B*iii*-ffa! B*iii*-ffa!«

Habt ihr schon mal ein abgebranntes Haus gesehen? Ist ziemlich unheimlich. Von den Umrissen her war es nach wie vor als Haus zu erkennen, die geschwärzten Grundmauern standen noch und Bereiche des Obergeschosses waren erhalten, wobei der Großteil zerstört war, die Bodendielen hingen bis in die unteren Räume herab.

Manche Dinge schienen auf wundersame Weise unberührt. Auch wenn der große Küchentisch rußgeschwärzt war, hatte er dem Feuer standgehalten und trug das Gewicht einiger Metallkisten. Die Steinspüle wirkte unversehrt. In einem kleinen Zimmer standen verkohlte Bücher in einem Regal an der Wand, am Boden flatterten lose Seiten in der Brise, während die Dachbalken darüber wie ein Gerippe düster in den Himmel ragten.

Abgesehen davon war das Haus mehr oder weniger komplett zerstört.

»Ich weiß, dass ihr da seid«, sagte Alfie. Roxy und ich schnappten nach Luft. Er hatte sich nicht umgedreht. Ohne was zu sagen, kamen wir aus unserem Versteck hervor.

»Ihr wärt richtig miese Spione«, sagte er, als wir zu ihm an die Feuerstelle traten. »Ich habe euch schon lange gehört.«

»Wir … wir wollten dir nicht nachspionieren …«, hob Roxy an, doch er unterbrach sie.

»Schon gut. Macht mir nichts aus. Ihr seid einfach neugierig. Kein Wunder.« Er sprach mit tonloser Stimme, blickte uns nicht einmal an. Er verharrte mit steinerner Miene und starrte auf die Überreste seines Zuhauses.

»Tut mir leid, Alfie«, sagte ich. »Was passiert ist. Und … und dass mit deiner Mam und so.«

»Mir auch«, sagte Roxy.

Das veränderte alles. Ich weiß noch immer nicht, ob es daran lag, was wir sagten, oder ob es einfach der Zeitpunkt war oder keins von beidem oder beides, aber wenn ich zurückblicke, war dies der Moment, an dem unser Abenteuer begann.

Alfie schien sich einen Ruck zu geben und riss den Blick von den schwarzen Stümpfen los. Dann atmete er tief durch und sah uns an.

»Danke.«

Zwischen uns entstand eine Verbindung, ein Band.

»Wenn wir was für dich tun können … dir helfen oder so, du weißt schon …« Ich verstummte. Ich hatte keinen Schimmer, was ich da von mir gab, irgendwelche Worte, die ich bei Erwachsenen aufgeschnappt hatte.

»Meinst du das auch wirklich?«, fragte er.

Was sollte ich darauf antworten? *Nein, es war nur so dahergesagt?* Nicht, dass ich ihm nicht helfen wollte, bloß fiel mir keine einzige Sache ein, die ich in dieser Situation für ihn tun könnte.

Also sagte ich: »Aber sicher!«, und nickte entschlossen.

Roxy fügte: »Ja!«, hinzu und nickte noch vehementer.

Alfie nickte ebenfalls und meinte nur: »Gut. Kann sein, dass ich eure Hilfe brauchen werde.« Müde erhob er sich, ging auf das Haus zu und drehte sich noch mal zu uns um.

»Kann ich euch auch trauen?«

»Du kannst uns trauen, Alfie«, sagte Roxy.

Gerne hätte ich noch hinzugefügt: »Kommt drauf an, was wir machen sollen«, aber die Worte blieben mir im Hals stecken und ich sagte bloß: »Ja.«

34. Kapitel

Alfie stieg über ein paar verbrannte Holzbalken, die heruntergestürzt waren.

»Ähm … Alfie? Ich weiß nicht, ob das sicher ist, Mann. Ich meine …«, begann ich, aber er brachte mich mit einem Blick zum Schweigen, der besagte: *Das ist mein Haus, nicht deins.*

Roxy und ich folgten ihm in die Ruine, stapften vorsichtig durch die Asche und schauten immer wieder argwöhnisch hinauf zu den Balken über uns. Vor den Bücherregalen blieb Alfie stehen. Aus der Nähe betrachtet, war der Schaden noch größer. Buchstäblich Hunderte von Büchern waren zerstört, keines war unbeschadet geblieben. Wenn Seiten nicht komplett verbrannt waren, so waren sie mit einer schmierigen Rußschicht überzogen.

Soweit ich sehen konnte, handelte es sich um alte Bücher mit festen, schlichten Einbänden, nicht solche, wie ich sie hatte, mit Bildern und bunten Umschlägen. Ich nahm eines der weniger zerstörten Exemplare in die Hand, schlug es auf und blickte im Schummerlicht auf die Seite. Ich konnte kein Wort lesen.

»Was ist das?«, fragte ich.

Alfie trat näher und warf einen Blick drauf. »*Bekenntnisse* von Augustinus von Hippo.«

»Hippo-was?«

»*Von Hippo.* Das ist ein Ort oder zumindest war er das mal. Liegt im Norden von Afrika. Der Heilige Augustinus, du weißt schon.« Alfie sagte es, als würde er im Ernst glauben, dass ich wüsste, wer der Heilige Augustinus ist.

»Nie von ihm gehört. In welcher Sprache schreibt er?«

Alfie sah mich aus zusammengekniffenen Augen an. »Auf Latein.« In seiner Stimme schwang ein *Was denn sonst?* mit.

»Worum geht es da?«

Alfie nahm das Buch mit der unversehrten Hand und blätterte traurig durch die verkohlten Seiten. »Wahrscheinlich ist es die erste Biografie überhaupt. Manche Stellen sind ein wenig schwer zu lesen – zumindest nach heutigen Standards –, nichtsdestominder fesselnd.«

Nach heutigen Standards? Nichtsdestominder fesselnd? Wer spricht denn so?, dachte ich. Laut fragte ich nur: »Hast du's gelesen?«

Alfie nickte.

»Auf Latein?«, quiekte ich.

Wieder nickte er, ein wenig schüchtern diesmal.

Inzwischen war Roxy auch dazugekommen. »He, Einstein! Dann lies uns doch mal was vor!«

Während Roxy mit dem Handy die Seite beleuchtete, begann Alfie widerstrebend vorzulesen. Ich verstand kein Wort, aber Roxy lauschte mit großen Augen.

»Wow!«, rief sie, als er stockend endete. »Lies weiter!« Doch Alfie stellte das Buch zurück ins Regal.

»Die gehörten alle mir«, sagte er, »mir und Mam.«

Ich ließ ihn eine Weile allein und sah mich im Hof um. Der Hühnerstall in der Ecke war zerstört und in der Asche lagen verschmorte Hühner mit schwarzen Federn.

»Ich glaube, deine Ziege ist abgehauen«, rief ich Alfie zu, aber er antwortete nicht. Im nächsten Moment hoffte ich, dass er mich nicht gehört hatte, denn es klang verdammt nach: »Hey, sieh es doch mal positiv«, obwohl es wirklich nichts Positives gab.

Roxy war inzwischen in eine der Zimmerecken gewandert. »Was ist denn da drin?«, fragte sie und stieß mit dem Fuß ein paar verkohlte Bretter von einer dicken Metallkiste.

Alfie murmelte irgendwas Unverständliches und kniete sich dann neben die Kiste. Am Deckel war ein Bügel, den man mit einem Vorhängeschloss hätte verriegeln können, aber es gab kein Schloss. Alfie klappte die Kiste auf.

»Hhmm. Noch mehr Bücher!«, sagte Roxy. »Die sehen ganz okay aus. Ich meine, nicht verbrannt.«

Alfie schloss den Deckel wieder, erhob sich und schaute uns an. Zum ersten Mal wirkte er nicht ganz so traurig und leer. In seinen Augen lag so was wie ein Hoffnungsschimmer.

»Die müssen mit. Die können nicht hierbleiben.«

Ich packte den Griff und hob die Kiste an einer Seite an. »Du machst Witze, Alfie. Die kann ich gar nicht tragen, die ist viel zu schwer. Außerdem kümmert sich die Polizei oder die Feuerwehr darum. Die holen alles ab und bewahren es auf.«

Trotzig schüttelte Alfie den Kopf.

»Nein, wir nehmen sie jetzt mit.«

»Alfie, hör doch mal …«

»Wir nehmen sie jetzt mit.«

Er ließ nicht mit sich reden. Also schleppten wir die schwere Kiste Schritt für Schritt durch den düsteren Wald. Ich wechselte ständig den Arm, Alfie konnte das nicht, deshalb mussten wir immer wieder Pausen einlegen. Roxy versuchte, sich nützlich zu machen, indem sie mit dem Handy den Boden erleuchtete und uns auf Schlaglöcher und Wurzeln hinwies.

Der dünne Metallgriff schnitt mir in die Hand und das Gewicht schmerzte in den Schultern, aber endlich kam das flackernde Neonlicht der Garage in Sicht. Wir schleiften die Kiste hinein und ließen uns auf die Stühle plumpsen. Wir waren verschwitzt und rußgeschwärzt. So konnte ich nicht ins Bett, vorher musste ich mich noch irgendwie sauber kriegen.

»Und zeigst du uns, was da drinnen ist?«, fragte ich und streckte meine schmerzenden Arme. Als Alfie den Deckel öffnete, kam ein Stapel Bücher zum Vorschein, fünfzehn bis zwanzig vielleicht. Es waren dicke, in festes Leder gebundene Bände.

»Sieh dich vor!«, rief Alfie. »Bitte.«

Ich wischte mir die Hände am T-Shirt sauber, nahm eines der Bücher heraus und drehte es, um die Goldbuchstaben auf dem Buchrücken zu lesen.

»*Barnaby Rudge*«, las ich. Fragend sah ich Alfie an.

»Nicht so ein bekanntes Werk. Nimm das mal.« Er reichte mir ein anderes Buch.

»*Große Erwartungen*. Ach ja! Das war eine Fernsehserie. Mum hat die geguckt. Die sind also alle von diesem Dingsbums.«

»Charles Dickens«, sagte Roxy. »*Oliver Twist* hat er auch geschrieben.«

Alfie lächelte. »Hast du's gelesen?«

Roxy zuckte die Achseln. »Mehr oder weniger. Hier ist es.« Sie schlug den Buchdeckel auf. Dort war eine handschriftliche Widmung, die sie vorlas: *»Für Alve mit den besten Wünschen, Charles Dickens.«* Sie pfiff leise. »Das ist also die komplette Ausgabe von Charles Dickens? Und vom Autor signiert? Aber wer ist dieser Alve? Du kannst es doch nicht sein?« Unsicher schielte sie zu ihm hinüber. Es folgte ein ausgedehntes Schweigen. »Oder?«

Alfie hustete. »Ähm … ein alter Verwandter. Und die Sammlung ist nicht vollständig. Ein Buch wurde gestohlen oder ist irgendwie verschwunden … Keine Ahnung. *Eine Geschichte aus zwei Städten* fehlt jedenfalls.«

»Wie schade. Die Sammlung ist sicher immer noch einiges wert!«

Alfie nickte. »Ja, aber weil eines fehlt, wohl nur halb so viel. Darf ich …« Behutsam nahm er uns die Bücher ab und legte sie zurück. »Kann ich sie hierlassen? Fürs Erste zumindest?«

»Klar«, sagte Roxy. Gemeinsam zerrten wir die Kiste unter das ramponierte Sofa.

»Alfie«, erkundigte ich mich, »was willst du denn jetzt machen? Wo willst du hin?«

Darauf sagte er nichts und Roxy warf mir einen warnenden Blick zu. Sie versuchte es auf die sanfte Art.

»Deine Mutter, Alfie? Gibt es da noch jemanden, an den du dich wenden kannst?«

»Es gab nur uns. Und Biffa.« Wieder kehrte dieser leere Gesichtsausdruck zurück. Als hätte der Ausflug zum Haus und die Rettung der Bücher ihn nur für eine Weile von seinem Kummer abgelenkt. Alfie ging zur Tür, machte Kusslaute mit dem Mund

und rief: »He, Biffa! He, Biffa!« Als er unsere Blicke bemerkte, meinte er: »Biffa ist eine Katze.«

»Irgendwann musst du mit der Polizei reden«, sagte ich. »Du kannst dich ja nicht ewig hier verstecken.«

Er fixierte mich mit seinen eisblauen Augen. »Nein. Später. Vorher muss ich noch was erledigen.«

»Was?«

Er schüttelte den Kopf, als wollte er die Frage wie eine lästige Fliege verscheuchen. »Ich muss noch hierbleiben. Ihr habt versprochen, mir zu helfen.«

»Ja, klar, aber …«

»Habt ihr das ernst gemeint?«

»Ja, aber …«

»Dann bleibe ich hier und ihr sagt zu niemandem ein Wort.«

Ich sah hinüber zu Roxy, die bloß die Schultern zuckte.

»Aber deine Mum, Alfie …«, hob ich an.

Vor Wut blähten sich seine Nasenflügel. »Meine. Mutter. Ist. Tot. So ist es nun mal. Und was kümmert es euch? Für euch war sie doch bloß die seltsame Frau aus dem Wald. Diese seltsame Frau war aber meine Mutter und nun ist sie meinetwegen tot.«

»Deinetwegen? Wie …?«

»ICH HABE DEN BRAND VERURSACHT!«, brüllte er. »Ich kann froh sein, wenn ich nicht ins Gefängnis komme.«

»Alfie, einen Elfjährigen stecken die doch nicht ins Gefängnis«, sagte ich, um ihn zu beruhigen, aber es brachte nichts.

»Wer sagt denn, dass ich elf bin?«

»Ich nehme mal einfach an, dass du in etwa so alt bist wie ich. Guck mal …«

»NEIN! Jetzt guckst du mal. Und du«, fügte er mit Blick auf

Roxy hinzu, die zusammenfuhr. »Ich muss hier eine Weile bleiben. Ihr müsst mir helfen. Und wenn ich getan habe, was ich tun muss, wird alles gut, versprochen. Ich flehe euch an, erzählt niemandem von mir. Bitte, versprecht es mir.«

Darauf folgte eine lange Stille, eine wirklich lange. Alle drei sahen wir uns an, tauschten Blicke. Ich war drauf und dran, die Stille zu brechen, aber Roxy kam mir zuvor. Auf eine Art war sie misstrauisch, das merkte ich ihr an. Wahrscheinlich wegen des Hexenkrams.

»Okay. Aber du hältst uns da raus. Wir könnten richtig Ärger kriegen. Wenn jemand fragt, hast du die Garage von selbst gefunden.«

»Gut. Aber ich brauche was zu essen.«

»Okay.«

»Und Wasser.«

»Okay.«

»Damit stecken wir ja doch volle Kanne mit drin«, wandte ich ein.

Alfie legte den Kopf schief. »Ihr habt versprochen, mir zu helfen. Und Decken. Und einen frischen Verband für meinen Arm. Und Paracetamol. Und eine Dose Krabbenfleisch.« Er hielt inne, denn ihm war wohl selbst klar, dass die Liste seiner Forderungen ziemlich lang geworden war. »Geht das?«

»Krabbenfleisch?«

»Das ist das Lieblingsessen meiner Katze. Vielleicht riecht sie es und kommt zurück. Könnte ja sein.«

Ich seufzte. Schon jetzt bereute ich die Blankozusage, ihm zu helfen.

ALFIE

35. Kapitel

Ich habe den Brand verursacht. Wirklich. Nicht absichtlich, aber es ist meine Schuld.

Nun muss ich die Konsequenzen tragen.

Die Menschen im einundzwanzigsten Jahrhundert sagen sonderbare Dinge: »Ich muss lernen, mit mir und meinen Fehlern zu leben« oder: »Ich muss lernen, mir selbst zu verzeihen.«

Das ist doch alles Mumpitz. Ein Wort, das man heutzutage nicht mehr benutzt.

Mir bleibt ja nichts anderes übrig, als mit mir zu leben. Und vergeben kann ich mir nicht. Das geht doch gar nicht.

Wie ist das Feuer ausgebrochen?

Es muss am frischen Holz gelegen haben. Frisches, nicht abgelagertes Holz, das Funken sprüht. Ich hatte Roxy Minto mit ihrem verbundenen Kopf hinterhergesehen. Wollte ihr zum Abschied winken, damit sie vielleicht wiederkommt.

Ich war zu faul, um zum Unterstand zu laufen und das abgelagerte Brennholz zu holen, stattdessen habe ich das frisch geschlagene Holz genommen.

Also. Meine Schuld.

AIDAN

36. Kapitel

Es war schon spät, als ich nach Hause kam. Mum und Tante Alice waren bereits im Bett, Dad tobte. Nach einem Streit mit Mum war er immer noch grantiger.

»Krank vor Sorge … unverantwortlich … egoistisch … was meinst du, wie sich deine Mutter fühlt?!«

Das Übliche eben. Und dann hielt er plötzlich inne und musterte mich von oben bis unten.

»Du bist ganz schmutzig«, sagte er. »Schon wieder! Was ist bloß mit dir los? Wo hast du nur gesteckt?«

Ich log, sagte, dass ich mit Spatch Fußball gespielt hätte. Dad würde es nicht nachprüfen. Aber der Vorfall machte es noch unwahrscheinlicher, dass ich ihm von Alfie erzählen würde. Ich setzte ein betrübtes Gesicht auf.

»Tut mir leid, Dad. Ich habe total die Zeit vergessen. Kommt nicht wieder vor.«

In dem Moment kam Jasper aus dem Wohnzimmer dazu. »Ah! Der Weltenbummler kehrt zurück!«, sagte er. »Habe ich's dir nicht gesagt, Ben? Dem Jungen fehlt nichts. Hast dich ein bisschen amüsiert, was?« Er zog die Oberlippe bis zum Gaumen hoch und grinste. Wenn Jasper lächelt, sieht es immer aus, als hätte er erst mal in die Anleitung schauen müssen, wie das geht. Gruselig.

Mit seiner fröhlichen, jovialen Art hatte Jasper Dads Standpauke völlig untergraben. Mich hätte das ja eigentlich freuen sollen, aber als ich Dad ansah, tat er mir fast leid. Wütend funkelte er Jasper an, der nichts mitbekam.

»Denkt dran«, sagte Jasper und rieb sich die knochigen Hände, »morgen geht's früh los für uns Seemänner!«

Mist! Das hatte ich ja völlig vergessen. Morgen wollte Jasper mit mir und Dad einen Törn auf der *Jolly Roger* machen. Ich fing Dads Blick auf. Ihm grauste davor genauso wie mir.

»Ich kann's kaum erwarten, Jasper«, sagte ich, dann gähnte ich theatralisch. Je eher ich ins Bett kam, desto eher würden die vielleicht schlafen gehen und desto eher könnte ich Alfie die versprochenen Sachen bringen.

Oben stellte ich am Bett das Radio ein.

»… und hier die Nachrichten auf Radio Nord. Nach dem Hausbrand, der sich vergangene Nacht in einem Waldgebiet bei Whitley Bay ereignet hat und bei dem ein Mensch ums Leben gekommen ist, fahndet die Polizei von Northumbrien nach einem Jungen.

Sie geht davon aus, dass das Opfer, Mrs Hilda Monk, nicht allein in dem Haus gelebt hat, sondern mit ihrem elfjährigen Sohn Alfred. Der Sohn ist spurlos verschwunden. Detective Inspector Maxine Ford hat sich gestern Nacht an die Öffentlichkeit gewandt:

›Alfred, bitte melde dich, damit wir wissen, dass es dir gut geht. Du stehst nicht unter Verdacht und hast keine Strafe zu befürchten. Wo auch immer du sein magst, wende dich an die nächste Po-

lizeiwache oder an einen Streifenpolizisten und sag, wer du bist. Und das gilt für jeden, der etwas über den Verbleib des Jungen weiß. Wir machen uns große Sorgen um ihn.‹

Es steht zu befürchten, dass der Junge durch den Brand, der sein Heim zerstört hat und fast außer Kontrolle geraten wäre, Verletzungen und ein seelisches Trauma davongetragen hat.

Die Polizei macht Haustürbefragungen, um herauszufinden, ob Nachbarn den Jungen aufgenommen haben.

Und nun zu weiteren Nachrichten. Der Premierminister hat verlauten lassen …«

Ich schaltete das Radio aus, starrte an die Decke und machte mir schreckliche Sorgen.

37. Kapitel

Okay, jetzt versetzt euch mal kurz in meine Lage, sonst haltet ihr mich am Ende noch für verrückt, bescheuert oder beides.

- Ein Junge in meinem Alter lebt bei mir hinterm Gartenzaun in einem alten Baucontainer, und der einzige andere Mensch, der davon weiß, ist Roxy Minto, die ich praktisch gerade erst kennengelernt habe.
- Der Junge hat mit ansehen müssen, wie sein Haus in Schutt und Asche gelegt wurde, hat seine Mutter in dem Feuer verloren und leidet – laut Roxy, die sich damit auszukennen scheint – unter PT oder so, was *psychisch labil* bedeutet.
- Er hat einen schlimm verbrannten Arm, der wahrscheinlich im Krankenhaus behandelt werden sollte, wogegen er sich total sträubt.
- Er spricht komisch, hat einen seltsamen Akzent, den ich nicht zuordnen kann.
- Er hat mich gerade gebeten (untermauert von vagen Drohungen), alles geheim zu halten.

Und ich habe mich dazu breitschlagen lassen.

»Ich flehe euch an, erzählt niemandem von mir«, hat er gesagt.

Wie lange konnte ich das Geheimnis bewahren? War es überhaupt richtig? Die Polizei suchte doch schon nach Alfie. Würde ich nicht Ärger bekommen, wenn ich nichts sagte?

Das und eine Billion anderer Dinge gingen mir durch den Kopf, als ich um Mitternacht durchs Haus schlich und Sachen für Alfie zusammensuchte. Vor ein paar Tagen hatte ich unsere Campingausrüstung ausgepackt, deshalb fand ich den Schlafsack auf Anhieb auf dem Regal oben neben der Treppe. Bestimmt brauchte er auch noch eine Luftmatratze. Ich wollte mich gerade mit den beiden Sachen nach unten aufmachen, als meine Zimmertür aufging und Jasper im Schlafanzug herauskam.

»Alles klar, Junge«, murmelte er verschlafen. »Muss mal auf den Lokus. Altmännerblase.«

Danke für die Info, dachte ich bloß und hoffte, dass er an mir vorbeigehen würde, ohne zu merken, dass ich mit Schlafsack und Luftmatratze bewaffnet war.

Na sicher.

»Was zum Henker willst du mit dem Zeug?«, fragte er und kratzte sich am Bart.

Schnell, Aidan. Lass dir was einfallen.

»Ach … ich konnte nicht schlafen, da, ähm, dachte ich … ich versuch's mal unten. Neues Haus. Alles noch so ungewohnt.«

Wer's glaubt, wird selig.

Daraufhin sagte Jasper nichts, musterte mich nur kurz, bevor er ins Bad schlurfte.

Niemals hatte er mir das abgekauft. Über dem Schlafanzug trug ich einen Kapuzenpulli und außerdem feste Schuhe.

Aber warum hatte er dann nichts gesagt? War er noch im Halbschlaf? Kümmerte es ihn womöglich gar nicht? Diese Ungewissheit machte mich fertig. Ich entschied mich für Letzteres, denn bislang hatte Jasper nie besonders viel Interesse an mir gezeigt, warum sollte er es jetzt? Zumindest redete ich mir das ein, während ich durch den Garten huschte, mich durch das Loch im Zaun quetschte und dem dankbaren Alfie das Zeug in die Hand drückte. Ich hatte sogar eine Dose Thunfisch aufgetrieben, die vielleicht ein ganz guter Ersatz für die Krabben war.

Roxy hatte bereits Essen vorbeigebracht und versprochen, ihm morgen früh einen neuen Verband zu machen, also war ich mit Alfie allein.

Er sah mich aus seinen blassen, rotgeränderten Augen an. »Danke«, sagte er, »besten Dank.« Dann fügte er noch hinzu: »Alter.«

Einfach so. »Alter.« Es klang, als hätte er es noch nie zuvor gesagt. Er hatte das Wort nicht beiläufig in die Runde geworfen, so nach dem Motto: »Ey, Alter«. Bei Alfie war es eher so, als hätte er das Wort irgendwo aufgeschnappt und übte es zum ersten Mal, sprach es ganz deutlich aus, wie fast alles.

Dann lächelte er, und trotz seiner wirklich schrecklichen Zähne lag eine Wärme in diesem Lächeln, die mir durch und durch ging. Allmählich erstarb das Lächeln und er fixierte mich ernst. »Ich verlass mich auf dich.«

Ich wandte mich zum Gehen um. »Aidan«, sagte er leise.

»Ja?«

»Ich muss dir was sagen. Aber du glaubst mir vielleicht nicht.«

So und jetzt könnt ihr auf die Liste der Dinge, die mich verrückt, bescheuert oder beides aussehen lassen, noch was setzen:

Alfie meinte, er sei über tausend Jahre alt.

ALFIE

38. Kapitel

In mir ist ein riesiges Loch. Es ist in mir und doch viel größer als ich. Es könnte mich auf der Stelle verschlucken.

Wenn ich hineinschaue, falle ich ins Nichts, in ein Loch, das nicht mal schwarz ist.

Vollkommen farblos. Lautlos. Geruchlos. Ein Nichts eben.

Ich saß in der Hütte, die Roxy Minto Garage nennt, und starrte an die Decke. Nachdem Roxy das Neonlicht ausgestellt hatte, war es schummrig und meine Augen konnten sich erholen. (Mam und ich sind – *waren* – lichtempfindlich. Helles Sonnenlicht ist beinahe schmerzhaft. Angefangen hat es, nachdem wir das Elixier der Lebensperlen mit unserem Blut vermischt hatten. Heute würde man das wohl eine Nebenwirkung nennen.)

Überall hing noch der Brandgeruch. Ich hatte zwar gebadet und frische Kleider angezogen, doch meine verräucherten Sachen lagen noch auf einem Haufen in der Ecke. Mir kam es vor, als wäre der Geruch in die Haut gedrungen, in die Nase. Der Junge, der Freund von Roxy, Aidan, ist nett. Er hat mir beim Baden geholfen. Über meine Tätowierung und meine Narben hat er kein Wort verloren, obwohl er sicher gerne gefragt hätte.

Und was hätte ich ihm dann geantwortet?

»Die Tätowierung habe ich vor über fünfhundert Jahren bekommen. Kein Wunder, dass sie über die Jahrhunderte etwas ausgebleicht ist.«

Vielleicht hätte ich es tun sollen. Ihm einfach die Wahrheit sagen. Mam hätte was dagegen gehabt. Für den Fall, dass einem von uns was zustoßen sollte, gibt es einen Plan, doch jemanden ins Vertrauen zu ziehen, kommt nicht darin vor.

Mam.

Am Ende läuft immer wieder alles auf sie hinaus. Jeder Gedanke, jede Handlung lässt mich an sie denken. Wie oft habe ich schon angefangen, ihr was zu erzählen, mich nach ihr umgedreht oder mich nach ihren starken Armen gesehnt.

Mam würde mir den Rücken streicheln und das Lied aus vergangenen Zeiten in unserer Sprache singen.

In der schmuddeligen Hütte auf dem zerrissenen Sofa saß ich und schlang die Arme um mich, stellte mir vor, es wären Mams. Während ich ihr Lied sang, blieben mir die traurigen Töne im Hals stecken, aber irgendwie ging es mir davon besser.

Als Aidan zurückkam, war es so gegen ein Uhr, dem Mond nach zu urteilen. Ich hatte ein wenig gedöst, aber aus Angst, dass mich die Leere in mir ganz verschlingen könnte, wagte ich nicht einzuschlafen.

Er brachte mir einen langen, wattierten Sack zum Schlafen. Er fragte mich, wie es mir ginge. Okay war das Wort, das er gebrauchte. »Alles okay, Alfie?«

»Danke«, sagte ich. »Ich bin okay.« Es kam mir komisch vor. Zuvor hatte ich das Wort kaum benutzt.

Aidan setzte sich eine Weile zu mir, ohne groß was zu sagen, was in Ordnung war. Schön sogar. Dann fragte er: »Wie geht's deinem Arm?«

»Gut«, antwortete ich, obwohl es nicht stimmte. Trotz der Schmerzmittel, die ich genommen hatte, tat er sehr weh.

Als er sich zum Gehen erhob, rutschte es mir einfach heraus.

»Aidan«, sagte ich, »ich muss dir was sagen …«

»Okay, schieß los.«

»Wie bitte?«

»Schieß los. Erzähl's mir.«

Ich holte tief Luft und schloss die Augen. Ich dachte an Mam und unseren Plan. Dann sagte ich es einfach.

»Ich bin tausend Jahre alt. Eigentlich noch älter. Meine Mutter war es auch.«

Ich hatte damit gerechnet, dass er mich einen Lügner nennt oder mich zumindest auslacht. Stattdessen sah er mich bloß eingehend an und fragte: »Wie lange lebt ihr schon im Wald?«

»Hundertfünfzig Jahre mit Unterbrechungen.«

»Und davor?«

»In der Nähe von Hexham auf einem kleinen Bauernhof. Dort haben wir Näharbeiten verrichtet, Kleider angefertigt, Dinge repariert. Und davor haben wir eine Weile in Wales gelebt und …«

»Nähen?«, unterbrach er mich. »Deine Mutter war Kostümschneiderin?«

»Das klingt ein wenig hochtrabend, aber ja, manchmal hat Mam sich so bezeichnet.«

Mit gerunzelter Stirn beäugte Aidan mich. Er hatte sich wieder auf den Schreibtisch gesetzt und dachte intensiv nach, das sah man ihm an.

»Und … seid ihr jemals mal fotografiert worden, Alfie? Ihr beide? Vor dem Waldhaus?«

»Warum? Ja, das stimmt. Das vergesse ich sicher nicht. Wir hatten noch nie zuvor einen Fotoapparat gesehen. Ein Mann von der *Shields Gazette* kam vorbei und wir sollten uns vor das Haus stellen und … Moment mal. Warum fragst du mich das?«

Wir unterhielten uns, bis es hell am Himmel wurde. Ich erzählte ihm von Da und Mam und Biffa und den *livperler.* Dadurch fühlte ich mich weniger leer. Vielleicht hat er mir sogar geglaubt.

Ich habe ihn in meinen und Mams Plan eingeweiht. Ich dachte schon, es könnte klappen, vielleicht hätte es das auch, wenn sich die Dinge anders entwickelt hätten.

Und als Aidan schließlich ging, fiel ich in einen traumlosen Schlaf.

AIDAN

39. Kapitel

Da ich erst bei Sonnenaufgang ins Bett gekommen war und aufgrund der Neuigkeiten kein Auge zugetan hatte, war ich überhaupt nicht scharf drauf, eine Stunde später schon wieder »geweckt« zu werden, um mit Jaspers Boot rauszufahren.

Während Dad und ich mit Jasper segeln würden, wollten Mum und Tante Alice Libby aus dem Zeltlager abholen.

Vor zwei Jahren hatte ich auf der Rückfahrt von Tante Alices Hochzeit im Auto mitbekommen, dass Mum und Dad Jasper eigentlich gar nicht mögen. Aber sie wissen nicht, dass ich es weiß.

(Ist euch auch schon mal aufgefallen, dass Erwachsene gerne so tun, als wären alle lieb und nett und würden sich bestens verstehen, besonders innerhalb der Familie? Wahrscheinlich wollen sie für uns Kinder mit »gutem Beispiel vorangehen«, so nach dem Motto: liebe und vertraue, urteile nicht vorschnell, in der Welt der Erwachsenen herrscht eitel Sonnenschein, blabla. Nur sind wir ja nicht blöd und merken es.)

In diesem Fall tun sie es wohl Tante Alice zuliebe, denn die mag Jasper. Liebt ihn sogar. Und als Jasper zu mir sagte: »Du kommst doch morgen mit aufs Boot?«, hatte ich Dad einen Blick zugeworfen.

Jasper hatte es weniger als Frage, sondern mehr als Feststellung formuliert, und Dad hatte geantwortet: »Danke, Jasper. Wir kommen gerne mit.«

Wir. Ich war erleichtert. Ich weiß nicht, was Dad sich ausgemalt hat. Vielleicht, dass Jasper mit mir in einen Sturm segelt oder mich über die Planke gehen lässt. Keine Ahnung, jedenfalls war ich nur froh, nicht allein mitgehen zu müssen.

Manche Leute haben Angst vorm Fliegen. Manche haben Angst im Auto. Mum würde sich nie auf ein Motorrad setzen.

Und bei mir? Bei mir sind es Boote.

Einmal habe ich versucht, Jasper davon zu erzählen, aber der hat mich nur ausgelacht und meinte, ich solle ein Mann sein und mich zusammenreißen. Dad stimmte ihm sogar zu, ich könne nicht durchs Leben gehen und Angst vor Booten haben. Erwachsene eben! Bei denen weiß man nie.

Ehrlich gesagt, ist es nicht das Boot an sich, sondern die Seekrankheit. Auf einem Schiff muss ich mich immer übergeben. (Auf Mallorca habe ich sogar auf einem Tretboot gekotzt, aber das habe ich keinem gesagt, weil es mir so peinlich war.)

Jasper hatte vor Culvercot Bay geankert, wo die beiden langen Betonpiere wie zwei offene Arme in die Bucht ragen.

Auch wenn ich keine Ahnung von Booten habe, nehme ich an, dass es eine Jacht ist. Sie ist weiß, hat einen kleinen Mast, und das Segel ist unter einer blauen Plane entlang eines Teils eingerollt, das von Seite zu Seite schwenkt und von dem ich zufällig weiß, dass es *Baum* heißt, also hey, ich weiß ja doch was über Boote!

Es gibt ein Lenkrad, das hier Steuerrad heißt.

Das Boot ist ungefähr zehn Meter lang, denn ich habe gehört, wie Jasper es als »30-Fuß-Boot« bezeichnet hat, knapp zehn Meter also.

Jolly Roger steht in schwungvollen Buchstaben auf dem Rumpf und hinten hängt sogar eine kleine Piratenflagge.

Als wir über den Betonpier liefen, sahen wir eine Gruppe von Jugendlichen, die auf das Boot geklettert war und sich nun an der Kabinentür zu schaffen machte.

Jasper reagierte als Erster. Als wäre in seinem Kopf eine kleine Bombe explodiert, schaltete er im Bruchteil von Sekunden von *superentspannt* auf *supersauer* um.

»He da!« Jasper war erstaunlich schnell auf den Beinen. Brüllend sprintete er über den Pier. »Ihr Rotzlöffel! Runter da von meinem Boot! Aber ganz flott!«

Oh, nein. Es war dieser Inigo Delombra. Statt eingeschüchtert zu sein, schauten die drei Jungs Jasper ungerührt an. Obwohl die Kajütentür mit einem Zahlenschloss gesichert war, stand sie offen, hineingegangen waren sie noch nicht. Inigo Delombra ergriff das Wort.

»Ist das Ihr Boot?«

»Worauf du wetten kannst! Und nun verschwindet!« Jasper packte einen der Jungen am Kragen, aber der konnte sich losreißen.

»He, das is 'n tätlicher Angriff, Alter!«

Und weiter sagte Inigo: »Mein Vater is der Hafenmeister und sagt, zwischen April und September is hier nich 'n zulässiger Ankerplatz. Also verstoßen Sie gegen die Hafenregeln. Wir wollten bloß mal checken, ob Sie da sind.«

Inzwischen waren die Jungs von Bord geklettert und standen uns auf dem Pier gegenüber.

»Ha-Hafenmeister?«, stammelte Jasper.

»Ja. Und mit Vorschriften nimmt es mein alter Herr ganz genau!« Die anderen beiden Jungs zockelten schon davon, doch Inigo ließ sich nicht beirren und setzte noch hinzu: »Ich will mal nich so sein. Ich sag keinem, dass Sie unseren Jonesy hier tätlich angegriffen haben, aber wenn Sie Ihr Boot einfach irgendwo abstellen, brauchen Sie sich nicht zu wundern, wenn die Obrigkeit Ermittlungen anstellt.«

Weiter hinten auf dem Pier schüttelten sich die anderen beiden Jungs vor Lachen, doch Inigo steckte nur lässig die Hände in die Taschen und schlenderte davon. Dann drehte er sich erneut um. »Und noch was. Ihr Zahlencode? Gehört zu den zehn häufigsten.« Nun sah er mich an und grinste fies. »Für dich ist es ja jetzt ein langer Weg hierher, was, Linklater? Wo du doch in Müllhausen wohnst!«

Dad nahm gerade die letzten Stufen vom Pier und hörte es nicht. Zum Glück. Denn wenn man es mit jemandem wie Inigo Delombra zu tun hat, kann man echt keinen Dad brauchen, der ausrastet. Das macht es nur noch schlimmer.

40. Kapitel

Der Abstecher zum St. Mary's Leuchtturm und zurück war kein Spaß.

Nach dem Zusammenprall mit Inigo Delombra und seinen Freunden hatte Jasper schlechte Laune, konzentrierte sich voll und ganz aufs Segeln und blaffte Befehle: »Zieh die Schot an!« Und wenn ich ihn dann verständnislos ansah, wurde er ärgerlich. »Die Schot, Junge! Das Tau da, zieh!«

Wegen der Windrichtung mussten wir im Zickzack segeln (kreuzen? Wenden? Keine Ahnung!) und Dad sagte mehr als einmal: »Mach mal halblang, Jasper. Der Junge segelt zum ersten Mal.«

Doch als wir kurz hinter dem Leuchtturm umkehrten, schlug Jaspers Laune um wie der Wind. Dieser abrupte Persönlichkeitswandel war seltsam und auch ein wenig unheimlich. Jasper zog eine weiße Kapitänsmütze mit Goldborte aus einem Schrank und stülpte sie sich auf den Kopf. Als Nächstes drehte er einen Knopf an der Konsole neben dem Steuerrad und Musik dröhnte los. Alte Musik – ein Kirchenchor oder so – und es war echt LAUT.

»Ach, diese gregorianischen Gesänge muss man einfach lieben«, sagte Jasper zu niemandem eigentlich. »Eine wahre Offenbarung!« Träumerisch schloss er die Augen und hielt das Gesicht in den Wind.

Dann sagte er mit tiefer Stimme und vornehmem Akzent: »Schicken Sie sie auf See, Mr. Murdoch. Legen Sie ein paar Kohlen auf!«

Ich lächelte matt. Es war ein Zitat aus dem Film *Titanic*, den ich mal bei Mo gesehen hatte.

Als wir die Fock, ein kleines Vorsegel, hissten, schoss das Boot mit einer Kraft vorwärts, die mich überraschte. Dad taumelte und hielt sich an der Reling fest.

Auch wenn das Meer an dem Tag nicht besonders unruhig war, reichte der Wellengang, um das Boot auf seiner Fahrt durch das glänzend graue Wasser hart aufschlagen zu lassen. Mir war schon seit Beginn der Reise schlecht, durch die Wellenfahrt wurde es nicht besser.

»Hier, nimm du mal das Steuerrad«, sagte Jasper und trat beiseite. Das Steuerrad drehte sich mit alarmierender Geschwindigkeit. »Na los«, blaffte er. »Mach schon!«, und ich übernahm, während er die Musik noch lauter drehte.

»Jasper, bist du sicher …«, brüllte Dad über den gregorianischen Gesang hinweg, doch Jasper hörte nicht hin.

»EISBERG DIREKT VORAUS!«, schrie er. »HART STEUERBORD, MR MURDOCH!« Ich hatte keine Ahnung, was er damit meinte. »Dreh das Steuerrad ganz nach rechts, RECHTS!«

So dringlich, wie seine Stimme klang, glaubte ich fast, dass vor der Küste von Whitley Bay tatsächlich ein riesiger Eisberg aus dem Wasser ragte, deshalb drehte ich das Steuerrad mit aller

Kraft. Sekunden später reagierte das Boot, indem es gefährlich nach rechts schlingerte. Darauf war Dad nicht gefasst. Wieder geriet er ins Taumeln, stieß sich den Kopf am niedrigen Türrahmen der Kajüte und schrie auf vor Schmerz.

»Piraten machen sich zum Entern bereit! Kurs auf Hafen!«

Auf der Titanic gab es keine Piraten, aber egal, ruckartig riss ich das Steuer wieder herum. Eine Welle schlug über Bord.

»Das reicht!«, brüllte Dad und wir drehten uns beide zu ihm um. »Es ist zu gefährlich!«

Doch Jasper wollte davon nichts wissen. Mir kam es vor, als hätte er vergessen, dass wir ganz gewöhnliche Leute auf einer Jacht waren. »Auf meinem Schiff entscheide ich, was gefährlich ist. Seht ihr das?«, und er deutete auf seine Kapitänsmütze. »Das heißt, ich habe hier das Kommando!« Auch wenn er dabei lächelte, als gäbe es zwischen ihm und Dad keinen Streit, gab es ihn doch.

Dad zog mich vom Steuerrad weg. »In dem Fall übernimm auch die Verantwortung«, sagte er und lächelte kühl. Dann stellte er mit einem Griff die Musik ab.

Was für ein Unterschied. Sofort hörte man nur noch den Wind und das Meer. Und noch immer hielt sich Dad an die Maxime, dass sich Erwachsene nicht vor Kindern streiten sollten, und sagte: »Alles in Ordnung, Aidan. Mach dir keine Sorgen. Ich war nur ein wenig beunruhigt, mehr nicht. Bin wohl ein kleiner Angsthase, was?« Er rieb sich den Schädel.

Und so schipperten wir die Küste entlang nach Culvercot Bay, ohne ein Wort, bis Jasper zu Dad sagte: »Drink?«

»Einen Drink?« So wie Dad fragte, klang es, als hätte Jasper ihm gerade Nacktbaden vorgeschlagen.

Jasper kratzte sich am Bart. »Ja, einen Drink.« Er öffnete einen Schrank, in dem einige Flaschen mit mir unbekanntem Inhalt standen.

»Rum«, sagte Jasper, der offenbar meine Gedanken gelesen hatte. »Des Seemanns bester Freund!« Aus dem Augenwinkel sah ich, wie Dad mit den Augen rollte.

»Ist … ist ein bisschen zu früh für mich, Jasper«, sagte er. »Aber tu dir keinen Zwang an.«

Wenn die Flasche mit einem Korken verschlossen gewesen wäre, hätte Jasper ihn garantiert wie im Film mit den Zähnen herausgezogen. Aber diese hatte einen Drehverschluss, den er ganz normal öffnete, um dann einen großen Schluck Rum zu nehmen. »Ahhh!«, machte er und schmatzte wohlig. Selbst mir war klar, dass es gespielt war.

Abgesehen davon segelten wir schweigend zurück. Dad schäumte vor Wut, das merkte ich. Jasper hatte nach ein paar weiteren Schlückchen Rum das Fluch-der-Karibik-Getue abgelegt und war wieder der Alte; und ich übergab mich leise über die Reling, ohne dass es jemand mitbekam.

Als wir den Pier zurückliefen, zitterten mir die Beine, und ich war müde. Dads Handy klingelte. Er schien alarmiert.

»Sie hat was? Polizei? Hinterm Zaun? Aber … Oh. Oh. Okay.« Er wandte sich uns zu und sagte: »Libby hat diesen vermissten Jungen gefunden.«

Auf einmal war ich wieder putzmunter. Ich geriet ins Straucheln, Jasper hielt mich am Arm fest.

»Wobei er wieder weggelaufen ist«, fügte Dad hinzu.

Das war ein Auf und Ab, als wären wir noch immer auf See.

41. Kapitel

Später erfuhr ich, dass meine kleine Schwester im Zeltlager eine Sache gemacht hatte, die sich »Entdecke deine Welt« nannte. Dabei ging es darum, seine nähere Umgebung zu erkunden und an Orte zu gehen, an denen man sonst nicht war. Gemeint war wohl ein neuer Park oder ein neuer Laden.

Nicht aber, über den Gartenzaun zu klettern und einen Jungen im Schlafsack in einer alten Bauarbeiterhütte mit kaputtem Neonschild zu überraschen.

Doch das hatte Libby getan.

Nun wimmelte es in unserer Straße schon zum zweiten Mal in drei Tagen von Menschen in Uniform, vor allem Polizisten, aber es gab auch einen Krankenwagen mit Rettungssanitätern. Die Türen vom Krankenwagen standen offen und die beiden Sanitäter saßen hinten auf dem Tritt und machten besorgte Gesichter.

Bei uns im Haus waren eine Menge fremder Leute, und ganz gleich, welche Stimmung zwischen mir, Jasper und Dad geherrscht hatte, sie war wie weggeblasen. Hier ging es um mehr.

Tante Alice kochte eine Kanne Tee, schon die dritte, wie sie sagte.

»Zieh dir doch endlich mal ein Hemd über«, knurrte sie. Jasper trug noch immer die Rettungsweste, aus der die Brusthaare wie bei einem geplatzten Federkissen hervorquollen.

Zwei der Fremden waren Polizisten in Zivil, eine Frau und ein Mann. Eine weitere Frau kam vom Jugendamt oder so.

Die Polizistin sprach mit einer völlig verängstigt wirkenden Libby.

»Alles gut, Schätzchen. Du hast nichts falsch gemacht, wirklich nicht«, sagte die Beamtin, aber Libby schien ihr nicht zu glauben. »Nun erzähl mir noch mal, was du gesehen hast.«

Während Libby sprach, machte sich die Frau Notizen. Abermals ging die Türklingel, Handys summten und plingten, der Kessel gab ein elektronisches Pfeifen von sich, über dem Wald dröhnte der Hubschrauber. Es war Chaos.

In dem Moment drang ein Schrei durch die offene Haustür.

»Sie haben ihn gefunden!«

Die Nachricht wurde weitergegeben, wiederholt. Überall zischelte und tuschelte es.

»Sie haben ihn gefunden … ihn gefunden … ihn gefunden …«

»Bringt ihn hinten rum …«

»Verletzung am Arm, nicht besorgniserregend …«

»Identität noch nicht bestätigt …«

»Wahrscheinlich traumatisiert, Sergeant … behutsam mit ihm …«

Mich knuffte jemand von hinten. Als ich mich umdrehte, war es Roxy. Sie murmelte: »Was für eine Überraschung!«

Roxy schien nicht im Geringsten besorgt, dass sie und ich Ärger bekommen könnten, weil wir einem »Flüchtenden geholfen hatten« oder wie das hieß. Ich war da weitaus weniger entspannt, und mein Magen, der noch vom Segeltörn etwas flau war, drehte sich erneut um.

Ein uniformierter Beamter tauchte in der Lücke im Zaun auf und winkte die Dame vom Jugendamt herbei, die entschlossen in den Garten hinaustrat.

Dann herrschte zwanzig Minuten lang Ruhe. Der Polizist in Zivil unterhielt sich leise mit Mum, Dad und Tante Alice, während die Polizistin mit ihrem Notizbuch herumging und Namen und Adressen notierte. Bei Tante Alice blieb sie stehen.

»Wohnen Sie hier?«

»Oh, nein«, antwortete Tante Alice und nannte der Beamtin ihre Adresse in Warkworth oben an der Küste.

»Und wie lautet Ihr vollständiger Name?«

»Alice Hooke. Mit einem E hinten.« Die Polizistin notierte sich alles.

Dann tat sich am Ende des Gartens etwas. Erst zwängte sich ein Polizist durch die Zaunlücke, gefolgt von einem sehr verdreckten und zerrupften Alfie und einem weiteren Polizisten.

Sie stolzierten durch den Garten in die Küche. Die Leute in der Küche machten Platz, um das Grüppchen durchzulassen.

Das Unglück schien Alfie wie eine zentnerschwere Decke unter sich zu begraben.

Und dann schaute er mich und Roxy an, die Wut in seinem Blick war beängstigend. Auch wenn er nichts sagte, war klar, dass er dachte, wir hätten ihn verraten, hätten Libby von ihm erzählt.

Was sollte ich tun? Ich konnte ja schlecht sagen: »Wir haben dich nicht verpetzt, Alfie«, denn damit hätte ich ja preisgegeben, dass wir die in unserer Küche versammelten Erwachsenen hinters Licht geführt hatten. Also schwiegen Roxy und ich und Alfie sah extrem sauer aus.

Einen Moment, der vielleicht zehn Sekunden dauerte, als er verdreckt und mit nacktem Oberkörper in der Küche stand, starrten ihn alle nur stumm an: sein schlammverkrustetes Haar, seine Jeans mit der Glitzerbordüre, das seltsame verblichene Tattoo auf dem Rücken und die Narbe auf dem Oberarm.

Libby musterte ihn von oben bis unten und erkannte Gott sei Dank ihre Jeans nicht, wahrscheinlich weil sie so verdreckt war.

Dann drängte sich Jasper durch den Menschenpulk und benahm sich sehr eigenartig. Er beugte sich hinunter und betrachtete Alfie wie ein Museumsexponat. Nahm die getönte Brille von der Nase, schaute ihn von rechts und von links an, drehte ihn herum.

Alfie ließ es über sich ergehen. Benommen durch den Schreck, dachte er wohl, die Untersuchung gehöre zu seiner Gefangennahme dazu.

Jasper bestaunte und begaffte ihn regelrecht. Als er meinen Blick bemerkte, schaute er schnell weg. Alfie bekam von all dem nichts mit, denn er hatte die Augen zu Boden geschlagen, aber Jaspers Blick wanderte wieder und wieder zu Alfie zurück, zu seinen Narben. Auch wenn er nichts sagte, war sein rotes Gesicht vollkommen bleich geworden.

Er benahm sich seltsam, so viel stand fest, doch an dieser Situation war auch nichts normal.

Schließlich schritt die Polizistin ein.

»Entschuldigen Sie bitte, Sir?«

Jasper schaute sie an, als würde er aus einer Trance erwachen.

Rasch zog er sich ein Hemd über, und erst da fiel mir auf, dass er wie Alfie zwei waagerechte Narben am Oberarm hatte.

Ein kleines Gleichheitszeichen.

Merkwürdig, ging es mir durch den Kopf. Aber weil die gesamte Situation so verworren war, dachte ich nicht weiter darüber nach.

»Entschuldigen Sie, Sir?«, wiederholte die Polizistin.

»Ja?«, antwortete Jasper.

»Wir brauchen noch ein paar Angaben von Ihnen …« Sie zückte ihr Notizbuch.

Ich hielt nach Alfie Ausschau, hoffte, dass ich ihn noch einmal kurz allein erwischte, um ihm alles zu erklären. Aber er wurde schon zu einem bereitstehenden Polizeiauto gebracht.

ALFIE

42. Kapitel

Bestimmt ein Zufall.

Die doppelten Narben wie ein Gleichheitszeichen.

Das konnte nur ein Zufall sein.

Ich habe seinen Arm ja nur kurz gesehen. Habe ich mir das nicht nur eingebildet? Der Stress, das Feuer, Mam, alles … ich kann nicht mehr klar denken.

Ich sitze in eine Decke gehüllt in einem Polizeiwagen, Leute sprechen in Funkgeräte und Handys, im Rückspiegel blinkt ein Blaulicht, eine Frau mit viel zu viel Parfüm sitzt neben mir und tätschelt mich (was mir unangenehm ist).

Doch wenn man alles und alle, die man kennt und liebt, in einer einzigen Nacht verliert, kann das schon mal das eigene Urteilsvermögen trüben.

Urteilsvermögen trüben? Den Verstand verlieren. Durchdrehen. Seht ihr, ich rede noch nicht mal wie ihr, auch wenn ich mir Mühe gebe. Sehr, sehr große Mühe.

(Mam und ich haben Radio gehört, auch wenn die Leute im Radio nicht unbedingt so sprechen wie die Leute hier aus der Gegend. Ich versuche es zwar, aber es gelingt mir nicht. Ich höre es ja selbst. Und wenn ich mich mit anderen unterhalte, was selten genug vorkommt, merke ich, dass sie meine Art zu reden merkwürdig finden.)

Wie aus der Ferne dringt eine Stimme zu mir: »… Alfie? Alles okay, Alfie?«

Die Stimme wird lauter. »Alfie?«

Ich wende den Kopf. So laut ist die Stimme gar nicht. Sie kommt von der Frau, die neben mir auf der Rückbank sitzt und mir vehement die Hand tätschelt. Ich möchte meinen Arm wegnehmen, aber das wäre unhöflich, also erdulde ich es noch ein wenig länger, bevor ich sage: »Bitte lassen Sie das.«

Erschrocken blickt sie auf ihre Hand und nimmt sie weg.

War das unhöflich? Ich habe doch »bitte« gesagt.

»Wir bringen dich an einen sicheren Ort, Alfie«, sagt sie. »Dort kannst du dich waschen und wir besorgen dir was zu essen. Bestimmt bist du ganz ausgehungert?«

Darauf sage ich nichts. Hungrig bin ich gar nicht. Vor ihrem Verrat hat mir Roxy heute Morgen Brötchen, Käse, zwei Äpfel, eine Banane und ein in Folie gewickeltes Hühnerbein gebracht. Wie ein Henkersmahl hatte ich alles vertilgt.

Hat dieses kleine Mädchen (Liberia oder so) die Drecksarbeit für sie gemacht?

Ich war zu dem Zeitpunkt ganz allein in der Hütte, Roxys *Garage*. Sie ist ziemlich klug, diese Roxy. Mam würde sie *wordsnoterlic* nennen (gesprochen *wört-schnotter-lick*). Es bedeutet scharfsinnig.

Aidan? *Flarath* hätte sie gesagt. Verräter. Ich hatte beide gebeten, alles für sich zu behalten. Aber sie haben es Aidans Schwester gesagt. Und die hat es dann ausposaunt.

Nun sitze ich im Polizeiauto mit einer Decke und einer Frau vom Jugendamt namens Sangeeta, keine Ahnung, was das für ein Amt sein soll. Sie meinte, sie würde mit der Polizei zusammenarbeiten, um mich zu schützen.

In einem Singsang, als spräche sie mit einem Sechsjährigen, hatte sie gehaucht: »Hallo, Alfie. Ich bin Sangeeta. Ich komme vom Jugendamt und arbeite mit der Polizei in Northumbrien zusammen. Ich bin für dein Wohlergehen zuständig. Ist es in Ordnung, wenn ich dich anfasse?«

So redet sie wohl immer. Wie die Schauspieler in den Stücken, die ich mir mit Mam gerne angesehen habe, scheint sie ihren Text auswendig gelernt zu haben.

Offen gestanden höre ich nur mit halbem Ohr hin. Immer wieder kehren meine Gedanken zu dem Mann in der Küche zurück.

Die Nimmermale … Ein Zufall, rede ich mir ein.

Was hätte Mam wohl dazu gesagt? Eine Frau in Jeans und Sandalen soll Alve Einarsson beschützen, der einst seine Mam rettete, indem er einen Bären allein durch Geschrei vertrieb. Aber das ist schon sehr lange her, damals war alles anders. (Angefangen damit, dass es Bären gab. Zumindest einen.)

Sogleich muss ich wieder an Mam denken und mir rollt eine Träne über die Wange. Sangeeta sieht es und tätschelt mir wieder den Arm, lässt es aber bleiben, als ich auf ihre Hand schaue.

Können wir endlich los? Da sitzt keiner auf dem Fahrersitz. Kommt schon, nun habt ihr mich ja gefunden, was soll die Verzögerung?

Okay, ich erzähle euch so lange einfach mal, was genau passiert ist:

Ich war in der Garage, als ich jemanden kommen hörte. Natürlich nahm ich an, dass Roxy oder Aidan zurückkämen, also habe ich mich nicht versteckt. Das war mein Fehler. Ich hätte es besser wissen sollen. Die Tür ging auf und Libby (so heißt sie, jetzt fällt es mir wieder ein) stand da und starrte mich an.

Ein kleines Mädchen, sieben oder acht vielleicht. Mir war sofort klar, dass ich verraten worden war. Wer sollte sonst hier nach mir suchen?

Also ließ ich alles stehen und liegen und rannte in den Wald. Ich kenne den Wald besser als jeder andere. Falls man nach mir suchen würde, könnte ich problemlos für eine Weile untertauchen, dann würde ich später in die Garage zurückkehren, um den Plan umzusetzen, den Mam und ich geschmiedet hatten.

Lachhaft. Undurchführbar. Ein Hirngespinst. Ich weiß, aber ich war verzweifelt.

Im nördlichen Teil des Waldes gibt es eine Senke, die hinter einem umgestürzten Baum liegt und mit Ginster und Wachholderbüschen so überwuchert ist, dass man sie leicht übersieht.

Doch als ich das Dröhnen des Hubschraubers in der Luft vernahm, hätte mir gleich klar sein müssen, dass ich mich nicht so einfach davonstehlen konnte.

Erst hörte ich Stimmen, dann Schritte. Ich verkroch mich noch ein wenig tiefer ins Gebüsch. Nur gab es da noch was.

Einen Hund.

Er war es, der mich in der Senke entdeckt hat. Erst hat er wie ein Wilder geschnüffelt, später gejault. Ich hatte ein T-Shirt in der Garage zurückgelassen, das müssen sie ihm zum Schnuppern gegeben haben. *Game over*, sagt man wohl. Wahrscheinlich hätte ich damit rechnen müssen.

»Komm raus, Junge«, sagte der Hundeführer, ein Polizist in gelber Leuchtjacke. Er reichte mir die Hand. »Pass auf die Dornen auf.«

Kurz dachte ich an Flucht, aber was hätte das für einen Sinn gehabt?

So, und nun sitze ich hier im Polizeiauto.

Ich werde alles über mich ergehen lassen. So schlimm, wie ich es mir vorstelle, kann es gar nicht werden.

Da hatte ich mich aber gründlich getäuscht. Als der Fahrer endlich einstieg und den Motor startete, begann eine Odyssee, die ich mir in meinen kühnsten Träumen nicht ausgemalt hätte.

Erst mal musste ich mir aber über eine Frage klar werden, die mir wie eine Kakerlake durch den Kopf krabbelte:

Soll ich die Wahrheit sagen?

43. Kapitel

Natürlich sagte ich nicht die Wahrheit. Ich hatte Aidan die Wahrheit gesagt. Hatte ihm vertraut.

Dass ich mich ein paar Stunden später auf dem Rücksitz eines Polizeiwagens wiederfand, bewies mir, dass es in Situationen wie dieser – gelinde gesagt – unklug war, mit der ganzen Wahrheit rauszurücken.

Außerdem wussten sie vermutlich schon alles. Warum sollte Aidan – und Roxy, ihr hatte er es gewiss erzählt – mit Informationen über mein Alter hinterm Berg halten, wenn sie schon meinen Aufenthalt verraten hatten? Sicher nicht.

Also sagte ich nichts, überhaupt nichts. Mit dieser Taktik hatten Mam und ich uns im Lauf der Jahre schon unzählige Male gerettet. Wenn man nichts sagt, kann es auch nicht gegen einen verwendet werden.

Zum Glück bestürmte mich diese Dame, diese Sangeeta, nicht mit Fragen. Eigentlich sagte sie sogar sehr wenig, nur die Tatsachen, sachliche Erklärungen. So wie: »Gut, Alfie. Erst mal fahren wir auf die Wache nach North Shields, aber mach dir keine Sorgen. Du hast nichts verbrochen. Dort gibt es auch ein

Krankenhaus und da sieht sich ein Arzt mal deinen Arm an. Einverstanden?«

Ich nickte. Ich hatte Kopfschmerzen. Im Feuer war mir die Sonnenbrille abhandengekommen und jetzt taten mir die Augen vom Tageslicht weh.

Und als wäre das nicht schon alles seltsam genug, kam doch, kaum wurde der Wagen angelassen, dieser Mann aus dem Haus gestürmt, dieser Bärtige aus der Küche. Ein Verwandter? Ein Freund der Familie?

Die doppelten Narben. Nimmermale.

Der Mann hastete an allen vorbei und klopfte an die Autoscheibe. Ich sank zurück in die Polster. In dem Moment schob sich der Arm eines Polizisten zwischen ihm und die Scheibe.

»Entschuldigen Sie, Sir?«

»Ich muss mit Alfie sprechen«, sagte er. Er beugte sich zu mir runter ans Fenster. »Alfie! Alfie!«

»Sir! Entschuldigen Sie, aber … Sie können nicht einfach …«

»Geben Sie mich frei!«

»Sir, das kann ich nicht zulassen. Sind Sie ein Verwandter?«

»Nein. Nein. Ich muss bloß …«

»Sir, wenn Sie sich weigern, muss ich Sie leider …«

»Jasper! Was in Gottes Namen tust du denn da?« Eine Frau, Aidans Mutter, glaube ich, erschien in der Tür und brüllte diesen Jasper an.

Inzwischen fuhren wir rückwärts aus der Einfahrt. Als wir wendeten, verrenkte ich mir fast den Hals. Ein Polizist und Aidans Mutter redeten auf den Mann ein, der sehr aufgebracht wirkte.

»Wer war das?«, fragte Sangeeta. Ich schüttelte den Kopf.

»Weiß ich nicht«, sagte ich, was ja stimmte.

Dennoch wollten mir die Worte des Mannes nicht aus dem Kopf gehen: *»Geben Sie mich frei!«*

So spricht doch keiner, oder?

Da war aber noch was. Etwas, das ich nicht benennen konnte, weil es nichts Konkretes war. Eher eine Ahnung. Ganz kurz nur, in der Sekunde, als er mich durch die Scheibe ansah und sich unsere Blicke trafen. Selbst die Erinnerung entwischte mir immer wieder wie ein Fisch, den man mit bloßen Händen fangen will.

Mir war, als wären wir uns schon mal begegnet, und das fühlte sich gar nicht gut an.

44. Kapitel

Der Rest des Tages lief dann folgendermaßen ab: Eine schier unerschöpfliche Schar von Leuten redete sanft auf mich ein und tat so, als wären wir Freunde, nur um mich auszuhorchen.

Auf der Wache steckte man mich in ein Zimmer, auf dessen Tür »Familienhilfe« stand. Dort gab es Sofas und einen Fernseher, der dem leeren Zimmer einen Zeichentrickfilm mit einem kleinen Fisch zeigte. Ein Plastikpolizeiauto, in das man sich reinsetzen konnte, stand neben einem Bücherregal, das vor allem Bilderbücher enthielt, ein oder zwei zerlesene Taschenbücher und eine Kiste mit Stofftieren.

Sangeeta deutete zu den Büchern, bevor sie mich mit einer Stimme ansprach, die bewies, dass sie geübt hatte, entspannt und natürlich zu wirken: »Kannst du lesen, Alfie? Und schreiben?«

Die Wahrheit? Die Wahrheit wäre:

»Ja, Mrs Prasad. Ich spreche fließend Altnordisch, Altenglisch, Mittelenglisch und das heutige Englisch, außerdem Französisch, Latein, Griechisch (Alt- und Neugriechisch, wobei die sich gar nicht so sehr unterscheiden) und ein paar Brocken Walisisch und Schottisch-Gälisch.«

Natürlich sagte ich das nicht, sondern nickte nur. Ich war nicht beleidigt, denn die Frau tat ja nur ihre Arbeit.

Sie zeigte mir die Dusche und ließ mich mit einem Stück Seife und einem Handtuch allein … und einem Stapel Kleidung von Marks & Spencer, der wie von Geisterhand in der Umkleide auftauchte, alles neu, noch mit Etiketten versehen. Die müssen hier einen ganzen Schrank voll davon haben. Ich habe noch nie richtige Jungen-Jeans getragen. Die Hosen waren dick und steif, maschinell angefertigt, ziemlich gut gemacht. Die weißen Schuhe waren schön. Turnschuhe? Halbschuhe? Ich glaube, Turnschuhe.

Zum Mittag gab es ein Happy Meal von McDonald's. Natürlich hatte ich schon davon gehört, aber noch nie eins gegessen. Aus unerfindlichen Gründen steckte in dem Karton ein Plastikspielzeug. Das Essen war gar nicht schlecht, nur das Getränk war mir zu süß, da habe ich lieber Wasser aus der Leitung getrunken.

Die Ärztin war in Ordnung, aber sie stellte viel mehr Fragen als Sangeeta. Als sie mir den Verband abnahm, den Roxy mir gemacht hatte, sagte sie: »Hhmm. Nicht übel. Wer hat dir den angelegt?«

Ich sagte nichts, als sie mir die Wunde reinigte. Es hat gebrannt wie Feuer, aber ich biss die Zähne zusammen und gab keinen Mucks von mir.

»Du bist hart im Nehmen, Alfie.«

Müssen die mich ständig mit Namen ansprechen? Mir ist klar, dass sie dadurch freundlicher erscheinen wollen, aber es nervt.

»Woher hast du die Verletzung?«

Ich schwieg weiter.

Die können mich ja nicht zum Reden zwingen.

Die Ärztin untersuchte mich gründlich. Kopfläuse, Blutdruck, Speichelprobe, Größe, Gewicht, alles.

»Und wie alt, hast du noch mal gesagt, bist du, Alfie?«, fragte sie und hielt den gespitzten Stift über einem Formular, das sie ausfüllte.

Das hatte ich überhaupt nicht gesagt. Ich hätte eintausendundelf antworten können.

Was wäre dann passiert? Wäre es dann anders gekommen?

»Ich bin elf«, sagte ich.

»Hhmm. Gut. Und wann bist du geboren?«

Das war schon schwieriger, aber ich hatte es mir vorher gut überlegt. Ich nannte ihr das Jahr, in dem ich geboren worden sein musste, und sagte noch: »1. September.« Alles Teil des Plans.

Nun, da ich frisch verbunden war und etwas im Magen hatte, würde es mit der Fragerei erst richtig losgehen. Das war mir klar.

Sangeeta brachte eine weitere Frau in das Sofazimmer, die sich als Vericka vom Sozialamt North Tyneside vorstellte. Sie war älter, hatte kurzes weißes Haar, eine Brille, die ihr an einer Kette um den Hals hing, und ein Gesicht, das immer missmutig wirkte.

Beide hatten dicke Blöcke dabei und stapelweise Formulare. *Das kann ja dauern,* dachte ich.

»Gut, Alfie. Wir müssen dir jetzt ein paar Fragen stellen, verstehst du das?«

Ich nickte und dann ging es los. Zunächst ganz harmlos. Name, Alter und dann:

»Dürfen wir dich nach deiner Mutter fragen?«

Ich nickte und sagte ihren Namen, ihr Alter, alles nach Plan. Sie schrieben es auf.

»Wo gehst du zur Schule, Alfie?«

»Ich gehe nicht zur Schule. Ich werde zu Hause unterrichtet.«

»Verstehe«, sagte Sangeeta. »Nur bist du nirgends dafür registriert.«

Ich zuckte mit den Achseln, so nach dem Motto: *Ihr Problem, nicht meines.* Sangeeta und Vericka tauschten Blicke.

»Und wer ist dein Hausarzt, Alfie?«

Achselzucken.

»Gehst du manchmal zum Arzt?«

Ich schüttelte den Kopf.

»Wirst du nie krank?«, fragte Vericka, ein wenig verstimmt.

Wieder schüttelte ich den Kopf, nur diesmal entsprach es mehr oder weniger der Wahrheit. Husten, Erkältung, hin und wieder Bauchweh, aber nichts, womit man einen Arzt behelligen würde. Für das meiste hatte Mam ein Heilmittel.

»Hast du Familie, Alfie? Jemand, bei dem du bleiben kannst?«

Ich schüttelte den Kopf. Das stimmte. Es gab nur Mam und mich.

Sangeeta hakte nach. »Wirklich niemanden? Eine Tante, einen Onkel? Vielleicht leben die anderswo? Freunde der Familie?« Sie wurde immer verzweifelter. »Irgendjemand?«

Achselzucken.

Wieder tauschten Sangeeta und Vericka Blicke.

Und so ging es noch eine Stunde, doch ich hielt mich an den Plan.

Danach ließ man mich eine Weile allein, dann kam Sangeeta mit noch einer Dame zurück, allmählich brachte ich schon die

Namen durcheinander. Ihr Name fing mit einem L an. Jedenfalls war sie eine »Trauerbegleiterin für Kinder« und fragte, ob ich über Mam reden wollte, und als ich Nein sagte, fragte sie mich dennoch über meine Mutter aus und brachte mich damit zum Weinen, was ich furchtbar fand.

Sie sagte, sie würde wiederkommen und ich könnte sie jederzeit anrufen oder um einen Termin bitten (sehr unwahrscheinlich) und dass sie mir wegen Mams Beerdigung Bescheid geben würde.

Nachdem sie gegangen war, kam ein Mann. Fast der erste Mann, mit dem ich heute sprach. Ich weiß nicht warum, aber ich freute mich darüber.

Er hieß Robbie. Er war Brandsachverständiger und interessierte sich für das Feuer. Ich erzählte ihm alles.

Na ja, fast alles.

45. Kapitel

An jenem Abend war Mam gereizt gewesen und alles nur, weil Roxy Minto nachmittags bei uns im Hof aufgetaucht war.

Wie ich vorausgesehen hatte, war es gegen Abend kalt geworden, und wir saßen drinnen vorm Holzfeuer.

»Weißt du noch, als du zum ersten Mal einen Schwarzen gesehen hast?«, fragte Mam. Bestimmt wegen Roxy. Wir hatten uns die Begebenheit über die Jahre immer wieder erzählt, aber weil sie so witzig war, gruben wir sie mitunter noch mal aus.

Es trug sich ziemlich zu Beginn dieser Geschichte zu. Heinrich I. war gerade sechs oder sieben Jahre an der Macht, es war also um das Jahr 1107, wie man heute sagt. Inzwischen lebten Mam und ich in Jarrow, wo es einst ein berühmtes Kloster gegeben hatte, das aber da schon fast in Trümmern lag.

Ein Prior, ein älterer Mönch, war noch übrig geblieben, und eine Handvoll junger Männer und älterer Jungen, darunter auch ich, die dort lasen, forschten und lernten, um selbst Mönch zu werden.

Es war ein verschlafener Ort, an dem die Leute nicht viele

Fragen über mich und Mam stellten. Mam leistete dem alten Prior oft Gesellschaft.

Selbstverständlich war es Mönchen nicht gestattet, eine Frau zu haben, was viele jedoch nicht davon abhielt, heimlich natürlich. Alle wussten von Mam und Paul, doch niemand sagte etwas. Einmal fragte ich sie, ob sie in Paul verliebt sei. Mit einem Lächeln sagte sie: »In gewisser Hinsicht.«

Paul kannte auch unser Geheimnis. Zu jener Zeit war die Legende der Nimmertoten noch lebendig.

Er bewahrte unser Geheimnis und wir seins.

Damals waren wir schon einigen Menschen aus anderen Ländern begegnet. Es gab ja zum Beispiel die Dänen, die geblieben waren. Außerdem noch eine Menge Schotten, die in unserem Teil der Welt nicht sonderlich beliebt waren, wobei es auf ihren Dialekt ankam. Ein paar Jahre lang sprachen viele mit fränkischem Zungenschlag, die mit William dem Eroberer, der sich später so grausam gegen die Bevölkerung aus Nordengland zeigte, aus dem heutigen Frankreich gekommen waren.

Doch im geruhsamen Jarrow war seit Jahren kein Fremder aus einem anderen Land durchgereist, bis Johannes im Kloster eintraf.

Johannes war jung und seine Haut schimmerte so schwarz wie der Kohlestaub an unseren Küsten. Keiner von uns hatte je einen Mann wie ihn gesehen.

Er wollte mit uns studieren, beten und sich unserem Orden anschließen. Zu Fuß war er von der Küste aus Monkwearmouth gekommen, und als er das Dorf betrat, starrten die Leute ihn an. Die Menschen blieben stehen und staunten mit offenem Mund. Eine ältere Frau schrie überrascht auf. Johannes trug keine Mönchskutte, sondern eine gewöhnliche Tunika und Kniehosen, dazu einen Wollumhang, der von einem Ledergürtel gehalten wurde.

Am meisten überraschte die Leute wohl, dass er wie wir gekleidet war.

Der alte Paul hatte ihn erwartet und trat nach draußen, um ihn mit Handschlag zu begrüßen. Mir hatte niemand von diesem jungen Mann erzählt, der sich uns anschließen wollte.

Selbstverständlich wusste ich, dass es Schwarze gibt. Es war weithin bekannt, dass das ferne Land, das wir heute Afrika nennen, von Männern, Frauen und Kindern bevölkert ist, die glänzend schwarze Haut haben, deren Blut aber so rot ist wie das unsere.

Andererseits hatten die Reisenden schon so manche Lügengeschichte weitergetragen. Wie konnte ich also bei Johannes sicher sein? Wie der ungläubige Thomas, der zweifelte, dass Jesus nach seiner Kreuzigung wiederauferstanden ist, wollte auch ich Beweise. Ich streckte die Hand nach Johannes aus und versuchte, ihm die Farbe aus dem Gesicht zu reiben. Daraufhin untersuchte ich meine Finger auf Schmutzspuren, doch es gab keine. Als ich ihm über den Arm rieb, lachte er. Es war ein gutmütiges, freundliches Lachen. Später erzählte er mir, dass ihm das schon oft passiert war.

»*Scholasticus bonus es, o amice!*«, sprach er mich auf Latein an. »Du bist ein feiner Schüler, mein Freund!« Weiter sagte er: »Gelehrte müssen Fragen stellen und Antworten finden!«

Alle Gelehrten (und das waren zu der Zeit fast immer Männer) sprachen Latein. So verständigten sich die gebildeten Menschen aus fremden Ländern untereinander.

Natürlich unterhielten wir uns auch alle in unserer eigenen Sprache. Zu Hause redeten Mam und ich immer noch in unserem altnordischen Dialekt; mit den Mönchen in Jarrow unterhielten wir uns meist in einem altenglischen Dialekt, dem Nordumbrisch.

Wir verstanden auch andere angelsächsische Mundarten. Ich lernte Fränkisch; Griechisch konnte ich bereits, weil es die Sprache war, in der große Teile der Bibel geschrieben waren, die ich als junger Schreiber viele Male kopieren musste.

Mam und ich lachten bei der Erinnerung an Johannes. Er war uns ein guter Freund gewesen. Wie es unter Mönchen üblich war, blieb er ein paar Jahre und zog dann weiter, nahm sein Wissen und das Wort Gottes mit sich.

Dreißig Jahre später kam er auf dem Weg zur Kathedrale von Durham wieder durch Jarrow.

Inzwischen war er ein Mann mittleren Alters, längst nicht mehr schlank, mit ergrautem Haar, aber sein Lächeln war noch genauso warmherzig wie immer. Und er saß mit uns am Feuer, schaute uns an und fragte nach kurzem Zögern: »Nimmertote?«

Er wusste es. Wir trauten ihm und nickten, daraufhin lächelte er und schüttelte langsam den Kopf. »All die Wunder Gottes!«

Wir lächelten ebenfalls, obwohl wir wussten, dass es kein Wunder Gottes war, sondern Wissenschaft. Oder *al-kimiya*, wie wir es damals nannten. Alchemie.

Zu Hause an unserem Feuer im Eichenhaus imitierte ich Mam zuliebe Johannes' Stimme, denn sie fand es so lustig und dachte gern an ihn zurück.

»All die Wunder Gottes!«, sagte ich und Mam kicherte bestimmt schon zum zweihundertsten Mal darüber.

Ich legte ein neues Scheit nach. Das Holz brannte schlecht. Aus Faulheit hatte ich an dem Tag einen Arm voller Scheite vom Holstapel am Haus geholt. Das Holz stammte aber von einem Baum, der erst zu Beginn des Frühjahrs bei einem Sturm umgefallen war.

Mam schnalzte leise mit der Zunge. »Alve! Hast du etwa das frische Holz genommen?«

Dieser Robbie wusste bestimmt alles über Feuer, also erzählte ich ihm diesen Teil nicht, auch nicht die Sache mit Johannes. Aber den Rest schon.

46. Kapitel

Mam sei schon nach oben ins Bett gegangen, sagte ich Robbie. Ich war noch mal draußen, um Kaninchen zu schießen, das machte ich oft.

Ist halb so schlimm. Ich erlege die Tiere ja nicht zum Spaß, sondern um sie zu essen. Im 21. Jahrhundert reagieren die Leute oft ein wenig überempfindlich, vor allem, wenn sie in der Stadt leben, deshalb betone ich es noch mal.

(Ich schieße mit einer Schleuder. Auch wenn sie heute kaum noch einer benutzt, ist es eine wirksame Waffe. Meine hat in der Mitte des langen Lederriemens eine kleine Gondel. Die Schleuder habe ich vor Jahren selbst gebaut und ich bin ein guter Schütze. Dann habe ich noch Vaters Messer; die Stahlklinge ist nachgedunkelt und dünn vom jahrhundertelangen Schleifen.)

Davon erzählte ich Robbie allerdings nichts. Ihm habe ich nur gesagt, dass ich noch mal spazieren gegangen sei.

»Mitten in der Nacht?« Robbie gab sich große Mühe, nicht allzu überrascht zu klingen.

Nördlich vom Wald liegt eine riesige Wiese, auf der es in

kühlen Frühlingsnächten von Kaninchen nur so wimmelt. Bis vor Kurzem hatte ich dort spätabends nie jemanden gesehen. Doch seit die neue Wohnsiedlung gebaut worden war, führten die Leute dort ihre Hunde aus. Seither ging ich da nicht mehr so oft hin. Ich wollte ja nicht aus Versehen einen Hund treffen oder einen Menschen.

Ich hatte die große Stirnlampe dabei, aber der Mond stand hoch und war fast voll, sodass ich den Weg auch so sah. Erst auf der Wiese habe ich die Lampe eingeschaltet und den Strahl über den Boden gleiten lassen. In den Kaninchenaugen spiegelt sich das Licht wider, so hat man sein Ziel sofort im Visier.

Ich habe gleich eines entdeckt, langsam die Schleuder rausgeholt und eine kleine 12 mm Kugel in die Gondel gelegt. Dann begann ich, Schwung zu holen, brachte die Schleuder an den langen Bändern zum Rotieren. Und da fiel es mir auf. Im Süden zeichnete sich schwach ein ungewöhnliches Leuchten ab. Gelbrötlich, grau.

Die Farben des Feuers.

Ich will euch jetzt nicht beleidigen, aber wahrscheinlich habt ihr noch nicht oft Häuser, Dörfer oder Boote brennen sehen.

Ich schon.

Sofort wusste ich, was es war. In panischer Angst rannte ich zurück in den Wald, schlug Äste beiseite, glitt auf dem moosigen Untergrund aus, rang keuchend nach Atem. Fast wäre ich über Biffa gestolpert, die mir entgegengeprescht kam. Da war mir klar, dass was Schlimmes passiert sein musste.

»Biffa! Biffa! *Kum-a, kum-a!*«, rief ich, doch Biffa schaute sich nicht mal mehr um. Verängstigt schoss sie über die Wiese, als wäre ein Hund hinter ihr her.

Selbst in dem Moment hatte ich die Stimme meines alten Kampftrainers im Kopf. *Beruhig dich, Alfie. Dein Herz braucht Luft!* Auch wenn es mir schwerfiel, versuchte ich, langsamer und tiefer zu atmen.

Im dichten Wald konnte ich lange Zeit weder den orangefarbenen Glanz noch den Rauch ausmachen, doch bald gab es keinen Zweifel mehr. Nach ein paar Metern hörte ich das helle Zischen und Knistern des Feuers.

Und als ich keuchend den Hang erreichte, sah ich es: mein Haus, unser Haus, ein tosendes Inferno. Die hohen Bäume ringsum schienen vor der Hitze der gelbroten Flammen zurückzuweichen.

Ich hatte nur einen Gedanken und mit rauchgefüllten Lungen schrie ich:

»MAAAAAAAAM! MAM! MAAAM!«

Ich kam nicht mal in die Nähe des Hauses. Von den Hühnern waren einige nach draußen gelangt, eines flatterte mir vor den Füßen herum. Andere waren noch im Stall gefangen. Amys Stalltür schlug auf und zu.

Hilflos musste ich mit ansehen, wie ein Fenster von der Hitze in tausend Stücke zersprang. Ob ich näher rankommen könnte? Was war mit Mam?

Ich sprang hinunter in den Hof. Mir war klar, dass es gefährlich sein würde, Mam zu retten, aber ich konnte nicht mehr klar denken. Auf dem Weg zum Haus schnappte ich mir noch einen Eimer Wasser.

Ich kippte den Eimer über der Hintertreppe aus, um so vielleicht doch noch nach oben zu gelangen, auch wenn das Obergeschoss bereits lichterloh brannte. Als es zischte, machte ich mir kurz Hoffnung, aber gleich darauf war das Wasser schon wieder verdunstet und die Flammen breiteten sich weiter aus.

Ganz plötzlich krachte der Sturz der Hintertür auf mich nieder und versengte mir den Arm, sodass ich aufschrie.

Ich wich zurück, rief wieder: »MAM! WO BIST DU?« Von dem dichten Qualm bekam ich einen Hustenanfall.

Im Hinterkopf entstand ein scheußlicher Gedanke. Mir kommt es im Nachhinein seltsam vor, dass im Moment größter Angst ein Teil meines Gehirns noch so kühl und abgeklärt funktioniert hat.

Vielleicht ähnlich wie bei Leuten, die dramatische Ereignisse »wie in Zeitlupe« erleben. Bei mir hat sich zwar nichts verlangsamt, aber einiges wurde klarer, als würde man mit der Kamera einen Bildausschnitt scharf stellen.

Und gedacht habe ich:

»Ist es Zeit für den Plan?«

Durch Rauch, Hitze und zerstörerischen Lärm drang dieser eine, einzige Gedanke so hell und klar wie eine Klosterglocke in einer Winternacht.

Die Flammen zwangen mich immer weiter zurück. Mir tat der Arm weh, meine Augen brannten und die Tränen flossen unaufhörlich.

Dann hörte ich die Sirenen und rannte den Hang hinauf. Ich rannte panisch davon. Rannte, bis ich an die Hütte kam, die seit ein paar Monaten dort stand, und gelangte mit dem Schlüssel hinein, den ich Roxy unter einen Stein hatte legen sehen.

Das war es. Das geschah in der Nacht, in der meine Mutter starb.

Ich schaute zu Robbie auf. Er hatte aufgehört zu schreiben, und ihm standen die Tränen in den Augen, was mich ein wenig beunruhigte.

Er schniefte hörbar und betrachtete kopfschüttelnd seine Schuhe. »Es tut mir so, so leid, mein Junge. Wirklich.«

Robbie wirkte richtig mitgenommen. Die Stille war mir peinlich, deshalb fragte ich: »Meine Mam?«

Er sah mich an. »Ja?«

»Hat … hat sie …« Ich brachte die Frage, die mich so bewegte, nicht über die Lippen. Robbie half mir.

»Ob sie gelitten hat, willst du wissen?«

Ich nickte.

Er schien die Worte abzuwägen. »Nein«, sagte er nach einer Weile. »Nein, das glaube ich nicht.«

Ich schluckte. »Danke. Und haben Sie vielleicht eine Katze gesehen? Eine schwarz-weiße Katze?«

Robbie schüttelte den Kopf. »Tut mir leid.«

Erst als Sangeeta aufstand, fiel mir wieder ein, dass sie die ganze Zeit in der Ecke gesessen hatte. »Danke, Robbie. Ich glaube, für heute reicht es.« Und zum ersten Mal störte es mich nicht, dass sie sich anmaß zu wissen, was gut für mich war.

Mir reichte es wirklich.

47. Kapitel

Sangeeta fuhr mich zu einem Haus in Culvercot, das direkt am Meer lag: einer großen, weißen Villa mit dem Namen Earl-Grey-Haus. Rechts und links von der Eingangstür standen quadratische Säulen. Drinnen hatten die Räume hohe Decken, es roch nach Essen und billigem Raumspray.

Ein Kinderheim. Mein Heim.

Ich war tausend Jahre alt und wohnte in einem Kinderheim.

Mir fehlte meine Mutter. Mir fehlte Biffa … Irgendwie kommt einem alles gleich nicht mehr so schlimm vor, wenn man eine Katze streichelt.

Und dann hatte ich in den vergangenen Stunden unentwegt an den Mann mit dem Bart und den Nimmermalen gedacht. Sicher hatte ich mir die Narben nur eingebildet.

Sicher?

Inzwischen war ich überzeugt, dass ich den Mann kannte. Von irgendwoher. Aber woher nur?

AIDAN

48. Kapitel

Das war echt schräg.

Ich meine, dass Jasper einfach so aus dem Haus gestürmt ist und Mum ihn praktisch vom Polizeiwagen wegzerren musste, damit er nicht noch verhaftet wird.

Dad hatte alles vom Fenster aus beobachtet. »Der tickt doch nicht mehr richtig. Im Ernst, Marie.«

»Schh, Ben«, machte Mum, denn Tante Alice, die von alldem nichts mitbekommen hatte, steuerte mit Libby im Schlepptau auf uns zu.

»Armer Kerl!«, sagte Jasper, als auch er dazukam. Grinsend bleckte er die langen weißen Zähne und winkte den Polizisten, die noch draußen herumschwirrten. »Danke, Jungs!«, rief er, als hätten sie ihm einen Gefallen getan. Immerhin hatten sie ihn nicht verhaftet, das war Gefallen genug.

Jasper schien ganz entspannt und selbstsicher, aber er tat nur so, das spürte ich. Ich muss es ja wissen, schließlich bin ich selbst ein miserabler Lügner.

»Mensch, der arme kleine Kerl. Ich wollte ihm nur noch mal alles Gute wünschen, wisst ihr?«

»Ach ja?« Es kam ziemlich aggressiv von Dad rüber, aber entweder merkte Jasper es nicht oder er musste den Schein wahren.

»Ja. Üble Sache, die ihm da passiert ist! Ich wollte ihm nur sagen, dass es schon wieder wird.«

»Was ist denn?«, fragte Tante Alice unschuldig. Sie hatte sich in der Küche mit einer Polizistin unterhalten, mit der sie zur Schule gegangen war, und alles verpasst.

Jasper war am schnellsten. »Ach, nichts weiter. Ich wollte dem armen Jungen nur Mut machen. Er wirkte so verloren. Die Polizei meinte aber, es wäre nicht der richtige Moment dafür. Und im Nachhinein muss ich ihnen recht geben.« Damit marschierte er die Treppe nach oben. »Schon so spät, Alice. Wir machen uns mal lieber vom Acker, mein Törtchen.«

So redet er wirklich, ohne Scheiß. Innerhalb einer halben Stunde waren die beiden aus dem Haus und auf dem Weg nach Culvercot zu ihrem Boot. Dads Angebot, sie zu fahren, lehnte Jasper ab und rief ein Taxi.

Es herrschte eine seltsame Stimmung. Alle verhielten sich normal, aber niemand fühlte sich normal. Libby war nach oben gegangen und kam nicht mal runter, um ihnen zum Abschied zu winken.

Sobald das Taxi um die Ecke gebogen war, murmelte Dad: »Den sehen wir hoffentlich so bald nicht wieder.«

Mum schlug ihm zum Spaß gegen den Arm. »Aber, Ben, das ist doch mein Schwager.«

»Schöner Schwager«, sagte Dad und schnalzte missbilligend mit der Zunge.

ALFIE

49. Kapitel

Nacht für Nacht schlief ich schlecht. Wenn man so alt ist wie ich, hat man viele Erinnerungen, die man in Albträume verwandeln kann.

Immer wieder sah ich das Gesicht des Mannes vor mir, als er sich zu mir ans Autofenster beugte, und jedes Mal suchte ich vergeblich nach der Erinnerung, dann wachte ich in den heißen Nächten verschwitzt auf. Mein Bett hatte eine Daunendecke. Ich war Laken und Wolldecken gewöhnt.

Ich aß sehr wenig. Mam und ich haben immer einfach gegessen. Hier im Earl-Grey-Haus gab es lauter exotische Gerichte wie Curry, Spaghetti und Chili-Huhn, das mir auf den Lippen brannte.

Pizza geht. Gegen Pizza habe ich nichts.

Ich war jetzt eine Woche hier und alle, von Sangeeta, die ich täglich sah, bis zu dem Personal im Kinderheim (das von einer ein wenig furchteinflößenden Dame namens Tante Reet geführt wurde), waren lieb und nett. Außer mir gab es noch acht weitere Kinder unterschiedlichen Alters. Zwei der Mädchen lächelten mir aufmunternd zu, aber mir war nicht nach Reden. Die letzte Person, zu der ich ehrlich gewesen war, hatte mich bei der Polizei verraten. Nun musste ich also lernen, in einem Netz aus Lügen zu leben.

Der Mann mit den Nimmermalen wusste bestimmt nicht, wo ich jetzt war … außerdem hatte ich mir sowieso alles nur eingebildet.

Dann kam die Sache mit Mams Beerdigung zur Sprache. Natürlich hatte ich damit gerechnet. Sangeeta fragte mich, ob ich dabei sein wolle. Und das wollte ich. Ich bin wohl auf mehr Beerdigungen gewesen als sonst jemand, alte Leute eingeschlossen.

Zwei Tage zuvor hatte ich im Lokalblättchen die Überschrift gelesen:

Waldbrand-Opfer: schlichte Bestattung
für unglückselige Mutter

Sangeeta bot mir auch an, die Beerdigung mit zu organisieren, aber das wollte ich nicht.

Also warteten am Samstagmorgen nur ich und Sangeeta vor dem Earl-Grey-Haus auf das Taxi, das uns zum Whitley Krematorium fahren sollte, wo Tote verbrannt statt in ein Grab gelegt wurden.

Mam hätte das gefallen. Einmal haben wir die Bestattung eines Wikingerfürsten erlebt. Ich sage jetzt Wikinger, er war zumindest Däne und hing an den Traditionen seiner Vorfahren. Zu der Zeit hatte seine Familie schon seit vier oder fünf Generationen friedlich an der Tine gelebt.

Am Strand von Culvercot, das es damals noch nicht gab, wurde ein Floß gebaut. Darauf wurde die Leiche des Wikingerfürsten mit Holz und Seekohle gebettet, angezündet und aufs Meer hinausgestoßen.

Wir versammelten uns am Ufer, sangen die alten Wikingerlieder und aßen das Fleisch, das die Familie des Toten bereitgestellt hatte. Im Grunde wusste jeder, dass nur bedeutsame Personen auf einem echten Schiff verbrannt wurden. Ein Schiff zu verbrennen, muss man sich ja erst mal leisten können. Ealdor Sveyn, der tote Fürst, war sicher nicht so bedeutsam oder reich. Doch er war ein Snob, wie man heute sagen würde. Er hielt sich für wichtiger, als er war. Uns störte es nicht, der Leichenschmaus war umsonst.

Das Floß wurde also angezündet und trieb in die Bucht hinaus. Schon bald fiel es mit einem Zischen in sich zusammen. Am nächsten Morgen wurde Sveyns verkohlte Leiche an Land gespült. Sein Enkel vergrub anschließend die Überreste.

All das ging mir durch den Kopf, als ich vor dem Earl-Grey-Haus stand und aufs Wasser blickte. Es war warm, von der See wehte ein leichter Wind.

Ich konnte den Punkt kurz hinter der Bucht erkennen, an dem Ealdor Sveyns Floß gesunken war. Ich hatte die Sprechgesänge und traurigen Lieder, die wir am Ufer gesungen hatten, noch im Ohr. An eines von Bede erinnerte ich mich genau:

»Foruh them neidfaere, nening weirhit
Thonk-snottura than him tharf sie …«

»Alles okay?« Es war Sangeeta. Ich drehte mich zu ihr um und sie sagte es noch mal. »Alles okay? Du bist ganz woanders mit deinen Gedanken, Alfie.«

»Tut mir leid. Haben Sie was gesagt?«

»Nein, aber du hast … gesungen. Was war das?«

»Nichts, tut mir leid.«

Aus zusammengekniffenen Augen sah sie mich einen Moment lang an. Das hatte sie in den letzten Tagen öfter getan. »Na schön. Ich wollte wissen, ob du schon mal auf einer Beerdigung warst.«

Offenbar war ich noch immer halb in Trance. »Ja, auf viel zu vielen.«

»Ich dachte, du hättest keine Angehörigen, Alfie. Sind die etwa alle gestorben?« Verärgert klang sie dabei nicht. Wollte sie mich überführen? Mir kam es so vor.

Während ich noch überlegte, was ich darauf antworten sollte, kam Tante Reet die Treppen vom Earl-Grey-Haus hinunter und dirigierte uns zum Wagen, der bereits auf uns wartete.

Die Schilderung der Beerdigung spare ich mir, weil bis zum Ende nichts passiert ist.

Es waren nicht viele Leute da.

Natürlich war ich da und Sangeeta. Ich trug eine Stoffhose, die Sangeeta mir gekauft hatte, und einen dunklen Pullover.

Vericka und Robbie, der Brandsachverständige, waren auch da. Er zwinkerte mir zu und ich rang mir ein Lächeln ab. Es war nett von ihm zu kommen. Aber ich wünschte, es wären Leute dort, die ich kannte. Freunde. Wie sollte das gehen? Selbst meine Katze war mir weggelaufen.

Eine Reporterin tauchte mit einem Fotoapparat auf, doch nachdem Sangeeta leise ein paar Worte mit ihr gewechselt hatte, legte sie den Apparat weg. Was hat sich denn die Reporterin von der Beisetzung versprochen? Einen Menschenauflauf?

Und natürlich war auch ein Pfarrer anwesend.

Nachdem alles gesagt worden war und Sangeeta meine Schulter so fest gedrückt hatte, dass ich sie fast gebeten hätte aufzuhören, verschwand der Sarg wie bei einem besonders finsteren Zaubertrick hinter einem roten Vorhang. Das war es.

Wir wandten uns zum Gehen und da sah ich sie.

Roxy Minto und Aidan Linklater standen hinten in der kleinen Kapelle.

50. Kapitel

Wer sind die denn?«, fragte Sangeeta leise.

Was sollte ich darauf antworten? *Ich weiß es nicht*, traf nicht zu. *Freunde* auch nicht, denn das waren sie gewiss nicht. Freunde hintergehen einen nämlich nicht. Hätten sie es nicht getan, hätte ich schon längst meinen und Mams Plan umgesetzt.

Wir liefen durch die kleine Kapelle Richtung Ausgang.

»Ich, ähm … entschuldigen Sie mich mal bitte kurz.«

Ich ging allein auf Aidan und Roxy zu.

»Hi«, sagten beide den Umständen entsprechend mit tonloser Stimme.

»Hallo.«

»Ich …«, sagte Aidan, »ich dachte … oder wir, Roxy und ich, dachten, wir kommen her und ähm …«

Ich hätte Aidan nicht so hängen lassen dürfen. Er wollte bloß nett sein und mühte sich um die richtigen Worte. Ich hätte sagen sollen: »Schon gut. Danke, dass ihr gekommen seid.«

Stattdessen legte ich den Kopf schief und ließ ihn vor sich hin stammeln.

»Na ja … deine Mutter, also deine Mutter … ähm … du hattest ja nur sie und ähm …«

Roxy holte Luft, um was zu sagen, aber ich war schneller: »Hör zu. Ich weiß, ihr meint es gut, aber ehrlich gesagt kann ich darauf …«

Aidan fiel mir ins Wort: »Alfie. Wir glauben dir.«

»Wie bitte?«

»Wir glauben dir, Alfie«, sagte Roxy. »Das mit den tausend Jahren. Oder zumindest bezweifeln wir es nicht.«

»Gibt es da einen Unterschied?«

»Manches passt so gar nicht zusammen, aber wenn man sich ein bisschen Mühe gibt, findet man Beweise für die letzten paar hundert Jahre. Und wenn es für ein paar hundert Jahre gilt, warum denn nicht auch für tausend?«

Ich sah die beiden an. Mir verschlug es die Sprache. Dann warf ich einen Blick hinüber zu Sangeeta, die am Ausgang wartete und sich leise mit dem Pfarrer unterhielt, mich aber nicht aus den Augen ließ.

»Danke«, sagte ich schließlich. Und nach einer langen Pause fragte ich: »Aber warum habt ihr mich denn bei der Polizei verpfiffen?«

Geschockt sah Aidan mich an. »Glaubst du das etwa? Ich war's nicht, Alfie. Echt nicht. Das war meine kleine Schwester. Sie hat doch bloß … Sie ist erst sieben. Ich habe keiner Menschenseele von dir erzählt!«

Roxy schaute ebenso entsetzt. »Du bist doch unser Freund, Alfie. Freunde tun …«

Weiter kam sie nicht, denn in dem Augenblick trat Sangeeta mit einem Beileidslächeln dazu.

»Hallo«, sagte sie zu Roxy und Aidan, »ich bin Sangeeta vom Jugendamt. Ich betreue Alfie. Kennt ihr euch?«

»Ja, ein wenig«, antwortete Aidan.

»Wie schön. Woher kennt ihr Alfie denn?«

»Och, ähm … durch, ähm … die Schule.«

Musste er das sagen? Inzwischen hatte ich mich hinter Sangeeta verschanzt und schüttelte hektisch den Kopf, dabei hatte ich noch Roxys Stimme im Ohr, die mich einen Freund genannt hatte.

Soll ich ihr glauben? Hat sie es so gemeint?

»Das ist ja seltsam«, sagte Sangeeta und drehte sich zu mir um. »Hast du mir nicht erzählt, dass du zu Hause unterrichtet wurdest?«

»Nicht Schule!«, quiekte Aidan, der mein Zeichen nun begriff. »Nein, nein, nicht Schule. Also, ähm …«

Aidan war weder ein überzeugender Lügner noch ein guter Schauspieler. Ihm war die Panik anzuhören. Und nicht nur zu hören. Man konnte sie förmlich an ihm riechen.

Nun war Sangeeta wirklich neugierig geworden. »Ja?«

Gott sei Dank mischte sich Roxy Minto ein.

»Du meinst doch *Schularbeiten,* nicht wahr, Aidan?« Dabei zog sie jede Silbe, als würde sie mit einem etwas begriffsstutzigen Kind sprechen. »Du hast Alfie doch hin und wieder bei den Hausaufgaben geholfen. Bist aber nur ein- oder zweimal bei ihm zu Hause gewesen. Vor allem in Mathe hast du ihm geholfen, oder?« Aidan reagierte nicht. »Das stimmt doch, Aidan?«

»Oh. Ja. Mathe. Ja«, betete Aidan nach und nickte bei jeder Silbe.

Entweder war Sangeeta leicht hinters Licht zu führen, oder sie entschied sich einfach, die Sache auf sich beruhen zu lassen. »Das ist aber nett von dir«, sagte sie. »Danke, dass ihr heute gekommen seid. Wie lieb von euch.«

Auf dem Weg zum Taxi liefen Sangeeta und ich vor. Aidan und Roxy blieben zurück.

»Warum hast du denn gesagt, du hättest keine Freunde?«, fragte sie leise.

»Weil ich es dachte«, antwortete ich gerade, als ihr Handy klingelte und sie stehen blieb. Da sah ich den Mann mit dem dichten schwarzen Bart und den buschigen Augenbrauen. Er trug einen langen dunklen Mantel und kam auf mich zu. Als er noch so zehn Meter entfernt war, wandte er sich plötzlich abrupt ab und lief in die entgegengesetzte Richtung davon.

Zweifellos war er das.

Sangeeta war immer noch über ihr Handy gebeugt und bekam es nicht mit.

Ich drehte mich um. Roxy und Aidan traten gerade aus der Kapelle, redeten miteinander. Mir war sofort klar, dass der Mann vorgehabt hatte, mich anzusprechen, dann jedoch hatte er die beiden gesehen und war zwischen die überwucherten Gräber und moosigen Grabsteine geflüchtet. Kurz darauf verschwand er hinter einer Reihe von Leichenwagen, die schon für die nächste Beerdigung bereitstanden.

Etwas rührte sich in mir. Eine uralte Erinnerung ploppte an die Oberfläche und schnappte nach Luft.

Mit dem Gesicht dicht vor mir knurrte er: *»Holl munnen!«*

Halt den Mund!

Der Geruch von Schafskäse, Seehundfellen und Schiffsteer.

Drohend, mit gefletschten Zähnen brachte er mich zum Schweigen, als ich um meinen Da weinte.

Der Mann vom Schiff nach England.

Der Mann aus Aidans Haus.

Jasper.

51. Kapitel

Wusstet ihr, dass Haie Blut bis zu acht Kilometer weit im Wasser wittern können? Manchmal habe ich das Gefühl, mir geht es mit Gefahren so. Ich nehme noch die leisesten Anzeichen wahr. Gefahr ist wie ein Geruch. Und dieses Aroma aus der Vergangenheit stieg mir in die Nase, als ich zu Sangeeta sagte: »Können wir bitte gehen?«

»Okay, Alfie. Aber was ist mit deinen Freunden?«

»JETZT. Wir müssen jetzt gehen.« Mit gesenktem Kopf eilte ich zum Wagen, Sangeeta trabte hinter mir her. Als ich mich kurz umschaute, wirkten Roxy und Aidan überrascht und verletzt. Wie gerne wäre ich umgekehrt und hätte alles erklärt, aber es ging nicht, ich verstand es ja selbst nicht richtig.

Bestimmt dachte Sangeeta, die Trauer hätte mich urplötzlich übermannt und dass ich deshalb so davongestürmt war, jedenfalls ließ sie mich auf der Rückfahrt in Ruhe. Aber Trauer war es nicht. Nicht nur.

Es war Jasper.

Es war Angst.

Außerdem war mir klar geworden, dass Aidan und Roxy

Sangeeta angelogen hatten. Für mich. Die hatten es für mich getan.

Der Wagen hielt vor dem Earl-Grey-Haus und Sangeeta redete von irgendwas. Ich hatte gar nicht hingehört, bis sie etwas aus ihrer Tasche nahm und es mir in die Hand drückte.

»... ja nur zur Sicherheit, weißt du. Ich habe meine Nummer eingespeichert und auch die von Tante Reet.«

Ein Handy. Ich hatte noch nie eines besessen. Oder gar benutzt. Interessiert drehte ich es hin und her.

Sangeeta muss gedacht haben, mir gefiele es nicht, denn sie sagte: »Ja, ich weiß. Es ist kein Smartphone, aber zum Telefonieren reicht es.«

Wie es funktionierte, fragte ich lieber nicht, das wäre komisch, ich würde es schon selbst austüfteln.

Später lag ich in meinem Bett im Earl-Grey-Haus und starrte an die Decke. Zum ersten Mal in dieser Woche tat sich beim Gedanken an Mum nicht dieses riesige Loch auf. Stattdessen hatte ich scheußliche Angst.

Jasper.

Inzwischen war mir alles klar. Er wusste nicht, wo ich wohnte, deshalb hatte er auf Mams Beerdigung gewartet, in der Hoffnung, dass ich dort sein würde. Da wollte er mich abfangen.

Warum, konnte ich mir nicht erklären, aber es war bestimmt nichts Gutes. Die Erinnerung an dieses bärtige Gesicht auf dem morschen Frachtschiff ließ mich nicht los.

Bodenlose Angst hatte die Trauer abgelöst.

Und es sollte noch schlimmer kommen.

52. Kapitel

Mam und ich hatten überlebt, weil wir immer zusammengeblieben sind.

Es war ein wirklich seltsames Leben, aber wir hatten ja uns. Keiner würde den anderen allein lassen. Wisst ihr, es war ja nur noch eine *livperler* übrig. Hätte einer von uns sie genommen, hätte er den Alterungsprozess wieder in Gang setzen und als normaler Mensch sterben können. Aber damit hätte man den anderen ja im Stich gelassen. Das war die bittere Wahrheit.

Mam hätte die Lebensperle nicht genommen und mich zusehen lassen, wie sie alt wird und stirbt. Und ich hätte es ihr auch nicht angetan. Keiner von uns hätte den anderen dazu verdammt, allein zu leben.

Dennoch waren wir nicht unsterblich. Alterslos sein oder unsterblich ist nicht das Gleiche. Uns war also klar, dass einer von uns einen Unfall haben und den anderen zurücklassen könnte.

Der Gedanke, allein zurückzubleiben, gefiel keinem von uns, aber Selbstmord fanden wir auch grausig und abstoßend.

Stattdessen sollte sich der Hinterbliebene sofort an die Umsetzung des Plans machen:

1. Die einzige noch vorhandene Lebensperle ausfindig machen,
2. sofort anwenden und damit …
3. den Alterungsprozess wieder in Gang setzen und …
4. älter werden.

Das klingt einfach. Ist es aber nicht. Erst mal musste ich nämlich an die Lebensperle rankommen und das war nicht so leicht, denn Mam und ich hatten sie vor langer Zeit an einem geheimen, schwer zugänglichen Ort versteckt. Aber mir bleibt nichts anderes übrig, als mich an den Plan zu halten.

Ich wollte älter werden, ein Mann werden. Wollte unbedingt schnell was erreichen müssen, weil mir sonst die Zeit knapp wird. Wollte spüren, dass das Leben kostbar ist und dass ich jeden sonnendurchtränkten Tag und jede frosterfüllte Nacht auskosten muss; dass die Kindheit besonders ist, weil sie nicht ewig währt. Ich wollte Freunde wie Aidan und Roxy haben, die mich nicht seltsam ansehen und sich von mir abwenden, weil ich nicht altere.

Also, ich wollte erwachsen werden, und wenn es bedeutete, dass ich eines Tages sterben musste, sorgte ich eben dafür, dass ich keinen Tag meines Lebens mehr vergeudete.

So sah mein Plan aus.

Sobald ich die Lebensperle hätte.

Leider brauchte ich dafür ein Boot.

53. Kapitel

1250 nach Christus

Das Kloster in Jarrow hatten wir schon vor Jahrzehnten verlassen. Prior Paul war alt geworden und hatte sich von seinem Amt zurückgezogen. Er hatte genügend Geld zusammen, um eine Farm auf Cockett Island zu kaufen, einer kleinen Insel, die direkt vor der Küste lag.

Zu der Zeit waren Klöster, manche zumindest, noch unglaublich reich. Von einem Teil des Geldes wurden Ländereien und Häuser für Mönche gekauft, die sich zur Ruhe gesetzt hatten.

Paul fragte Mam und mich, ob wir ihn begleiten wollten; sie als Haushaltshilfe und ich als Schreiber, da sein Augenlicht immer schlechter wurde. Außerdem hing er sehr an Biffa, der wohl einzigen nimmertoten Katze der Welt. Ihr versprach er endlose Mengen an Krabben, die es auf der Insel zuhauf gab. Die zermuste er ihr dann immer, weil Biffas Zähne wie auch meine und Mams schon damals sehr abgenutzt waren und es ihr schwerfiel, wie früher durch die harte Krabbenschale zu beißen.

Mam und ich hatten inzwischen schon über zweihundert

Jahre gelebt. Währenddessen hatte Mam die letzte Lebensperle immer bei sich gehabt.

Die Perle war in einem kleinen Tonkästchen von der Größe einer modernen Zigarettenschachtel verwahrt, eingebettet in Schafwolle und feinen Sand als extra Schutz. Das Kästchen selbst trug keinerlei Kennzeichnung. Der Deckel saß fest und war mit einer Mischung aus Talg, Bienenwachs und Kiefernharz versiegelt.

Dieses Kästchen lebte mit uns wie ein zusätzliches Familienmitglied. Mam wusste immer, wo es war. Wir reisten selten, doch wenn, löste Mam vorsichtig die Versiegelung, holte die winzige Kugel heraus und schluckte sie. Am nächsten Tag tauchte sie dann auf natürlichem Weg wieder auf.

Falls ihr es nicht wisst, Glas ist gegen chemische Einwirkungen extrem resistent, der kleinen Perle konnten Magensäure und andere innere Prozesse nichts anhaben. Am Ende der Reise wurde die Glaskugel gesäubert und mit Sand wieder im Kästchen verstaut, dieses versiegelt und an einem Ort vergraben, den nur Mam und ich kannten.

Deshalb kam das Tonkästchen mit der Perle auch mit uns auf Pauls Gehöft nach Cockett Island.

Wo das Kästchen vergraben werden sollte, war immer eine schwierige Entscheidung. Der Boden durfte nicht zu feucht sein. Auch sollte das Kästchen nicht zu tief vergraben werden, falls wir es im Notfall schnell brauchten. Und sollten wir wirklich mal Hals über Kopf fortmüssen, würde es in dem Versteck so lange sicher überdauern müssen, bis wir Zeit hätten zurückzukommen, um es zu holen.

Der alte Paul schlug schließlich eine der beiden Sandsteinhöhlen auf der Ostseite der Insel vor, die weiter oben am Strand lagen und das ganze Jahr über trocken blieben. Er wusste von der Perle und dass wir sie sicher verwahren mussten. Die Höhle war tief und dunkel. Hinter einem Felsbrocken am Ende der Höhle befand sich ein Spalt, in den ich meinen Arm stecken konnte. Darin ließ sich im Sandstein eine Mulde ertasten. Früher waren dort die Schätze des Klosters vor den Wikingern in Sicherheit gebracht worden. Wo das Versteck lag, wurde von einem Prior zum nächsten weitergegeben.

Einen besseren Ort konnte man sich nicht vorstellen. Sicher vor allen, die nicht eingeweiht waren. Nur der alte Paul, Mam und ich wussten nun davon.

Um das Kästchen noch besser zu schützen, hatten wir es mit einer zusätzlichen Schicht aus Talg, Bienenwachs und Kiefernharz versehen. Nachdem die Schicht ausgehärtet war, schlugen wir das Kästchen noch in grobes Tuch ein, und dieses Päckchen zog Mam aus ihrem Schal hervor, als wir in der Abenddämmerung vor der Höhle standen.

Um uns heulte der Wind und die Papageientaucher – die gedrungenen schwarzen Vögel mit den ulkigen Schnäbeln – segelten und schossen über uns durch die Luft. Paul, der inzwischen fast erblindet war, stimmte ein Gebet an, das er eigens für diesen Zweck erdacht hatte.

»Herr, der du uns das ewige Leben verheißt …«, so begann es. Pauls Stimme zitterte und das Gebet zog sich ellenlang hin. Als wir in der kalten Brise schon fröstelten, sagte er schließlich etwas, das mich aufhorchen ließ. Durch die halb geschlossenen Augen sah ich, dass auch Mam aufschaute.

»Herr«, sagte Paul, »sei gnädig zu denen, die die gewaltige Macht über Leben und Tod selbst in die Hand genommen haben. Wenn es eine Sünde ist, das Leben über die vorherbestimmte Spanne zu verlängern, schaue nicht im Zorn auf jene, die es tun.«

Versteht ihr, was ich meine? Paul bat Gott, Mam und mich nicht dafür zu bestrafen, dass wir Nimmertote waren.

Mam reichte mir das in Tuch gewickelte Kästchen und ich ging in die Höhle und schob es in den Spalt zwischen Felsbrocken und Höhlenwand.

So war es für alle Zeit sicher.

»Seit wann glaubst du das? Seit wann glaubst du, dass uns der Herr bestrafen könnte, weil wir … so sind, wie wir sind?«, fragte Mam Paul, als wir auf dem Rückweg waren.

»Das macht mir schon eine ganze Weile zu schaffen«, antwortete Paul, der sich von mir führen ließ. »Ich habe den Bischof in seiner Weisheit um Klärung gebeten.«

Mam blieb stehen, der Wind pfiff.

»Du hast dem Bischof davon erzählt?« Sie war entsetzt, dass Paul unseren Schweigepakt gebrochen hatte.

»Mach dir keine Sorgen«, sagte er beschwichtigend. »Ich habe nichts von dir und Alve gesagt. In unserem Gespräch ging es einzig darum, was wäre, wenn jemand die Macht hätte.«

»Aber trotzdem«, sagte ich, »vielleicht kam ihm die Frage merkwürdig vor. Vielleicht wundert er sich …«

»Keine Angst, junger Alve«, antwortete der alte Paul entschlossen. »Der Bischof hat keinen Verdacht geschöpft. Euer Geheimnis bleibt ein Geheimnis. Und der Herr liebt die, die ihn lieben.«

Da war ich mir nicht so sicher.

54. Kapitel

Bald darauf starb Paul und wurde im Garten der winzigen Inselkapelle beerdigt, wo seine Gebeine bis heute ruhen. Mam, Biffa und ich blieben auf dem Hof.

Dann kam eines Tages ein Kirchenbeamter und teilte uns mit, dass wir nicht länger bleiben könnten, weil ein neuer Priester dort wohnen wolle. Da beschlossen wir, das Kästchen mit der Lebensperle an Ort und Stelle zu lassen.

»Hier ist es sicher«, verkündete Mam, als wir den steilen Pfad zum Kliff hinunterkletterten. »Da findet es niemand.«

Zehn Jahre war es her, seit wir an jenem windigen Abend mit den über uns schwebenden Papageientauchern die kleine Zeremonie vollzogen hatten. Nichts hatte sich seither verändert.

»Wollen wir noch mal nachsehen?«, fragte ich Mam. »Du weißt schon, ob es noch da ist?«

Sie lächelte weise. »Warum sollte es nicht mehr da sein?«

»Weil …«, aber mehr brachte ich nicht heraus. Denn es war undenkbar, dass das Kästchen nicht mehr da war.

»Wir sollten es einfach lassen, Alve. Wir wissen beide, dass es noch da ist. Außer uns weiß niemand davon. Hier kann es keinen Schaden nehmen. Und mir ist leichter ums Herz, wenn wir es nicht bei uns im Haus haben. Die Insel geht nirgends hin. Und der Stein«, sie meinte den großen Felsbrocken, »auch nicht. Und wenn der Herr einen von uns zu sich ruft«, – statt *sterben* sagte Mam immer *vom Herrn gerufen werden* –, »dann kommt der andere her, nutzt das Elixier der Lebensperle und altert. Wenn er oder sie das will«, fügte sie noch hinzu.

Dieser Gedanke erfüllte mich mit Ehrfurcht. Dass diese gewaltige Macht, Unsterblichkeit zu verleihen oder aufzuheben, in einem kleinen Tonkästchen in einer Sandsteinhöhle auf einer windigen Insel in Northumbrien lag.

Und noch immer liegt. Seit Jahrhunderten unberührt.

55. Kapitel

Im Kinderheim purzelten mir unzählige Fragen durch den Kopf, auf die ich keine Antwort hatte.

Wo war Jasper die letzten tausend Jahre gewesen?

Warum tauchte er ausgerechnet jetzt auf?

Was wollte er von mir?

Ging es um die Lebensperle?

Um was sonst? Sicher war er darauf aus. Dass er nicht alterte, bewies die Narbe auf seinem Arm. Und bestimmt wollte er es ändern, genau wie ich.

Er konnte zwar unmöglich wissen, wo sich die Lebensperle befand. Aber sicher vermutete er, dass ich es wusste, und wollte durch mich daran gelangen.

Ich betrachtete die neue Schuluniform, die an meiner Zimmertür hing. Sangeeta würde mich morgen zur Schule bringen, danach sollte ich dann mein Glück allein machen.

Mein Glück allein machen.

Freunde finden. Mit ihnen aufwachsen. Normal sein.

Nur, dass ich das nicht konnte. Es sei denn, ich gelangte an die Perle, bevor mir jemand zuvorkam.

Teil 3

AIDAN

56. Kapitel

Der erste Schultag nach den Osterferien fing mies an. Und im Laufe der Woche sollte es noch schlimmer kommen.

Ich hatte mich total auf ein Wiedersehen mit Spatch und Mo gefreut, aber es hatte sich was geändert.

Wahrscheinlich ging es schon eine ganze Weile so, nur dass ich es nicht gemerkt hatte. Nun schon. Durch die gemeinsamen Ferien bei Spatchs Großeltern in Neapel war ihre Freundschaft noch enger geworden, enger als zu mir.

Spatch war so braun gebrannt, dass er dunkler war als Mo, aber er meinte, sie hätten nicht so oft an den Strand gekonnt, weil der wegen einer Überschwemmung der Abwasserkanäle die halben Ferien gesperrt gewesen war.

»Deshalb bist du so braun!«, sagte ich und knuffte ihn leicht.

Er kapierte es nicht und tat so, als hätte ich ihm wehgetan (was gar nicht sein konnte). »Autsch! Was meinst du denn?«

»Du bist so braun, weil du im Abwasser geschwommen bist!«

War jetzt vielleicht nicht der anspruchsvollste Witz, aber ich fand es trotzdem urkomisch und lachte mich weg. Die beiden lachten nicht mit. Spatch sah Mo an und rollte mit den Augen.

»Sehr witzig, Linklater.«

In dem Moment wusste ich, auch wenn wir uns nicht spinnefeind waren, dass aus der Dreiergruppe eine Zweiergruppe geworden war und ich außen vor stand.

Und was hätte ich auch schon groß von meinen Osterferien erzählen können?

»Stellt euch vor, was ich erlebt habe. Ich habe mich mit Roxy Minto angefreundet. Die wohnt bei mir nebenan.«

»Wow. Cool.«

»Ja, und habt ihr von dem Feuer gehört, über das auch im Fernsehen berichtet wurde? Also der Junge, der entkommen ist, der heißt Alfie und ist tausend Jahre alt.«

»Ist ja voll interessant. Den würden wir echt gerne mal kennenlernen.«

Stattdessen würden die beiden mich nur damit aufziehen, dass ich in Roxy verliebt sei, und sich darüber lustig machen, dass ich (auch nur ansatzweise) jemandem glaubte, der behauptete, tausend Jahre alt zu sein.

So blieb mir also nur, vom Brand und den Feuerwehrautos zu erzählen. Die Geschichte fanden sie ganz okay. Den Rest behielt ich für mich.

Alfie hatte ich zuletzt vor ein paar Tagen auf der Beerdigung gesehen. Ehrlich gesagt, hat er sich ein wenig merkwürdig verhalten, ist ganz plötzlich, ohne einen Ton zu sagen, verschwunden. Mit ihm befreundet zu sein, war sicher nicht so leicht. (Über Abwasserwitze sah ich ihn nicht lachen.)

Ich glaube, er hatte nicht so ganz kapiert, dass wir es wiedergutmachen und ihn überzeugen wollten, dass wir die Polizei nicht gerufen hatten.

Dann tauchte er am ersten Schultag auf einmal nachmittags in der Aula auf, saß am Ende der Stuhlreihe mit den Chaoten aus der Klasse von Mr Springham, dem Lehrer, der immer so rumbrüllt. Alfie war zwei Reihen vor mir und sah mich nicht, aber ich hatte ihn gut im Blick.

Brandneue Schuluniform, richtiger Haarschnitt und eine Brille wie die von Onkel Jasper, mit Gläsern, die im Sonnenlicht dunkler werden und jetzt halb getönt waren.

Offenbar redete keiner mit ihm, aber das war normal, wenn man neu war.

Bis zum Mittag hatte es sich schon rumgesprochen.

1. Der Neue heißt Alfie Monk.
2. Hat beim Waldbrand seine Mutter verloren und ist nun Waise.
3. Sehr still.
4. Spricht seltsam, als wäre Englisch nicht seine Muttersprache.
5. Schaurige Zähne, war wohl noch nie beim Zahnarzt.

Ich sah ihn weder in der Pause noch beim Mittagessen. Erst am nächsten Tag liefen wir uns über den Weg.

Gleich nach den Ferien hatten wir Projektwoche: »Culvercot früher und heute«. In einem Brief an die Eltern stand, dass die Geschichte Culvercots die »lebenslange Leidenschaft« des Direktors sei, die er unbedingt auch allen anderen nahebringen – sprich *aufdrängen* – wolle. Es soll ja Leute geben, die das toll finden. Die kann man aber mit der Lupe suchen.

Diesmal ging es mit einem Ausflug zum »Abenteuer Angelsachsen« los. Im Schreiben an die Eltern hieß es:

Die Welt der Angelsachsen wird anhand von Darstellern in zeitgenössischen Kostümen anschaulich vorgeführt. Eine einzigartige Gelegenheit, das Leben unserer Vorfahren vor über tausend Jahren nachzuempfinden.

Das Seltsame daran war, dass ich bis dahin keine Ahnung hatte, wovon Alfie immer sprach.

Tausend Jahre? Hätten genauso gut eine Million Jahre sein können. Doch jetzt hatte ich, wie es unser Direktor Mr Landreth ausdrücken würde, »einen Bezugsrahmen«. Alfie stammte aus der Zeit der Angelsachsen. Allein der Gedanke war komisch.

Insgeheim hatte ich gehofft, auf dem Ausflug wieder mehr mit Mo und Spatch in Kontakt zu kommen, aber nach dem ersten Tag wurde Mo urplötzlich krank. (Wetten, dass er schwänzte? Der brauchte doch nur einmal zu husten, schon ließ ihn seine Mutter zu Hause.) Und dann bekam Spatch auch noch einen Eintrag wegen »dauerhaften Verweigerns der Hausaufgaben« und wurde von den Ausflügen ausgeschlossen. Stattdessen verbrachte er die Tage in Mrs Sparrows Büro, um ein Bioprojekt vom letzten Schuljahr fertigzustellen.

So um die hundert Schüler, alles Siebtklässler, warteten auf dem Schulhof auf die Busse, die uns zum »Abenteuer Angelsachsen« bringen sollten. Es war ziemlich laut.

Jemand pikte mir in den Rücken: Roxy und neben ihr stand Alfie mit einem schüchternen Zahnlückenlächeln.

»Schau mal, wen ich gefunden habe«, sagte Roxy.

Bevor ich antworten konnte, tauchte Mr Springham vor uns auf und rief mal wieder lauter als nötig: »IHR DREI. BUS 1, PLÄTZE 18, 19, 20. ABMARSCH!«

Zugeteilte Plätze? Na toll.

Der Bus brauchte eine Stunde bis zum »Abenteuer Angelsachsen«. In dieser Stunde erfuhr ich:

1. dass Alfie in einem Kinderheim in Culvercot wohnte,
2. es dort streng zuging und er abends schon um neun Uhr drinnen sein musste,
3. Sangeeta und das Amt eine Pflegefamilie für ihn suchten, was offenbar nicht so schnell ging.

Außerdem fragte er nach Jasper. Und zwar mehr als einmal. Anfangs war es noch gar nicht komisch. Alfie meinte bloß: »Wie geht es denn deinem Onkel Jasper?«

Ein wenig überrascht war ich schon, weil ich ihn, wenn überhaupt, nur mal so ganz nebenbei erwähnt hatte.

»Dem, ähm … gut, nehme ich an. Warum?«

»Nur so. Wollte ich nur mal wissen.«

Weil ich Alfies lässigen Ton seltsam fand, hakte ich nach. »Bist du ihm sonst schon mal begegnet?«

»Nein. Noch nie. Überhaupt noch nie. Nein.«

Hhmm, warum stritt er es nur so heftig ab? Und wieder einmal kam es mir zugute, dass ich selbst ein so schlechter Lügner war. Ob es was mit Jaspers merkwürdigem Verhalten an dem Tag zu tun hatte, als Alfie gefunden worden war?

Ein paar Minuten später fragte er dann auch noch: »Wie hat er deine Tante kennengelernt?«

»Wer? Jasper? Oh Mann, Alfie. Im Internet, glaube ich. Warum? Was geht dich das an?«

»Nichts, Aidan. Ich frage nur so.«

Und damit beließen wir es, denn dann passierte die Sache mit der Brille.

Inigo Delombra saß hinter uns und von dem Typen sollte man sich echt fernhalten. Er war jetzt nicht unbedingt ein Schläger, denn sobald man sich wehrte, machte er einen Rückzieher, wie Mo mal in der Grundschule rausgefunden hatte. Das Problem war einfach, dass er jetzt schon so groß war wie die Lehrerinnen (und Mr Green) und locker achtzig Kilo auf die Waage brachte. Mit anderen Worten, er war riesig, und ihm die Stirn zu bieten, erforderte eine Menge Mut.

Als Inigo den Kopf über die Rückenlehnen streckte und »Hallo, Neuer!«, rief, ahnte ich schon, dass es Ärger geben würde.

Roxy und Alfie saßen nebeneinander. Ich war auf der anderen Seite vom Gang und konnte Inigos Bande (alle beide) schon voller Vorfreude grinsen sehen.

»Willst du 'n Haribo?«, fragte Inigo und sah Alfie an.

»Einen was?«

»'n Haribo.«

»Was soll das sein?«

Oh, nein.

Inigo wandte sich grinsend zu seinen Freunden um, die sich schon ins Fäustchen lachten. »Der Neue kennt kein Haribo!« Wieder wandte er sich Alfie zu. »Hier. Nimm mal eins.« Er zeigte Alfie die Tüte mit Süßigkeiten. Alfie schaute skeptisch.

»Los! Nimm eins! Nimm zwei! Ich hab noch 'ne Tüte. Wo kommste her?«

»Ich, also, mein Vater stammt aus Gotland, aber dann hat er … also … er ist Däne.« Die Angst stand Alfie ins Gesicht geschrieben.

»Oh! Dann bist du also, ähm … aus Däneland. Deshalb redest du auch so komisch, was? Lass mal dein Nasenfahrrad sehen!«

»Meine Brille?«

»Ja, Mann, deine Brille, gib schon her!« Inigo pflückte sie ihm von der Nase. Roxy hatte bislang geschwiegen, doch nun machte sie den Mund auf. »Hey. Lass ihn in Ruhe!«

»Ach, spricht die Kleine etwa?« Inigo beugte sich ganz nah heran. »Halt die Klappe, du Zwerg, sonst mach ich dir den Rest des Schuljahrs zur Hölle. Und jetzt zur Brille: Die ist echt cool. Werden die Gläser auch dunkler?«

Er hatte sich die Brille aufgesetzt und schaute nun aus dem Fenster.

»Wow! Das funktioniert ja echt. Hier, Jonesy, versuch du's auch mal.« Inigo gab die Brille seinem Kumpel, der sie ins Licht hielt, aufprobierte und dann weiterreichte.

Ein Junge sagte: »Wem gehört die? Sind die Gläser bruchfest?«

Alfies gequälter Gesichtsausdruck war kaum zu ertragen.

Ich stand auf und ging durch den Bus nach hinten. Inzwischen war die Brille einfach etwas, das man durch die Reihen gab. Die Hälfte der Leute hatte keine Ahnung, wem die Brille gehörte und dass man sie Alfie weggenommen hatte. Da konnte ich relativ leicht sagen: »Hier. Lass mich auch mal!«

Ich musste es zu ein paar Leuten sagen, aber dann bekam ich die Brille ausgehändigt. Ich setzte sie auf, posierte grinsend und lief dann schnurstracks zu meinem Platz zurück.

»He, gib sie mir wieder!«, brüllte Inigo. »Du bist tot, Linklater! Und du auch, Däne!«

Auch wenn es nur ein kleiner Sieg war, hüpfte mein Herz vor Freude.

Ich saß wieder, als Mr Springham aufstand und durch den Bus brüllte:

»SEID STILL. STILL, HABE ICH GESAGT, DELOMBRA. WAS GEISTERST DU HIER DURCH DEN GANG? SETZ DICH SOFORT WIEDER HIN. DU BIST EINE ZUMUTUNG. IHR ALLE MITEINANDER! SETZT EUCH ENDLICH UND SPIELT IRGENWELCHE IDIOTENSPIELE AUF EUREN HANDYS. DAS IST MIR EGAL. HAUPTSACHE, IHR VERHALTET EUCH RUHIG, BIS WIR DA SIND. HABE ICH MICH KLAR AUSGEDRÜCKT?«

Allgemeines zustimmendes Gemurmel. Indessen gab ich Alfie die Brille zurück. Wenn ihn das nicht davon überzeugte, dass es mir mit unserer Freundschaft ernst war, konnte ich ihm auch nicht helfen.

»Danke«, flüsterte er. Alfie wusste ganz genau, was gerade geschehen war. Man lebte nicht so lange wie er, ohne zu wissen, dass es eine schlechte Idee war, sich einen wie Inigo Delombra zum Feind zu machen.

57. Kapitel

Man muss den Machern von »Abenteuer Angelsachsen« zugutehalten, dass sie sich große Mühe gegeben hatten, die Sache interessant zu gestalten.

Leider hatten sie keinen Schimmer, was ein Haufen Schüler von der Percy Ack interessant finden könnte. Alles war auf Sechsjährige ausgerichtet, mit bunten Schildern, auf denen Comicfiguren mit Sprechblasen abgebildet waren:

Findest du das größte Haus hier?

Wie viele Tiere siehst du auf dem Bild?

So in der Art.

Alfie, Roxy und ich landeten in einer Gruppe. Es gab ein Besucherzentrum, ein Café und einen Schulungsraum, in dem uns ein Mann im Angelsachsenkostüm willkommen hieß. Mr Springham musste uns bloß einmal anbrüllen LEISE ZU SEIN!

»Seid gegrüßt und Salutation, Kinder des 21. Jahrhunderts!«, sagte der Mann in den altmodischen Klamotten. »Ich heiße Eckfrith und mir gehört eine kleine Farm am Ufer der Tyne …«, und so weiter.

Währenddessen machte Alfie die ganze Zeit »ts« und schüttelte den Kopf. Erst dachte ich, dass es außer mir niemand mitbekäme, aber der Mann, der den Vortrag hielt, hatte es offenbar auch gemerkt und hielt inne.

»Ah! Wir haben wohl einen Ungläubigen unter uns«, sagte er gutmütig. »Sag, junger Mann, was stört dich? Warum glaubst du nicht, dass ich ein echter angelsächsischer Bauer bin?«

Ohne zu zögern, antwortete Alfie: »Sie sind viel zu sauber.« Die Klasse brach in Gelächter aus. Den Mann schien das nicht zu stören.

»Nun, junger Mann, da hast du wahrscheinlich recht. Seife war damals sehr teuer!«

»Es gab keine, meinen Sie wohl. Und ›Salutation‹ hat auch niemand gesagt. Das ist ein französisches Wort und kam erst lange nach 1066 in Gebrauch«, erwiderte Alfie.

»Hhmm, ähm …« Der Mann geriet ins Straucheln.

»Und Ihre Tunika wäre auch nicht rot.«

Verwundert schaute der Mann an seinem einfachen roten Baumwollhemd hinunter.

»Wirklich nicht?«

»Nein. Es sei denn, Sie wären ein sehr reicher Bauer, dann könnten Sie sich eine rote Tunika leisten. Rot war eine teure Farbe.«

»Ach so«, entgegnete der Mann grinsend. »Dann bin ich eben ein außergewöhnlich reicher Bauer.«

»Warum tragen Sie dann die Stiefel eines armen Mannes?«

Wieder lachte die Klasse, bis Mr Springham brüllte: »DAS REICHT!«, und Alfie einen bösen Blick zuwarf.

Hinter uns hörte ich Inigo Delombra murmeln: »Du hältst dich wohl für besonders schlau, was?«

Auch wenn es danach viel leiser vonstattenging, hörte das Tuscheln und Kichern nicht mehr auf. Alfie hatte auf sich aufmerksam gemacht, so viel stand fest. Keine Ahnung, ob das gut war.

Aber es war nichts im Vergleich zu dem, was noch kommen würde.

58. Kapitel

Als Nächstes kam nämlich die »Originalnachbildung eines angelsächsischen Dorfes«, eine Ansammlung aus runden Hütten mit Strohdächern. Schon beim Anblick des Schildes verzog Alfie höhnisch das Gesicht. Mir kam er vor wie ein schlecht gelaunter Erwachsener.

»Entweder ist es ein ›Original‹ oder eine ›Nachbildung‹«, sagte er. »Beides geht nicht.«

Roxy versuchte, ihn aufzumuntern. »Hör auf, Alfie. Es gefällt dir garantiert. Ist bestimmt wie früher, als du noch … klein warst.«

Als ich mich umsah, war von der Gruppe keiner mehr da.

»Himmel«, sagte Alfie, »wer hat denn die Hütten gebaut? Ein Zwergenheer?« Wir duckten uns durch den Eingang.

»Die Leute waren früher wohl kleiner als jetzt«, sagte Roxy.

»Aber nur ein bisschen«, entgegnete Alfie. Er schaute sich die Feuerstelle an und sah dann nach oben unters Dach. »Wo soll denn der Rauch abziehen? Hier ist ja kein Rauchabzug. Die Leute wären erstickt.«

»Na schön«, allmählich ging mir seine Besserwisserei auf die

Nerven. »Wahrscheinlich war es ein Versehen. Schau mal.« Ich zeigte aus der Fensteröffnung zur nächsten Hütte. »Die hat einen Rauchabzug. Da qualmt es auch.«

Alfie sah kurz hin und grunzte zustimmend, bevor er sich dem Herd widmete, der aus einem Steinkreis bestand. »Hier gibt es ja nicht mal eine anständige Feuerstelle. In den meisten Häusern war sie mindestens so hoch.« Alfie hielt die Hand in Kniehöhe.

»Wofür war das gut?«

»Weiß ich nicht«, sagte er verärgert. »So war es eben. Nur die ganz Armen hatten keine, denn man musste die Steine dafür kaufen, aber die Armen haben auch nicht in solchen Häusern gelebt.«

»Steine kaufen? Steine gibt es doch umsonst.«

»Das sind nicht irgendwelche Steine. Wenn du einen Stein vom Strand oder am Fluss sammelst, zerspringt er in der Hitze vielleicht. Das willst du nicht, wenn du im Winter wärmesuchend um die Feuerstelle kauerst. Da braucht man Granit oder Kalkstein, und dafür muss man zahlen, wenn man nicht gerade in der Nähe eines Steinbruchs lebt. Und die hier« – wir standen inzwischen wieder draußen und Alfie deutete auf eine weitere Feuerstelle neben der Hütte – »ist viel zu dicht daran.« Er zeigte auf das Dach aus Stroh und Zweigen. »Das könnte ja jederzeit in Flammen aufgehen. Hier würde keiner Feuer machen. Das werde ich denen mal sagen.«

Er marschierte zurück zu dem Mann in dem angelsächsischen Kostüm.

»Nein, Alfie. Nein!«, rief Roxy. Mir war das totpeinlich. Alfie drehte sich um und sah uns an.

»Was habt ihr denn? Es ist nicht nur historisch falsch, sondern auch noch echt gefährlich.«

Ich konnte es kaum mit ansehen. Wie eine wichtigtuerische Omi, die einen jungen Polizisten ausschimpft, weil seine Schuhe nicht blitzblank sind. Roxy und ich verschanzten uns hinter einem (auf mich) sehr authentisch wirkenden Holzkarren, als Alfie auf den Museumsmitarbeiter zuschritt und ihm auf die Schulter tippte, während der mit einer Reisegruppe aus China oder so im Gespräch war.

Alfie deutete mit dem Finger auf die Feuerstelle. Der Mann sah kurz hin, schüttelte den Kopf und bedeutete ihm, Leine zu ziehen, dann widmete er sich wieder der Gruppe. Also zupfte Alfie ihn am Ärmel. Nun war der Typ vom Museum sichtlich genervt, doch Alfie kümmerte das nicht, wofür ich ihn auf eine Art bewunderte. Die Chinesen zogen weiter, was den Mann noch mehr aufbrachte, mit einem wutentbrannten Gesichtsausdruck folgte er Alfie zum Feuer. Ein paar Gesprächsfetzen bekam ich mit.

»… geht eine erhebliche Brandgefahr … gelöscht …«

»… ich werde mit meinem Vorgesetzten sprechen …«

Der Mann im Angelsachsen-Kostüm verschwand in Richtung Besucherzentrum. In dem Moment kam Inigo Delombra mit seinen Kumpanen um die Ecke, jeder mit einem Arm voller Zweige.

»Los, Jungs«, rief Inigo, »rauf damit!« Und bevor wir es verhindern konnten, warfen sie die Zweige ins Feuer, das sofort zu neuem Leben erwachte. »Boah, ey! Voll cool, ey! Voll das fette Feuer!«

Die Flammen loderten beängstigend hoch. Als sich der

Rauch verzogen hatte, waren Inigo und seine Freunde wie vom Erdboden verschluckt.

»Schaut euch das an«, sagte Alfie. »Ein Funke genügt und schon steht das gesamte Dach in Flammen. Es ist so trocken wie … wie …«

»Ein trockenes Strohdach?« Roxy verzog keine Miene.

»Ja und es wird auf die anderen überspringen. Ihr habt wohl noch nie ein ganzes Dorf brennen sehen?«

»Nein, Alfie«, antwortete ich, »so überraschend es für dich klingen mag, aber habe ich noch nie. Und du?«

Die Worte waren raus, bevor mir klar wurde, was ich da sagte. Alfie, der erst vor ein paar Wochen sein eigenes Haus hatte abbrennen sehen, wusste mehr von den Schrecken des Feuers als sonst einer. Sofort entschuldigte ich mich.

»Hey, so war das nicht gemeint …«

Doch Alfie war verschwunden, kurz darauf tauchte er mit einem Holzeimer auf.

»Gibt es hier irgendwo einen Wasserhahn?«, fragte Alfie eindringlich.

»Im Besucherzentrum oder im Café gibt es sicher Wasser.«

»Zu weit. Da bleibt nur eins.«

Inzwischen schlugen die Flammen richtig hoch. Alfie stand mit dem Rücken zu mir, doch ich bekam mit, dass er sich an seinem Hosenschlitz zu schaffen machte. Über die Schulter rief er mir zu: »Komm schon! Worauf wartest du? Wir müssen das Feuer irgendwie löschen!«

»Alfie, hast du einen Knall? Das ist ein Museum. Du kannst hier doch nicht auf die … die Exponate pinkeln.«

»Wenn die noch ein paar Exponate behalten wollen, ist es

meine Pflicht. Und deine auch, Aidan. Komm schon. Roxy, du bist entschuldigt.«

Alfie hatte schon angefangen. Es zischte laut und eine große gräulich gelbe Rauchwolke stieg über der Feuerstelle auf.

»Komm schon!«, brüllte er über das Zischen hinweg. »Meins reicht nicht. Ich war schon vorhin nach dem Essen.«

Ich war nicht nach dem Essen. Ehrlich gestanden, hielt ich schon seit geraumer Zeit Ausschau nach einer Toilette, und als ich schließlich loslegte, hatte ich ganz schön Druck drauf. Rauch und Dampf verdoppelten sich und stiegen weit über die Dächer der Hütten.

Alfie hatte sich die Hose schon wieder zugemacht, als wir den Typen in der Tunika brüllen hörten: »He! Was zum Teufel macht ihr da?«

»Lauf!«, rief Alfie.

In dem Moment war ich noch mitten am Pinkeln und konnte unmöglich aufhören.

»Geht nicht«, jammerte ich. Da war er auch schon weg und der Typ kam näher.

»Du Lausbube!«

Die chinesische Touristengruppe war zurück und wenigstens zwei von ihnen machten Fotos von mir in einer riesigen Pipi-Rauch-Wolke. Und der Strahl wollte nicht versiegen. Warum hatte ich auch bloß diese extragroße Cola getrunken?

Mir blieb nur eine Möglichkeit. Mit Mühe und Not verlangsamte ich den Strahl, um wieder alles in der Hose zu verstauen, und lief davon. Der Urin rann mir das Hosenbein runter. Um dem Angelsachsen zu entkommen, musste ich mich durch die Chinesen kämpfen, aber die machten mir bereitwillig Platz, wahrscheinlich wollten die nicht bepinkelt werden, und da bin ich dann gestolpert.

Ich geriet ins Straucheln, drehte mich halb um und landete rücklings in einer Pfütze. Mein Hosenschlitz war noch offen, alles hing raus (wenn ihr wisst, was ich meine) und ich pinkelte immer noch. Vor den Augen der überraschten chinesischen Touristen und bald auch eines Mannes in Wolltunika und Kettenhemd.

»Habe ich dich«, sagte er, warf seine Plastik-Axt fort und packte mich am Arm. »Du kommst mit mir.«

Eine Kamera blitzte auf und meine Blamage war komplett.

59. Kapitel

Alfie und ich steckten in Schwierigkeiten, doch weil Alfie neu in der Schule war und so schreckliche Sachen erlebt hatte, waren die Lehrer geneigt, nicht allzu streng mit ihm zu sein. Was mir zugutekam, denn sie sahen ja wohl ein, dass es ungerecht wäre, Alfie zu schonen und bei mir hart durchzugreifen. Wir kamen beide glimpflich davon.

Natürlich glaubte uns kein Mensch, dass wir bloß verhindern wollten, dass das Strohdach Feuer fing. Dass Inigo und seine Kumpels die Flammen noch geschürt hatten, behielt ich für mich, denn petzen ist so ziemlich das Schlimmste, was man in der Schule tun konnte. Alfie schien das auch zu wissen, denn auch er schwieg sich über diesen Teil aus. Roxy gab schlauerweise vor, gar nichts mitbekommen zu haben.

Alfie und ich ließen die Strafpredigt klaglos über uns ergehen und wurden dazu verdonnert, den Rest des Tages im Bus zu verbringen. Es hieß auch, wir müssten zum Direktor, bekämen einen Brief nach Hause und Alfies Sozialarbeiterin würde unterrichtet werden, bla, bla, aber das waren bloß leere Drohungen.

»Ich verstehe euch einfach nicht.« Mr Springham sprach mit

seltsam leiser Stimme (richtig unheimlich). »Sollte das witzig sein? Wolltet ihr euch hervortun?«

Betrübt ließ ich den Kopf hängen, auch wenn mir gar nicht so war. »Nein, Sir.«

»Nein, Sir«, wiederholte Alfie.

»Eben«, sagte Mr Springham.

»Obwohl wir einen Brand verhindert haben, der beträchtlichen Sach- und Personenschaden hätte anrichten können«, sagte Alfie.

Mr Springham riss sich zusammen, und es kostete ihn solche Anstrengung, dass er eine eigenartige lila Farbe annahm.

ALFIE

60. Kapitel

In die Schule zu gehen, war anstrengend. Aber auch schön, eine der beglückendsten Erfahrungen in meinem langen Leben.

Ich war ja noch nie auf einer Schule, also jedenfalls nicht auf einer aus dem 21. Jahrhundert.

Auf »Schulen« war ich schon gewesen, da habe ich auch einiges gelernt. Aber ein riesiges Gebäude, in dem mehr als tausend Schüler das Gleiche lernen, ohne was dafür zu bezahlen? Nein.

Als die allgemeine Schulpflicht eingeführt wurde (ich habe es nachgeschlagen, es war 1880), las und schrieb ich schon seit Jahrhunderten.

Zunächst mussten nur Kinder bis zehn die Schule besuchen. Dann aber wurde das Alter auf elf und später auf zwölf heraufgesetzt, doch solange man nachweisen konnte, dass man lesen und schreiben konnte, brauchte man nicht zu gehen.

1918, nach Ende des 1. Weltkriegs, wurde die Schulpflicht wieder angehoben, diesmal auf vierzehn Jahre. Damit fingen unsere Schwierigkeiten an. Mam und ich mussten bei meinem Alter schwindeln. Wir wurden immer besser darin, und natürlich half es, dass ich offenkundig gut gebildet war.

Und nun war ich plötzlich auf der Sir Henry Percy Academy, oder der »Percy Ack«, wie alle, einschließlich der Lehrer, hier sagten.

Die anderen Schüler waren laut und lebhaft. Und auch frech zu den Lehrern, was die nicht zu stören schien, wobei einer von ihnen immer sehr herumschrie. Ich wurde zwar häufiger schief angesehen, aber niemand war direkt unfreundlich zu mir. Außer diesem Inigo Delombra, der die ganze Zeit Süßigkeiten in sich hineinstopfte. Die Brille hatte er mir schon weggenommen und ständig ahmte er meine Art zu sprechen nach. Sollte bloß »Spaß« sein, war es aber nicht.

Und dann hatte ich noch meine Freunde, Aidan und Roxy. Es fühlte sich gut an, das zu sagen.

All das lenkte mich von Aidans Onkel Jasper ab. Seit der Beerdigung hatte ich ihn nicht wiedergesehen, und ich glaubte allmählich schon, dass ich mir alles nur eingebildet hatte. Möglich war es. Ich war in einer seltsamen Verfassung gewesen.

In der Schule bekamen wir die Bücher umsonst. Könnt ihr euch das vorstellen? Es gab eine Bibliothek, wo man sich Bücher mit den herrlichsten Geschichten nehmen konnte. Jeder bekam mittags ein warmes Essen. Manche Kinder gingen auch zum »Frühstücks-Club«, da bekamen sie umsonst was zu frühstücken. Unglaublich!

Ich gehörte nicht zu diesem Club. Stattdessen frühstückte ich im Earl-Grey-Haus. Die anderen Kinder aßen »Frühstücksflocken« aus bunten Schachteln. Die schütteten sie sich in eine Schale, kippten Milch darüber und aßen es mit einem Löffel.

(Ihr kennt euch damit bestimmt aus, aber zur Sicherheit sage ich es trotzdem.)

Mir waren diese Flocken viel zu süß, deshalb briet mir Tante Reet normalerweise Eier.

Sangeeta hatte mich am ersten Montag gefahren. Sie hatte gegenüber von der Schule geparkt, und während sich die anderen Kinder auf dem Gehweg drängelten, sah sie mich durchdringend an.

»Kommst du damit klar, Alfie? Es ist ja alles noch ganz frisch.«

Einen Moment lang hatte ich fürchterliche Angst, dass sie mir sagen würde, dass ich nicht zur Schule dürfte. Dass ich noch nicht bereit sei oder so. Jahrelang hatte ich immer die Kinder in ihren Uniformen zur Schule gehen sehen, lachend und johlend. Sangeeta würde mich doch jetzt nicht bremsen?

»Ist es nicht gesetzlich vorgeschrieben, zur Schule zu gehen?«

Sie lächelte. »Ja, na ja. Aber weißt du … wir sind ja nicht … also, du könntest auch noch warten. Eine Weile.«

»Was würde ich denn sonst tun?«

Seufzend blies sie Luft durch die Nase und strich sich eine Locke hinters Ohr. »Ich weiß. Sieh mal, Alfie …«

»Ja, Sangeeta?«

»Verschweigst du mir was? Ich mache mir einfach Sorgen …«

»Nein, Sangeeta. Ich komme schon zurecht. Vielen Dank für die Mitnahme.«

»Danke fürs Mitnehmen, sagt man.«

»Fürs Mitnehmen.«

Als ich mich noch mal umdrehte, sah sie mir hinterher und biss sich auf die Unterlippe. Sie wusste, dass was im Busch war.

Aber um das Problem würde ich mich später kümmern. Ich erfuhr schon bald was viel Schlimmeres, viel Dringenderes.

Die Zeit, den Plan umzusetzen, lief aus.

AIDAN

61. Kapitel

Dass einer kreidebleich wird, habe ich noch nie gesehen. Ist ja auch eher so eine Redensart. Wie: »Ich wäre fast gestorben« oder: »Ich mache mir vor Lachen gleich in die Hose« (wobei das Valerie King in der 4. Klasse tatsächlich mal passiert ist).

Aber normalerweise wird niemand wirklich kreidebleich. Außer Alfie Monk während eines Archäologievortrags anlässlich unserer Projektwoche.

Die Frau, die den Vortrag hielt, sagte was, bei dem Alfie nach Luft schnappte, und als ich zu ihm hinübersah, war alle Farbe aus seinen Wangen gewichen. Echt schaurig. Er war gräulich weiß und bewegte die Lippen, ohne dass ein Ton herauskam.

Aber der Reihe nach.

Es war ein warmer Nachmittag. In der Aula war es heiß wie im Backofen und es roch noch nach dem Mittagessen. Alle rutschten unruhig auf den Sitzen hin und her, keiner hatte Lust auf einen Vortrag mit dem Titel: *Nordöstliche Archäologie: Von gestern bis morgen!*

(Und dann auch noch dieses Ausrufezeichen: ein hilfloser Versuch, das Thema aufzumöbeln.)

Als Mr Springham Dr. Susanne Heinz als Referentin ankündigte, drehte ich mich blitzschnell zu Roxy um. Hatte sie sie erkannt? Roxy grinste zurück.

Es war Susi aus unserer Straße. Susi von Susi und Prudi, den Katzenfrauen! Susi trug nicht wie sonst einen Schlabberpulli und Jeans, sondern einen schicken Hosenanzug.

Bevor es überhaupt losging, musste Mr Springham schon zweimal »RUHE!« brüllen und Inigo Delombra umsetzen, um ihn im Blick zu behalten. Dann war auch noch alles abgedunkelt, damit Dr. Heinz uns Dias zeigen konnte. Sie sprach mit leiser, näselnder Stimme und ihrem unverkennbaren deutschen Akzent.

In ihrer tantenhaften Art tat sie mir ehrlich leid. Am allerschlimmsten – für sie – war aber, dass man ihr die Nervosität so anmerkte. Wie ein wilder Hund witterte die 7. Stufe ihre Angst.

»Hallo, Kinder«, begann sie.

Geht ja schon gut los, dachte ich.

»Wer von euch weiß, was ein Archäologe ist?«, fragte sie.

»Ein langweiliger alter Sack«, sagte Inigo Delombra nicht sehr leise. Bestimmt hatte die arme Susi es gehört. Keiner meldete sich.

»Also … ähm … Archäologie ist … eine Wissenschaft, die die Geschichte der Menschheit anhand ihrer Hinterlassenschaften erforscht. Das können Dinge sein, die man ausgräbt, Denkmäler oder Ruinen. Zu meiner Freundin Prudence sage ich gerne: ›Ich werde nie reich, denn meine Karriere liegt in Trümmern.‹«

Dr. Heinz lächelte und wartete vergeblich auf einen Lacher. Stattdessen blickten ihr 120 ausdruckslose Gesichter entgegen.

Fünf Sekunden später rief Alfie plötzlich: »Trümmer! Ha!« Alle drehten sich zu ihm um.

Peinlich.

Alfie war eindeutig der Einzige, den der Vortrag interessierte. Vorgebeugt in seinem Sitz, hing er an Susis Lippen, die endlos von ihren Ausgrabungen schwafelte.

Sie zeigte uns eine Spitzkelle. *Hurra.* Und einen Pinsel, mit dem man die Funde vom Dreck säubert.

Und dann die Dias. Eine endlose Diashow. Und Alfie wurde es immer noch nicht langweilig.

»Hier sehen wir einen Fundort in Saxton, in der Nähe von Towton, 150 km von hier, also nicht ganz um die Ecke. Dort war ich 1990 an den Ausgrabungen beteiligt.«

Für mich war es ein weiteres Erdloch. Daneben freudestrahlend eine junge Susi mit dicken Brillengläsern.

»Wer kann mir denn sagen, was in Towton passiert ist?«

Einzig Alfies Hand schnellte hoch. »Die Schlacht von Towton!«, schrie er.

»Genau, danke. Die Schlacht von Towton. Oft wird sie auch die blutigste Schlacht der englischen Geschichte genannt, wo über fünfundzwanzigtausend Männer an einem einzigen Tag umgekommen sein sollen. Ich persönlich halte das für maßlos übertrieben.«

»Entschuldigen Sie?« Alfie meldete sich wieder.

»Ja?«

»Es waren wohl eher vierzig- bis fünfzigtausend Menschen. Es war gewaltig.« Alle drehten sich zu dem Schüler um, der es wagte, der Expertin zu widersprechen.

Doch Alfie hatte seine Lektion beim »Abenteuer Angelsachsen« am Vortag gelernt und machte einen Rückzieher. »Das habe ich, ähm … gehört.«

»Ja, die Quellen sind sich nicht einig, aber ich weiß, was ich glaube«, sagte Susi mit Bestimmtheit.

»Und ich weiß, was ich gesehen habe«, entgegnete Alfie. Aus den Reihen der Schüler ertönte Glucksen. »Im Fernsehen.«

Daraufhin erhob sich Mr Springham. »Das reicht, Alfie Monk! Halt mal die Luft an und benimm dich.«

Alfie wurde knallrot, ein absoluter Kontrast zu der Farbe, die er zwei Minuten später annehmen sollte.

Der Vortrag war fast zu Ende und Dr. Heinz sagte: »Und nun zum Abschluss …«, woraufhin ein erleichtertes »Jaaa!« von einigen Schülern zu hören war.

»Jetzt fragt ihr euch sicher, wie es für die nordöstliche Archäologie weitergeht? Nun, dann will ich euch von unserem Projekt hier ganz in der Nähe auf Coquet Island berichten.«

In dem Augenblick schoss Alfie, der nach Mr Springhams Anpfiff etwas tiefer in den Sitz gesunken war, kerzengerade hoch, als hätte man seinen Stuhl unter Strom gesetzt. Auf der Power-Point-Folie war ein kleiner quadratischer Leuchtturm zu sehen, umgeben von weiß gestrichenen Häusern mit Zinnen, die an ein Disney-Schloss erinnerten.

»Das, liebe Kinder, ist der Leuchtturm von Coquet Island. Man nimmt an, dass hier im Mittelalter mal eine Kapelle gestanden hat, aber da hieß die Insel auch noch Cockett Island …«

Ich musste gähnen. Auch wenn Alfie es spannend fand, mich interessierte es nicht die Bohne. Susi fand kein Ende.

»… werden wir diesen Sommer mit den Ausgrabungen beginnen und ein Gebiet von hier bis hier freilegen …« Nun zeigte sie auf eine Karte. »Wir hoffen, auf Artefakte aus der frühen Siedlungsgeschichte der Insel zu stoßen, vielleicht sogar …«, sie machte eine Kunstpause und fügte dann mit einer Geisterstimme hinzu, »… das ein oder andere Skelett!«

Keine Reaktion. Uns kümmerte es nicht mehr. Ich schaute zu Alfie, und da sah ich dann, dass er kreidebleich geworden war. Ging ihm das mit dem Skelett nahe? War es wegen seiner Mutter, schließlich trauerte er noch?

Doch was Dr. Heinz nun sagte, löste die größte Reaktion bei Alfie aus.

»… zuvor jedoch werde ich noch Ausgrabungen in den umliegenden Höhlen leiten. Es war nicht unüblich, Schätze in Höhlen zu verstecken. Nicht umsonst haben die lateinischen Begriffe für Höhle, »caverna« und ausgraben, »excavare« den gleichen Wortstamm … «

Unter lautem Stuhlscharren erhob sich Alfie und taumelte zur Tür. Wieder einmal wandten sich alle Köpfe zu ihm um. Mr Springham holte schon Luft, um ihn anzubrüllen, doch Alfie kam ihm zuvor: »Tut mir leid, Sir. Ich fühle mich nicht wohl.«

Ohne eine Antwort abzuwarten, schob er die Türen auf und verließ den Saal. Ich folgte ihm, nachdem Mr Springham zu mir gesagt hatte: »Sieh mal nach, ob es ihm gut geht.«

Ihm ging es nicht gut. Überhaupt nicht.

ALFIE

62. Kapitel

Was ich an dem Tag erfuhr, traf mich völlig unerwartet.

Bei dem ständigen Gehampel und Gemurmel in der Aula hatte ich Mühe, die Archäologin überhaupt zu verstehen. Natürlich interessiert sich nicht jeder für Archäologie, ist ja klar. Aber die arme Frau wurde vollkommen ignoriert.

Wahrscheinlich war mein Einwurf zur Schlacht von Towton auch nicht gerade hilfreich. Wie gerne hätte ich zu ihr gesagt: »Ich habe es mit eigenen Augen gesehen! All die Schlachtfelder mit den Leichen im blutgetränkten Schnee, noch heute habe ich Albträume davon …«

Das ging nicht, da musste ich mich bremsen.

Dann zeigte Dr. Heinz auf einmal ein Bild von Cockett Island oder Coquet Island, wie es jetzt ausgesprochen wird. Mir versetzte es einen Schlag, mein Herz polterte los.

Im 21. Jahrhundert gibt es keine geheimen Orte mehr. Coquet Island sei ein Vogelschutzgebiet, sagte Dr. Heinz, und normalerweise darf man es nicht betreten, damit die Papageientaucher und anderen Seevögel nicht gestört werden. Doch nun werden Leute auf die Insel kommen, um zu buddeln und graben.

Irgendeiner findet vielleicht die Überreste vom alten Paul, und dann heißt es sicher: … *man gehe davon aus, dass es sich um einen Mann um die siebzig handele … Knochenproben würden für eine DNA-Analyse ins Labor geschickt … wahrscheinlich ein Bauer …*

Und dann werde ich brüllen: »Nein! Das ist der alte Paul, der Prior! Er war wie ein Vater für mich. Und er ist zweiundachtzig geworden, was wie hundertzwanzig heute ist!«

Das Skelett machte mir aber weniger zu schaffen.

Tief in einer Sandsteinhöhle verborgen lag die einzige Chance, meinem unsterblichen Leben zu entkommen.

Ich konnte mir schon lebhaft vorstellen, was die Experten im Radio dazu sagen würden: *Ein mysteriöses Artefakt aus Glas … offenbar absichtlich versteckt … die Kohlenstoffdatierung … nach Expertenmeinung …*

Als Aidan kam, um nach mir zu sehen, war ich am Zittern und Schwitzen, aber ich wusste, was ich zu tun hatte. Ich bahnte mir einen Weg durch die Schüler, die aus der Aula strömten.

»Alfie! Was soll der Scheiß?«, rief Aidan mir nach.

Die Archäologin stand noch vorne am Pult, packte Kelle, Pinsel und ihren kleinen Computer ein.

»Dr. Heinz! Ich muss Sie noch was fragen.«

Überrascht schaute sie auf und lächelte. »Ach, hallöchen, junger Mann. Unser Experte für die Schlacht von Towton.« Es war nett gemeint, zum Glück.

»Ja, aber Ihre Ausgrabung auf Coquet Island. Wann fangen Sie damit an?« Mir war klar, dass ich viel zu begierig, zu verzweifelt klang, aber ich konnte nicht anders.

»Hhmm, mal sehen.« Dr. Heinz holte ihr Handy raus und

tippte ein paarmal darauf herum. »Die Hauptausgrabung fängt erst nächsten Monat an, obwohl ich schon dort war, um ein paar Vorbereitungen …«

»Ja, ja, aber was ist mit den Höhlen?«

»Ach, du liebe Güte! Da ist aber jemand begeistert! Wie schön, jemandem zu begegnen, der sich so für die Archäologie interessiert. Ich weiß noch …«

»Was ist mit den Höhlen?« Ich war unhöflich, aber ich geriet in Panik. »Ich meine … wonach suchen Sie denn da?«

Dr. Heinz unterbrach ihre Packerei, kam herum und setzte sich auf die Tischkante. Sie schob die Brille auf die Nase und rückte ganz nah zu mir heran. Fast wäre ich vor ihrem durchdringenden Blick zurückgewichen.

»Es geht um eine Legende. In Europa stößt man überall darauf, auch wenn die Zeugnisse wenig erforscht sind. In der Legende wird von Menschen erzählt, die unsterblich sind. Immer wieder gab man ihnen andere Namen. Einer ist Übertote. Weil sie den Tod überwunden hatten, verstehst du?«

Ich nickte. Mein Mund war trocken, mein Herz hämmerte.

»Vermutlich sind auch so die Vampirgeschichten entstanden, Geschichten von nächtlichen Wesen, die nie sterben. Mindestens zwei Verweise gibt es auf einen Ort namens *Karparty*, gemeint sind damit die Karpaten in Rumänien. Dort in Transsilvanien ist ja auch die Heimat Draculas. Oh, ich hoffe, ich mache dir keine Angst damit?«

»Nein, nein, erzählen Sie weiter.«

»Jedenfalls wird die Legende von den Übertoten auch in einem alten Dokument eines mittelalterlichen Bischofs aus Northumbrien erwähnt. Das Dokument befindet sich im Britischen Museum in London. So wie ich es interpretiere, könnten sich Artefakte, die mit der Legende zu tun haben, auf der Insel befinden. Vielleicht handelte es sich um einen halb religiösen Kult. Der Bischof war da nicht eindeutig. Vielleicht …«, und da hielt sie inne und zwinkerte mir zu, »vielleicht stimmt die Legende auch! Was glaubst du, junger Mann?«

Ich war sprachlos. Buchstäblich sprachlos. Mir gelang noch ein gestammeltes »D-danke schön«, bevor ich wie in Trance nach draußen in die Sonne wankte und mir mit der Hand die Augen beschattete, bis meine Gläser nachgedunkelt waren.

Einen Monat, hatte sie gesagt. Das reichte bestimmt, um sich etwas einfallen zu lassen, redete ich mir ein.

63. Kapitel

An dem Abend sah ich ihn.

Gegenüber vom Earl-Grey-Haus, auf der anderen Seite der Küstenstraße, standen Bänke mit Blick auf die Bucht und dort war er: Jasper.

Es war schon spät, etwa zehn Uhr, und ziemlich dunkel. Der kleine Lichtkegel der Straßenlaterne reichte fast bis zu den Bänken, wo er vorgebeugt saß und hin und wieder zu meinem Fenster schaute.

So kam es mir zumindest vor, aber er konnte ja nicht wissen, welches mein Zimmer ist. Meine Jalousien waren heruntergelassen, also sah er mich auch nicht. Ich hatte trotzdem Angst und wusste nicht, was ich tun sollte.

Ich konnte Aidan davon erzählen: »Du, dein Onkel stellt mir nach.« Das käme sicher nicht gut an.

Natürlich konnte ich auch Tante Reet oder Sangeeta Bescheid geben. »Da ist ein Mann draußen auf der Bank.«

Abends auf einer Bank zu sitzen, ist aber kein Verbrechen.

Mit Licht aus linste ich immer wieder durch die Lamellen meiner Jalousie. Irgendwann stand er auf und ging über die

Straße. *Jetzt klopft er gleich an,* dachte ich. Doch er lief weiter zu seinem Wagen und fuhr davon.

Mir war schlecht. Ich schlief kaum. Aber wenigstens wusste ich jetzt, dass mir meine Fantasie keinen Streich spielte. Jasper beschattete mich.

Manchmal ist es leichter, wenn man die bittere Wahrheit kennt.

AIDAN

64. Kapitel

Alfie benahm sich eigenartig. Was sollte nur die Nummer beim Archäologie-Vortrag? Wenn er nicht auffallen wollte, packte er es völlig falsch an. Ich musste mit ihm reden.

Als ich nach Hause kam und Tante Alices und Onkel Jaspers Auto vor der Tür stand, machte mein Herz einen Hüpfer.

Ich freute mich immer, wenn Tante Alice kam, abgesehen davon brachte sie auch fast immer ihre selbst gemachten Haferplätzchen mit. Über Jasper freute ich mich weniger, vor allem nach diesem merkwürdigen Segelturn.

Drinnen merkte ich aber gleich, dass was nicht stimmte. Tante Alice saß in der Küche und nahm mich wie immer in den Arm, und wie immer roch sie nach frischer Wäsche und Juicy-Fruit-Kaugummi, aber ihre Augen waren rot, und weil ich es nicht sehen sollte, drehte sie den Kopf weg.

Ich finde es schrecklich, wenn Erwachsene weinen. Kommt mir falsch vor.

Mum lotste mich aus der Küche, bevor ich noch meine Jacke ausgezogen hatte. Im Flur sagte sie: »Du musst heute bei den Mintos essen.«

»Bei Roxy? Aber ihre Mutter …«

»Ihre Mutter ist in Ordnung. Libby ist schon da. Es geht um deine Tante Alice, ihr …«

»Was hat sie denn?« Nun war ich richtig besorgt.

»Es liegt an Jasper. Er hat sie rausgeworfen.«

»Rausgeworfen? Du meinst, sie ist … zu Hause ausgezogen?«

»Na ja … nicht freiwillig. Jasper hat die Schlösser ausgetauscht und ihr gesagt, dass er nicht mehr mit ihr zusammenleben will.«

Ich war fassungslos. »Aber … aber die sind doch verheiratet.«

»Das spielt keine Rolle. Fürs Erste wird Tante Alice bei uns wohnen. Und jetzt gerade brauchen wir ein wenig Zeit allein, deshalb musst du zu Mrs Minto. Sie erwartet dich.«

Als ich ankam, stand Precious Minto am Herd, briet Fischstäbchen und trällerte leise vor sich hin. Wir aßen mehr oder minder schweigend, unsere Unterhaltung beschränkte sich auf: »Kann ich mal den Ketchup?«

Roxy, Libby und ich kümmerten uns um das schmutzige Geschirr, während sich Mrs Minto ausruhte. Roxy erklärte uns, dass sich ihre Mutter »in Remission« befand, ihr ginge es vorübergehend besser, ohne dass sie geheilt sei.

»Dafür singt sie gerade wieder mehr.« Roxy verdrehte die Augen.

Über Tante Alice und Jasper hatten wir bislang kein Wort verloren.

»Ich hasse ihn«, sagte Libby. Zum ersten Mal hatte ich nicht das Bedürfnis, sie daran zu erinnern, was Mum sonst immer sagte, wenn wir das Wort »hassen« verwenden: *So ein starkes Wort vergiftet das Herz.*

Meine Schwester redete weiter: »Er hat mich beschimpft. ›Ver… dich, du kleine …‹, hat er zu mir gesagt.« (Libby ist manchmal ziemlich prüde. Sie würde nie ein Schimpfwort wiederholen, nicht einmal vor mir. *Besonders* nicht vor mir, wenn ich es mir recht überlege.)

Das hatte Jasper zu Libby gesagt? Roxy und ich sahen uns an.

»Wann denn? Wann war das?«, fragte ich. Libby schichtete den Geschirrspüler um, was ich supernervig fand. Ich hatte ihn eingeräumt und nun räumte sie ihn nach ihren Vorstellungen um. Kaum zu glauben, dass sie erst sieben war.

Überrascht schaute sie auf. »Am Tag, als ich vom Zeltlager zurückkam. Als ich den Jungen …«

»Alfie.«

»Ja, alle waren in der Küche, all die Leute, nur Jasper nicht.«

Ich hatte mir weiter keine Gedanken darüber gemacht, wahrscheinlich, weil es mir nicht wichtig vorkam, aber wenn ich jetzt drüber nachdachte, war es doch ungewöhnlich, dass Jasper nicht wissen wollte, was vor sich ging.

»Tante Alice wirkte irgendwie komisch, also habe ich mich auf die Suche nach ihm gemacht. Er war in deinem Zimmer.«

»In meinem Zimmer? Ja, weil Tante Alice und er dort geschlafen haben.«

»Weiß ich doch, aber jetzt pass auf. Er hat mich nicht reinkommen hören. Er saß am Fenster, schaute den Polizeiwagen nach und hat so vor sich hin gemurmelt und gestöhnt.«

Roxy und ich unterbrachen unser Aufräumen. »Gestöhnt?«, frage Roxy.

»Na ja, gestöhnt, gemurmelt, gesungen. Die Worte habe ich nicht verstanden. Es klang wie Latein. *Ackoom tay-am* hat er gesagt, *Ackoom tay-am.* Als er mich dann in der Fensterscheibe bemerkt hat, hat er sich furchtbar erschreckt. Da meinte er … ich soll abhauen.«

»Sag das noch mal, was er gesagt hat«, meinte Roxy.

»Was? *Ackoom tay-am?* Ich habe keine Ahnung, was das heißen soll.«

»Ich schon«, sagte Roxy mit einem Achselzucken. »*Acum te am.* Es ist ein rumänisches Volkslied, das wir letztes Jahr in der Theater-AG gelernt haben.« Sie sagte es so beiläufig, als müsste jeder zumindest ein wenig Wissen über das osteuropäische Liedgut haben.

»Was heißt es?«

»Es heißt: ›Nun habe ich dich‹.«

Aufmerksam betrachtete ich Libbys Gesichtsausdruck. Ich konnte es kaum glauben. »Und du hast es niemandem erzählt?« Sie schüttelte den Kopf, ihr Kinn begann leicht zu zittern.

»Ich hatte Angst, Aidan.«

Auf eine heulende Siebenjährige hatte ich nun so gar keinen Bock. Roxy sprang in die Bresche und legte zu meiner Überraschung ihre schmächtigen Arme um Libby (die größer war als sie) und sagte: »Schon okay. Ich hätte auch Angst bekommen.«

Roxys Geste löste Libbys Zunge noch weiter: »Anschließend hat er mich in den Arm genommen und das getan.« Libby beugte sich ein wenig zu ihr hinunter und flüsterte ihr ins Ohr: »›Kein Wort. Zu keinem ein Wort, verstanden?‹«

»Das hat er gesagt?«, fragte ich verblüfft. Libby nickte und ihr Kinn zitterte wieder.

Wir blieben bei Roxy und schauten Fernsehen, auch wenn ich kaum was von der Sendung mitbekam. Roxy auch nicht, glaube ich. Jedes Mal, wenn ich sie ansah, schaute sie gar nicht zum Bildschirm. Als Libby und ich nach Hause kamen, war Tante Alice schon im Bett.

Acum te am.

Nun habe ich dich.

Was hatte Jasper nur damit gemeint?

ALFIE

65. Kapitel

Am nächsten Tag fand in der Schule die Geschichtsausstellung statt, offenbar ein Höhepunkt der Heimatkundewoche. Allerdings war ich mit den Gedanken bei Jasper und der bevorstehenden Ausgrabung. Wie konnte ich an die Lebensperle kommen, bevor die Archäologen sie entdeckten?

Doch schon bald geschah etwas, das mich komplett ablenkte.

Für die Ausstellung hatten wir Schüler in kleinen »Teams« zu Hause einen alten Gegenstand ausfindig machen und recherchieren sollen, woher er kam und welche Bedeutung er für die Geschichte Culvercots hatte.

Jedem Team wurde ein Tisch auf dem Spielplatz zugewiesen, wo es seinen Gegenstand zusammen mit einem Plakat präsentieren durfte. Anschließend wurde dann die gesamte Schule zur Ausstellung eingeladen. Die meisten Kinder hatten alte Fotoalben mitgebracht, ein Mädchen hatte die Taufdecke ihrer Urgroßmutter dabei, so was in der Art.

Wegen der Hitzewelle war es den Jungs gestattet, ihre Krawatte wegzulassen. Ein oder zwei hatten gleich die Gelegenheit genutzt und ihr Hemd bis zur Hose aufgeknöpft.

»Heilige Scheiße«, sagte Roxy, die schon einmal kurz eine Runde auf dem Spielplatz gedreht hatte, »wartet, bis ihr Inigo Delombra seht!«

Darauf mussten wir nicht lange warten. Sein Ausstellungstisch, den er mit seinen beiden Freunden besetzte, war ganz in der Nähe von unserem, und ich sah ihn schon von Weitem. Inigo hatte die Befreiung von der Krawattenpflicht sogar noch großzügiger ausgelegt und trug eine dicke Kette mit einem großen glänzenden Kreuz auf der nackten Brust. Eine dunkle Sonnenbrille rundete das Ganoven-Image ab.

Er schien bester Laune, als wir uns einen Weg zu seinem Tisch bahnten.

»Na, sieh mal einer an!«, rief er mit wölfischem Grinsen. »Da ist er wahrhaftig, der Fatzke aus der Parallelklasse mit seinem hochgestochenen Gerede!«

»Da hast du wohl was verwechselt, Inigo«, entgegnete ich. »Ein Fatzke ist jemand, der übertrieben eitel und modisch gekleidet ist. Und vielleicht noch protzigen Schmuck trägt.«

Seine beiden Freunde fanden es extrem lustig. »Autsch! Delombra, da hat er's dir aber gegeben!«, rief dieser Jonesy mit amerikanischem Akzent und schnippte mit den Fingern. Inigo schob die Unterlippe vor.

(Ich glaube, das nennt man »batteln«, und so wie die Leute grinsten, machte ich meine Sache gut, jedenfalls diesmal.)

Bis dahin hatte ich noch nicht darauf geachtet, was die Gruppe ausstellte, aber als ich auf den Tisch schaute, verschlug es mir den Atem.

Zum Glück feixten Delombras Freunde so lautstark, sonst hätten sie bestimmt mitbekommen, dass ich nach Luft schnappte. Und in dem Moment sagte Aidan: »Mensch, Alfie, guck mal«, und wollte sich das Buch nehmen.

»He! Nich anfassen! Is voll wertvoll!«, sagte Inigo Delombra.

Mir blieb die Spucke weg, als ich auf eine Ausgabe von *Eine Geschichte aus zwei Städten* von Charles Dickens starrte. Und ich wusste – keine Ahnung, warum, aber ich wusste es einfach –, was Inigo als Nächstes sagen würde.

»Is signiert! Siehste!« Er schlug den Buchdeckel auf und in verschnörkelter Handschrift stand dort:

Dem lieben Alve mit den besten Wünschen,
Charles Dickens

Roxy zeigte auf die Widmung. »Hey, da steht ›Alve‹. Das ist ja …«

»Ja«, fiel ich ihr ins Wort. »Ein sehr ungewöhnlicher Name.«

»Hab's allerdings nie selber gelesen«, sagte Inigo schulterzuckend. »Stinklangweiliges Zeug. Aber der hat 'ne Menge geschrieben, dieser Dickens.«

»W-woher hast du das?« Ich wollte möglichst gelassen klingen. Offenbar ohne Erfolg, denn Roxy und Aidan starrten mich an. Inigo war abgelenkt, weil ein Freund über seinen Witz lachte, den ich wiederum nicht mitbekommen hatte, also fragte ich erneut, vielleicht ein wenig zu laut.

»Woher hast du das?«

»Is ja gut. Kein Stress. Ist schon seit Jahren bei uns in der Familie. Ich hab's von meinem Großonkel John geliehen.«

»Und wie heißt der?«

»Hab ich doch gerade gesagt, Alter. John. Mit Vornamen:

Großonkel John. Mann. Er hat's von seinem Vater, und wo der's her hat, weiß ich nich. Is doch Jahre her. Alles klar bei dir?«

Ich riss mich zusammen. »Ja, mir geht es glänzend. Vielen Dank.« Wie benommen trabte ich mit Aidan und Roxy im Schlepptau davon, im Ohr noch die Stimme von Inigo Delombra, der mich nachäffte: »*Glänzend.* Wer redet denn so?«

Ich wandte mich an Roxy. »Traust du mir?«

Sie kniff die Augen zusammen. »Was ist los?«

Überall standen Leute herum. »Frag nicht. Beantworte mir nur die Frage. Traust du mir?«

»Ja, Alfie. Ich traue dir.«

Aidan fügte hinzu. »Ich auch. Worum geht's?«

»Fall in Ohnmacht«, sagte ich zu Roxy. »Jetzt. Fall hier in Ohnmacht. Und bleib möglichst lange ohnmächtig. Glaub mir, es ist wichtig.«

»In Ohnmacht fallen?«

»Ja. Stell dir vor, du hast eine Hauptrolle in einem Theaterstück, und im Script steht, dass du in der Hitze … des Dschungels oder so ohnmächtig wirst.«

Damit hatte ich sie. »Hier und jetzt?«

»Du wirst brillant sein, versprochen.«

»Warum?«

»Ich habe dich gefragt, ob du mir traust …«

Weiter musste ich sie nicht überreden. Mit einem kleinen Seufzer sank sie inmitten all der Leute in Aidans Arme. Aidan machte seine Sache auch gut.

»Sie ist ohnmächtig geworden!«, brüllte er. »Macht mal Platz. Roxy Minto ist in Ohnmacht gefallen!«

Alle blieben stehen, um es zu sehen, sie bildeten einen kleinen Kreis um sie. Während ich davonschlich, hörte ich, wie einer sagte: »Sie ist bewusstlos!« Und dann ertönte unweigerlich Mr Springhams bombastische Stimme:

»MACHT PLATZ, GEBT IHR LUFT ZUM ATMEN!«

An Inigo Delombras Tisch war keiner, denn alle gafften die ohnmächtige Roxy an, sodass das Buch unbewacht war.

Mein Buch. Zehn Sekunden später war es in meiner Schultasche, und dreißig Sekunden später war ich aus dem Hinterausgang der Schule, ich versuchte schnell, aber unauffällig zu laufen, dabei ging mein Atem, als hätte ich gerade einen Marathon hinter mir.

AIDAN

66. Kapitel

Es wurde immer schlimmer. Unsere Probleme türmten sich allmählich.

Solange es nur darum ging, dass Roxy und ich das Geheimnis eines seltsamen Jungen bewahren mussten, der behauptete, tausend Jahre alt zu sein, war es noch okay. Eigentlich auch ganz lustig, so nach dem Motto: Wir gegen den Rest der Welt.

Mir machte es auch nichts aus, mit Alfie und der winzigen Roxy mit der Quietschstimme befreundet zu sein. Nicht, dass ich groß die Wahl gehabt hätte, wo Spatch und Mo zurzeit unzertrennlich waren.

Aber jetzt waren wir Diebe. Natürlich nicht so richtig, denn ich und auch Roxy hatten ja nichts gestohlen. Und im Grunde auch Alfie nicht.

Wir saßen zu dritt in Roxys Garage. *Eine Geschichte aus zwei Städten* lag vor uns auf dem Schreibtisch und wir starrten schweigend drauf. Der Rest der Dickens-Sammlung befand sich noch in der Metallkiste unter dem ramponierten Sofa. Schließlich gab sich Alfie einen Ruck.

»Das ist meins. Das glaubt ihr mir doch, oder?«

»Ich glaube dir, Alfie. Steht ja dein Name drin«, sagte Roxy und senkte den Blick.

»Ja, ich auch.«

»Erzähl noch mal«, sagte Alfie. »Was ist passiert, nachdem Roxy umgekippt ist?«

Als sich Mr Springham zur versammelten Menge durchgekämpft hatte, war Roxy noch »bewusstlos«. Allmählich kriegte ich Angst, jemand könnte einen Krankenwagen rufen. Bald darauf aber »kam sie zu sich« und ich begleitete sie gemeinsam mit Miss Newton nach drinnen in die Bibliothek, wo sie sich mit einem Glas Wasser hinsetzen sollte.

Miss Newton füllte einen Krankenbericht aus und fragte Sachen wie: »Hast du Kopfschmerzen? Hast du dir beim Sturz wehgetan?«

Für heute war die Schule ohnehin vorbei. Miss Newton bot Roxy netterweise an, sie nach Hause zu fahren, und weil ich gleich nebenan wohnte, durfte ich mit.

Nachdem wir bei Miss Newton im Wagen saßen, plingte Roxys Handy wie verrückt.

»Du bist ja richtig beliebt«, sagte Miss Newton lächelnd, doch Roxy verzog keine Miene.

»Oh, mein Gott«, rief sie plötzlich. »In der Schule hat es einen Diebstahl gegeben. Irgendsoein Buch ist weggekommen.«

Das muss man Roxy lassen, hätte ich nicht gewusst, dass alles nur geschauspielert war, hätte ich ihr das komplett abgekauft. Auf den Punkt genau traf sie den richtigen Ton: überrascht, aber nicht persönlich betroffen. Da ich mich nicht so gut verstellen konnte, beschränkte ich meine Reaktionen auf ein Minimum.

»Diebstahl! Mist!«

Roxy sah mich von der Seite an und verdrehte grinsend die Augen.

»Bestimmt hat es nur jemand verlegt«, sagte Miss Newton. »Das passiert doch dauernd. Ist das euer Haus, Roxy?«

Und nun saßen wir eine Stunde später zu dritt in der Garage und betrachteten das Buch.

»Es ist kein Diebstahl«, sagte Alfie, nachdem wir ihn auf den neuesten Stand gebracht hatten. »Es war ja ursprünglich meins. Man kann nichts klauen, das einem schon gehört.«

»Nur wie ist Inigo überhaupt an das Buch gekommen?« Roxy fächerte sich mit dem Zylinder von ihrem Oliver-Twist-Kostüm Luft zu. »Er hat behauptet, es wäre schon seit Ewigkeiten in der Familie. Seinem Onkel John oder so soll es gehört haben.«

»Könntest du nicht einfach …« In dem Moment verschwand Roxy nach draußen. »Gleich zurück!«, rief sie.

Eine Weile saßen Alfie und ich schweigend da. Schließlich nahm ich das Buch in die Hand. »Taugt es was?«

»Ob es was taugt? Es ist sein bestes! Er hat mir selbst gesagt, dass es sein Lieblingsbuch ist.«

»Worum geht es darin?«

»Kannst du dich an die Französische Revolution erinnern?«

»Nein, aber du bestimmt.«

»Ein wenig. Uns hat sie ja nicht direkt betroffen. Anfangs nicht. Aber ich glaube, heutzutage gibt es niemanden auf der Welt, der nicht davon betroffen ist. Jedenfalls geht es um London und Paris, die beiden Städte im Titel, und um einen genialen Anwalt namens Sydney Carton …«

Weiter kam er nicht, denn Roxy kehrte mit ihrem Laptop zurück. Wir sahen ihr über die Schulter, als sie sich wieder in die Webseiten mit den Stammbäumen einloggte.

»Schön, dass manche Leute so sonderbare Namen haben«, murmelte Roxy und tippte auf der Tastatur herum. »Hier ist er schon: Inigo Delombra. Das ist sein Geburtstag, geboren im North Tyneside General Hospital … Vater Alfonso Perera Delombra, in Spanien geboren … Mutter Anne Janette Mac … ähm … McGonagal …«

»Warte mal«, sagte Alfie. »Hast du McGonagal gesagt?«

»Ja, warum?«

Alfie antwortete nicht sofort, stattdessen sagte er: »Kannst du bitte mal ihre Eltern raussuchen?«

Roxy tippte eifrig weiter. »Ich hab's. Anne Janette McGonagal, zweite Tochter von James McGonagal und Carol Downey Adams vermählt am … warte mal …«

»Vergiss James«, blaffte Alfie. »Wer ist dieser John McGonagal? Wer ist Großonkel John?«

Roxy sah ihn an, als wollte sie sagen: »Halt dich mal zurück mit deinen Kommandos«, aber ihr war klar, dass Alfie bloß aufgeregt war, deshalb fuhr sie mit ihrer Suche fort.

Kurz darauf tauchte ein Scan von einem Eintrag aus einer Volkszählung auf dem Bildschirm auf.

»Da! John McGonagal, geboren 1951 in South Shields. Er ist der Bruder von James.«

»Ja. Das ist Großonkel John!« Alfie schrie fast.

»Und warum ist das so wichtig?«, murmelte Roxy, die nicht verstand, weshalb er so aus dem Häuschen war.

»Ich habe ihn gekannt!«

Ungläubig sahen wir Alfie an.

»Du kennst diese Leute?« Mir verschlug es die Sprache.

Er nickte bedächtig. »Johns Vater Jack hat mir das Buch geklaut. Ich habe es immer vermutet, aber nun habe ich den Beweis.«

Während wir das noch sacken ließen, plingte Roxys Handy.

»Meine Mutter. Ich soll reinkommen.«

Kaum hatte sie den Satz zu Ende gesprochen, hörten wir schon Precious Mintos ohrenbetäubendes Geschrei aus der Hintertür: »Rrrr-o-xyyyyy! Komm rein, aber dalli! Und bring deine Freunde mit!«

Das klang nicht gut.

67. Kapitel

Auf Precious Mintos iPad war eine E-Mail vom Schuldirektor, die wir herumreichten.

An: Die Eltern der 7. Klassen

Von: Mr D. J. Landreth, Schuldirektor

Betreff: Diebstahl auf der Ausstellung

Liebe Eltern/Erziehungsberechtigte,

zu meinem Bedauern muss ich Ihnen mitteilen, dass sich auf dem Schulgelände heute ein schwerer Diebstahl ereignet hat: Leider scheint es sich bei dem/der Täter/in auch noch um eine/n Schüler/in der Sir Henry Percy Academy zu handeln.

Wie Sie wahrscheinlich wissen, fand anlässlich der Projektwoche »Culvercot früher und heute« auf dem Schulhof eine Ausstellung statt, bei der die Schüler Gegenstände zeigen durften, die eine Bedeutung für die Ortsgeschichte haben.

Dabei wurde Inigo Delombra, einem Schüler der 7. Stufe, gegen 16.10 Uhr ein wertvolles Exponat, ein handsigniertes Buch von Charles Dickens, gestohlen.

Morgen früh werde ich sämtliche Schüler in der Aula versammeln, um persönlich mit ihnen über das Vorkommnis zu sprechen. In der Zwischenzeit bitte ich Sie, Ihre Kinder zu fragen, ob sie Hinweise geben können, die zur Wiederbeschaffung des Buches führen.

Die Polizei wurde informiert und wird eng mit mir und den Lehrkräften zusammenarbeiten.

Natürlich wäre es mir lieber, wenn wir die Polizei im weiteren Verlauf außen vor lassen könnten. Deshalb möchte ich die Gelegenheit nutzen und Ihnen versichern, dass, sollte sich das Buch wieder auffinden lassen, wir die Sache schulintern regeln werden.

Vielen Dank
D. J. Landreth

Schuldirektor

68. Kapitel

Eigentlich wurden wir sonst nur zu Schulbeginn im September zusammengetrommelt, denn es war so gut wie unmöglich, alle Schüler mitsamt den neuen Sechstklässlern in der Aula unterzubringen.

Durch die Hitzewelle war es diesmal sogar noch schlimmer. Man konnte kaum atmen, weil jeder in der Enge der Aula vor sich hin müffelte.

Mr Landreths Rede werde ich nicht haarklein wiedergeben, das meiste könnt ihr euch eh denken.

»Schwerer Diebstahl … Schule bloßgestellt … sich selbst bloßgestellt … gedankenlose Tat … Polizei informiert … Hinweise können auch gerne anonym gegeben werden …«

Die ganze Palette.

Roxy, Alfie und ich blickten starr geradeaus zum Podium, wo Mr Landreth stand und redete. Wir trauten uns nicht mal, Blicke zu tauschen, aus Angst, uns zu verraten.

Und dann sagte Mr Landreth: »Natürlich wisst ihr alle, dass das Schulgelände von Kameras überwacht wird. Die Bänder werden wir sorgsam untersuchen. Der oder die Schuldige sollte sich also lieber freiwillig melden, sonst wird es weitaus schlimmere Konsequenzen haben.«

Da sahen wir uns dann doch an.

Überwachungskameras? Daran hatte keiner von uns gedacht. Könnte eine davon Alfies Diebstahl aufgezeichnet haben?

Gewiss nicht.

Gewiss doch.

ALFIE

69. Kapitel

An Kameras habe ich gar nicht gedacht, als ich meinen ach so tollen Plan entworfen habe, um mein Buch zurückzubekommen, das mir Jack vor Jahrzehnten gestohlen hatte.

Wer denkt schon an so was? Wer rechnet schon damit, dass ausgerechnet eine Schule Kameras an Toren, in Fluren und Treppenhäusern installiert hat?

Auf dem Weg zum Naturwissenschaftstrakt für eine Doppelstunde Bio hielt ich nach Kameras Ausschau, die womöglich auf den Spielplatz, also den Tatort, gerichtet waren.

Es gab aber keine, was mich ein wenig beruhigte, sodass ich zumindest dem Unterricht folgen konnte. Bio war nämlich mein Lieblingsfach. In den meisten Fächern war ich den anderen so weit voraus, dass für mich die größte Anstrengung darin bestand, nicht zu klug zu erscheinen oder den Lehrern zu widersprechen, wenn sie mal wieder Blödsinn erzählten. Wie zum Beispiel, dass Shakespeares Publikum die Witze zum Schreien fand. Also, ich habe das anders in Erinnerung. Mam und ich liebten seine Stücke, aber die Witze kamen oft nicht an. Lange Zeit war es Frauen nicht gestattet, auf der Bühne zu stehen (warum, weiß ich nicht mehr, wahrscheinlich wollte der König es einfach nicht), deshalb wurden die Frauenrollen von jungen oder auch nicht mehr ganz so jungen Männern gespielt. Das war oft sehr komisch, aber das war so sicher nicht von Shakespeare beabsichtigt.

Mit der modernen Wissenschaft hatte ich mich allerdings noch nicht viel beschäftigt.

Jedenfalls hatten wir Biologie bei Mrs Murphy, und ich passte gut auf, weil ich mich entschlossen hatte, Arzt zu werden, wenn ich älter war. Also richtig älter.

Es klopfte an der Tür und Mrs Farrow, die die Verwaltung leitete, kam herein. Den Blicken meiner Mitschüler nach zu urteilen, schien das eine große Sache zu sein.

Mrs Farrow sah mich an. »Alfie Monk, würdest du mich bitte begleiten?« Daraufhin ertönte ein leises »Ooooh« vom Rest der Klasse.

Im Büro des Direktors befanden sich Mr Landreth, Sangeeta (die ich ein paar Tage lang nicht gesehen hatte) und eine Polizistin in kurzärmeliger Uniform.

Da hieß es nun, einen kühlen Kopf zu bewahren.

70. Kapitel

Mr Landreth erhob sich, als ich eintrat. Sangeeta nickte mir zu, lächelte nervös. Die Polizistin fummelte an ihrem Notizbuch herum.

»Alfie Monk«, sagte Mr Landreth. »Setz dich doch bitte.« Er deutete auf einen Stuhl, der einsam und verhörsmäßig vor dem Schreibtisch stand. Garantiert mit Absicht.

Mr Landreth wippte ein wenig auf den Hacken und faltete die Hände.

»Sangeeta Prasad kennst du ja. Und das ist Wachtmeisterin Gayle. Weißt du, warum du hier bist?«

Natürlich wusste ich das. Und natürlich würde ich nichts zugeben, bis ich wusste, was sie wussten: »Nein, Sir.«

»Dann möchte ich dich bitten, dir das hier mal anzuschauen.« Der Direktor trat an den Schreibtisch und drehte den Computerbildschirm so, dass ich ihn sehen konnte. Trotz der körnigen Auflösung war ich eindeutig zu erkennen. Das zehnsekündige Video der Überwachungskamera zeigte mich, wie ich zum Hinterausgang der Schule eilte. Unten in der Ecke wurde die Uhrzeit eingeblendet: 16:12:30.

Und das war es auch schon. Das Buch, das ich nicht gestohlen, sondern lediglich wieder zurückgeholt hatte, war nirgends zu sehen, denn es befand sich in meiner Schultasche. Ich hatte es zu Roxy in die Garage gebracht und anschließend mit ins Earl-Grey-Haus genommen, weil ich es noch mal lesen wollte.

»Alfie«, sagte Sangeeta, »bevor du antwortest, möchte ich dich bitten, ehrlich zu sein.«

»Gewiss«, sagte ich würdevoll.

»Und?«, fragte Mr Landreth.

Ich sah die drei an und verzog keine Miene. »Was?«

»Auf dem Video sieht man, wie du die Schule genau um die Zeit verlässt, als Inigo Delombras Buch gestohlen wurde.«

Es war ihnen anzumerken, wie verzweifelt sie waren. Ich musste Fassung bewahren.

»Das ist richtig.« Nein! Zu unverfroren. »Ich … ich meine, ja, Sir.«

»Warum hast du die Ausstellung schon so früh verlassen?«

»Tut mir leid, Sir. Aber für mich war es nicht sonderlich interessant.«

»Und warum bist du dann durch den Hinterausgang raus? Du wohnst doch in der anderen Richtung?«

Verflixt! Ich musste mir schnell etwas einfallen lassen.

»Ich … ähm …« Mach schon, Alfie. »Ich wollte ein paar Jungs aus dem Weg gehen, die mich bedroht haben. Von einer anderen Schule, von der Monkseaton High.«

Ziemlich geniale Ausrede, wie ich fand. Auch wenn ich noch nicht lange an dieser Schule war, hatte ich doch mitbekommen, dass sämtliche Lehrer hier schreckliche Angst vor Mobbing und Mobbing-Vorwürfen hatten, und am meisten davor, es nicht ernst zu nehmen. Vorne im Eingangsbereich hing zuallererst eine Plakette, auf der stand, dass die Schule »stolzes Mitglied der Anti-Mobbing-Kampagne in Schulen« war.

»Wirst du gemobbt?«, fragte Sangeeta.

»Nicht direkt. Aber ich wollte ihnen nicht über den Weg laufen.« Ich ließ den Kopf hängen, bekam aber trotzdem mit, wie die Erwachsenen Blicke tauschten. Das hat ihre Ermittlungen etwas vom Pfad abgebracht. Eine andere Schule ins Spiel zu bringen, war genial, und ich war hochzufrieden mit mir.

Zu früh.

Nun ergriff die Polizistin zum ersten Mal das Wort. Sie blätterte in ihrem Notizbuch ein paar Seiten zurück.

»Wie heißt du mit vollem Vornamen, Alfie?«, fragte sie. Ihren Stift hielt sie parat, um es aufzuschreiben. Vielleicht wollte sie nur noch einmal die Formalien prüfen.

»Alve. A. L. V. E. Meine Mutter wollte es so.«

(Tut mir leid, Mam. Dachte nur, eine kleine Erinnerung, dass ich jetzt ja Waise bin, könnte mir aus der Patsche helfen. Hat es aber nicht.)

Die Polizistin wandte sich an Mr Landreth. »Was genau stand noch mal in der Widmung?«

Sie wusste es. Sie brauchte nicht zu fragen. Mr Landreth spielte mit: »Es hieß: *Dem lieben Alve mit den besten Wünschen, Charles Dickens.*«

»Ein bemerkenswerter Zufall, findest du nicht, Alfie?«, fragte die Polizistin.

Darauf sagte ich nichts. Ohne Buch konnten sie mir nichts. Es gab keinen Beweis. Zufall ist kein Beweis.

»Hast du etwas dazu zu sagen, Alfie?« Mr Landreths Ton wurde etwas schärfer. Er kniff die Augen zusammen und schürzte die Lippen.

»Habe ich nicht, Sir.« Ich gab mir alle Mühe, gleichermaßen überrascht und gekränkt zu wirken.

Er wandte sich an Sangeeta. »Also schön. Miss Prasad?«

Sangeeta warf mir einen traurigen Blick zu, beugte sich zu ihrer Tasche runter und förderte *Eine Geschichte aus zwei Städten* hervor.

»Es lag in deinem Zimmer im Earl-Grey-Haus, Alfie. Ich musste nicht mal besonders danach suchen.«

Das änderte natürlich die Lage.

AIDAN

71. Kapitel

Während ich draußen vor Mr Landreths Büro saß, konnte ich die Stimmen drinnen hören, aber nicht, was gesprochen wurde.

Neben mir war Dad. Daneben Roxy und ihre Mutter. Gegenüber von uns saß Mr Springham mit steinerner Miene.

Das war superernst und ich hatte Schiss.

Vor einer Viertelstunde waren Roxy und ich von Mrs Farrow aus dem Unterricht gerufen worden, die uns wortlos zum Büro des Direktors geleitete, wo Dad und Precious Minto mit Mr Springham bereits warteten.

Als Mr Springham uns kurz den Rücken zukehrte, formte Dad mit den Lippen ein: »Was ist los?«

Ich zuckte die Achseln und setzte ein verwirrtes Gesicht auf, aber natürlich wusste ich, was los war. Und dann kam Alfie aus dem Büro, gefolgt von Sangeeta, seiner Sozialarbeiterin, und einer Polizistin. Alfie hatte den Blick starr auf den Boden gerichtet.

Ich schaute zu Roxy hinüber. Ihre Haut wirkte matt, ein wenig bleich sogar, sie blickte stur geradeaus, sah mich nicht an.

Dann marschierten wir hinein.

Ich kürze es mal ein wenig ab. Die lange Version ist zu grässlich.

Man ist uns auf die Schliche gekommen.

Will man jemanden überzeugen, dass man ohnmächtig wird, darf man es offenbar nicht so machen wie Roxy.

1. Fallt ja nie auf den Rücken. Das hat Roxy getan und ich habe sie aufgefangen. Mr Springham hat den Teil verpasst, sich ihn aber später erzählen lassen. Echte Ohnmächtige fallen fast immer auf die Seite oder nach vorne.
2. Seht euch vor beim »Handtest«. Der Sanitäter (in diesem Fall Mr Springham) hält die Hand des Bewusstlosen über dessen Gesicht und lässt sie los. Bei einer echten Ohnmacht fällt die Hand ins Gesicht. Ein Simulant wie Roxy sorgt dafür, dass die Hand nicht das Gesicht trifft.

Das alles wusste ich nicht, bis Mr Springham uns mit der Nase drauf gestoßen hat.

»Erst dachte ich, es wäre bloß ein alberner Versuch, Aufmerksamkeit zu erregen. Habe ich alles schon erlebt. Aber als mir klar wurde, dass es zur gleichen Zeit geschah wie der Diebstahl, wusste ich, dass ihr mit Alfie Monk unter einer Decke steckt. Wer jemandem hilft, ein Verbrechen zu begehen, macht sich selbst zum Verbrecher«, sagte Mr Landreth. »Das ist euch wohl hoffentlich klar.«

»Wir hatten doch keine Ahnung, dass er das Buch nehmen würde«, protestierte ich. Und das stimmte ja auch.

»Warum habt ihr es überhaupt getan?«, blaffte Dad uns an.

Darauf fiel uns keine gute Antwort ein. Ansonsten hätten wir sagen müssen: »Alfie wurde das Buch 1940 von Inigo Delombras Urgroßvater gestohlen.« Natürlich war es die Wahrheit, aber die würde uns in diesem Fall nichts nützen.

Wieder einmal rettete uns Roxy. Nach einer ewig langen Pause, während der Mr Springham schon dreimal immer lauter »Und?« gesagt hatte, schaute sie auf ihre Schuhe und sagte: »Wir haben es wohl aus Rache getan.«

Und dann erzählte Roxy, wie Inigo Delombra Alfie im Bus gehänselt und ihm die Brille weggenommen hatte. Genial, wie sie übertrieb. Inigo habe ihn »Vierauge« und »Zombie-Mund« (wegen seiner schlechten Zähne) genannt. Alfie habe heimlich geweint.

Alle vier Erwachsenen im Raum schwiegen, bis Mr Landreth sagte: »Verstehe. Und Alfie hat uns wohl nichts davon gesagt, weil er nicht als Petze gelten wollte, habe ich recht?«

Roxy und ich nickten. Auch wenn meine Augen auf den Boden geheftet waren, bekam ich mit, dass sich Mr Landreth und Mr Springham lange ansahen.

Es hatte geklappt. Wieder einmal konnte ich nur den Hut vor Roxy ziehen. In Krisen funktionierte ihr Verstand einwandfrei.

72. Kapitel

Kurz darauf verabschiedeten sich Dad und Mrs Minto.

Roxy und ich mussten vor Mr Landreths Büro warten, während Inigo Delombra und Alfie hineingingen. Ich versuchte, mit dem Ohr an der Tür zu lauschen, aber Mrs Farrow kam immer wieder vorbei und befahl mir, mich hinzusetzen.

Schließlich wurden wir beide reingerufen.

1. Auf Mr Landreths Bestreben entschuldigten Roxy und ich uns, dass wir den Ohnmachtsanfall vorgetäuscht hatten.
2. Alfie entschuldigte sich, das Buch genommen zu haben.
3. Inigo Delombra entschuldigte sich bei Alfie, dass er ihm die Brille weggenommen hatte.

(Ich habe wohl noch nie drei so unaufrichtige Entschuldigungen gehört. Besonders Inigos. Mit leiser monotoner Stimme sagte er: »Tut-mir-leid-dass-ich-deine-Brille-genommen-habe-ich-will-es-auch-nie-wieder-tun-kann-ich-jetzt-endlich-gehen-du-Spast?« Natürlich sagte er den letzten Teil nicht, aber er schaffte es, ihn mitschwingen zu lassen.)

Als wir uns zum Gehen umdrehten, formte Inigo mit den Lippen ein Schimpfwort und hielt Alfie triumphierend *Eine Geschichte aus zwei Städten* unter die Nase. Alfie biss die Zähne zusammen, sagte aber nichts.

Alfie und ich waren wieder auf dem Weg zum Unterricht, als Sangeeta nach ihm rief. »Alfie?«

Wir drehten uns beide um. »Das betrifft nur ihn«, sagte sie. Also ging ich weiter, blieb aber hinter der nächsten Ecke stehen, sodass ich mithören konnte.

»Hast du noch irgendwelche persönlichen Dinge unter der Bank oder im Spind?«, fragte sie.

Offenbar schüttelte er den Kopf, denn anschließend hörte ich sie sagen: »Okay, dann kommst du jetzt mit mir. Du gehst nicht zurück in den Unterricht.«

Ein paar Stunden später sah ich ihn wieder, danach änderte sich alles.

ALFIE

73. Kapitel

Hast du Lust, einen kleinen Ausflug zu machen, Alfie?«, fragte mich Sangeeta vor Mr Landreths Büro.

Mir war Sangeeta ans Herz gewachsen. Sie sprach ganz offen über Mam und ermunterte auch mich dazu. Und sie sah mich auch nicht länger mit schief gelegtem Kopf bedauernd an. Da fühlte ich mich nämlich erst richtig schlecht.

Unterwegs in ihrem Wagen plauderten wir ein wenig. Wie es meinem Arm ginge? (Schon viel besser, danke.) Ob es mir im Earl-Grey-Haus gefiele? (Ganz gut, bis auf das Essen.)

Die Straßen waren fast leer. Am Morgen hatte es geregnet. Ein kurzer heftiger Schauer, der nur eine halbe Stunde gedauert hatte. Wie ein Schwamm hatte die durstige Erde das meiste Wasser aufgesogen, nur im Schatten lagen noch ein paar Pfützen. Schon bald würden sie von der Sonne getrocknet.

Wir fuhren nach Tynemouth. Sangeeta hatte mir Pommes und Bratfisch versprochen. Mir war klar, dass was im Busch war, das über die Streitigkeiten wegen des Buchs hinausging. Das lag auf der Hand. Sonst wird man ja nicht einfach aus der Schule genommen, nur um Mittag zu essen.

Wir saßen nebeneinander auf dem steinernen Sockel der Statue von Lord Collingwood und aßen Pommes und Fisch aus einer Pappschachtel. Es herrschte Ebbe. Flache braune Felsen, kleine Lachen und Seegras waren in der Bucht zu sehen.

Sangeeta schaute hinauf in den Himmel und schnalzte mit der Zunge. »Wir brauchen mehr Regen«, murmelte sie. Da wusste ich, dass gleich eine schwierige Frage kommen würde. Schwierige Themen leitete sie immer mit dem Wetter ein, als müsste sie sich erst mal aufwärmen.

»Alfie?« Tatsächlich.

»Hhmm?« Ich hatte den Mund noch voll Kabeljau.

»Du weißt, dass ich dir gegenüber von Anfang an ehrlich gewesen bin, nicht wahr?«

Mir gefiel nicht, wie sich das Gespräch entwickelte.

Sangeeta fuhr fort: »Nur habe ich nicht den Eindruck, dass du mir alles sagst.«

Ich sah sie an, legte die Stirn in Falten, um Überraschung und Interesse zu signalisieren, während ich insgeheim dachte: *Wenn ich Ihnen alles sagen würde, würden Sie mir ohnehin nicht glauben.*

»Die Sache ist die, Alfie. Wir haben uns ein wenig umgehört, und wir glauben, dass du doch Familie hast. Ich meine, ich verstehe schon, dass du mit deiner Mutter sehr zurückgezogen gelebt hast, dafür muss man sich ja auch nicht schämen. Doch es gibt Leute, die erzählen von Jungs, die mit deiner Mam in dem Haus gelebt haben, bevor du überhaupt geboren wurdest.«

»Was für Leute?«

»Komm schon, Alfie. Niemand lebt vollkommen abgeschnitten von der Gesellschaft. Der Pfarrer von St. Mary's zum Beispiel.

Er war bei der Beerdigung deiner Mutter, erinnerst du dich? Er sagt, als er vor zwanzig Jahren hergezogen ist, hat er deine Mutter mal besucht, und da lebte ein Junge in deinem Alter bei ihr. Ist das vielleicht ein Cousin von dir oder ein älterer Bruder?«

Schweigend aß ich meine Pommes.

»Bitte, Alfie, mach jetzt nicht dicht.«

Ich schwieg weiter.

»Wir haben einen Blick in die Bücher der Kommune geworfen. Das können wir, weißt du. Kommunalsteuer, Volkszählungen, Wählerlisten. Mitglieder deiner Familie leben hier seit vielen, vielen Jahren. Ihr seid sogar im Telefonbuch verzeichnet. *Monk, H., Eichenhaus, Whitley Bay.* Der Eintrag stammt aus den Fünfzigern. Wer war das? Deine Großmutter? Urgroßmutter? Wo ist der Rest deiner Familie? Wozu diese Heimlichtuerei? Du musst uns helfen.«

Sangeeta nahm ihr Handy raus und zeigte mir ein Foto. Fast hätte ich nach Luft geschnappt. Von dem Bild aus der Shields Gazette hatte mir Aidan schon erzählt. Mam und ich stehen vor dem Eichenhaus, ich habe Biffa auf dem Arm und grinse.

Sanft fragte Sangeeta: »Wer sind diese Leute, Alfie? Der Junge sieht aus wie du. Schau dir nur die dunklen Gläser an, das ähm … Zahnlückenlächeln. Er hat sogar eine Katze! Vermisst du nicht auch deine Katze?«

»Tut mir leid, Sangeeta. Ich weiß nicht, wer die Leute sind.«

Sangeeta packte ihr Handy weg.

»Und mir tut es auch leid, Alfie, denn ich glaube dir nicht.« In ihre Stimme hatte sich ein härterer Unterton geschlichen. Eine Weile schwiegen wir. Unten im nassen Sand jagte ein Collie einem Stock bis ins Wasser nach, eine Möwe schrie.

»Alfie. Rede mit mir!«

Ich blieb stumm.

»Ich habe noch eine andere Theorie. Ich frage mich, ob du vielleicht älter bist, als du behauptest.«

Ich sah aufs Meer hinaus und schluckte schwer.

74. Kapitel

Die Pommes und den Fisch hatten wir aufgegessen, aber wir blieben noch unter dem Denkmal sitzen und schauten aufs Meer.

»Ich hab's nachgeschlagen, Alfie«, sagte Sangeeta. »Erst dachte ich, dass deine Schilddrüse bei der Geburt verletzt wurde. Das kann dazu führen, dass man nicht normal wächst. Im Radio gab es mal einen Komiker …«

»Jimmy Clitheroe.«

Oh nein, warum habe ich das nur gesagt?

»Aber ja. Nur …« Sangeeta wandte sich mir zu. »Woher in aller Welt kennt ein Elfjähriger einen Komiker von vor sechzig Jahren?«

Ich zuckte die Achseln. »Mam mochte ihn. Sagte, sie mochte ihn, als sie jünger war.«

»Als sie jünger war? Alfie, deine Mutter ist irgendwann in den Achtzigern geboren. Jimmy Clitheroe war ein Star in den Fünfzigern. Und woher wusstest du überhaupt, dass ich Jimmy Clitheroe sagen würde?«

»Habe ich einfach geraten. Er hatte eine Wachstumsstörung.«

(Es stimmte. Mam und ich liebten Jimmy Clitheroe. Er war ein Mann im Körper eines Jungen, der nicht wuchs, weil bei seiner Geburt was schiefgelaufen war. Wir fanden ihn zum Totlachen. Er sagte immer: »Scheibenkleister!«, wenn was danebenging. Nur bei ihm war es witzig. Jimmy Clitheroe trat im Hörfunk und im Fernsehen auf, als es noch schwarz-weiß war.)

Sangeeta kniff die Augen zusammen. »Jedenfalls«, fuhr sie bedächtig fort, »hast du nichts mit der Schilddrüse. Vielleicht ist es ja was anderes?«

»Wie gesagt, ich habe keine Ahnung.«

»Nur, wenn du nicht elf bist, sondern wesentlich älter, wäre es eine ganz neue Situation.«

Nun wurde mir langsam mulmig.

Ich wollte doch nur ganz normal aufwachsen. Freunde haben. Zur Schule gehen. Dieser Verdacht könnte alles kaputtmachen.

Und da sah ich ihn. Er saß ein ganzes Stück entfernt von uns auf einer Bank.

Jasper.

War er mir gefolgt? Hatte er mich die ganze Zeit beobachtet?

»Können wir jetzt gehen, Sangeeta?«

Er muss mir gefolgt sein.

»Irgendwann musst du dich diesen Fragen stellen, Alfie.«

Was will er von mir?

»Hörst du, Alfie?«

Ich kann niemandem davon erzählen. Sonst könnte alles rauskommen.

»Alfie? Erde an Alfie!«

Aber wenn er mir nun was antun will?

»Da drüben ist ein Mann, Sangeeta. Der …« Aber da war Jasper auch schon verschwunden. »Tut mir leid. Ich kann gerade nicht klar denken.«

Als wir wieder im Wagen saßen und ich mich anschnallte, drehte sich Sangeeta zu mir und sah mich ernst an.

»Alfie, ich muss es dir jetzt sagen. Ich habe beim Jugendamt einen DNA-Test beantragt, um dein Alter zu ermitteln. Damit wären dann alle Zweifel aus dem Weg geräumt.«

»Einen DNA-Test? Warum?«

»Eine Untersuchung deiner DNA kann dein Alter bis auf wenige Jahre, vielleicht sogar Monate genau bestimmen. Es ist eine ziemlich neue Methode, für die man frische Zellproben braucht. Du weißt doch, was DNA bedeutet, oder?«

»Ja, natürlich. Die DNA besteht aus Nukleotiden, die sich im Kern jeder Zelle befinden und in denen die Erbinformation eines jeden Lebewesens abgespeichert ist.« Schon wieder klang ich sachkundig und uralt, dabei hatten wir es gerade erst in der Schule. »Glaube ich.«

Sangeeta schüttelte den Kopf und grinste. »Glaubst du, was? Weißt du, was mir der Zahnarzt verraten hat? Deinen Zähnen nach zu urteilen, müsstest du weit über elf sein. Und ich brauche dir nur zuzuhören, um das zu bestätigen.«

»Und wenn ich diesen Test nun nicht machen will?«

Sangeeta hatte den Wagen schon angelassen, machte ihn nun aber wieder aus. »Ironischerweise kannst du dich weigern, wenn du über achtzehn bist. Dann müssten wir vor Gericht ziehen, was eine elende Schererei ist und sich wohl kaum lohnt, wenn du denn ja ohnehin schon zugegeben hast, volljährig zu sein. Doch so wie es aussieht, sagst du ja, du seist minderjährig, und so lange sind wir deine gesetzlichen Vertreter.«

»Und?«

»Und du hast nächste Woche einen Labortermin für einen DNA-Test. Inzwischen bist du von der Schule befreit, bis dein wahres Alter ermittelt wurde.«

Mir rutschte das Herz in die Hose. Ich sah alle meine Felle davonschwimmen, alles, was ich mir erträumt hatte. »Aber, Sangeeta …«

»Kein Aber, Alfie. Kannst du dir vorstellen, was ich für einen Ärger bekommen würde, wenn herauskäme, dass ich einen erwachsenen Mann in eine Klasse mit Kindern schicke?«

75. Kapitel

Leider konnte ich mir das nur zu gut vorstellen, deshalb schwieg ich auf dem Rückweg. Mein uralter Geist rang, tanzte, kämpfte mit der bevorstehenden Aufgabe.

Ich würde Hilfe brauchen, ganz klar.

Ich würde schnell handeln müssen, das war genauso klar.

Die ganze Zeit über hatte ich geglaubt, noch ein oder zwei Wochen, vielleicht sogar einen Monat warten zu können, um alles zu planen und dennoch den Archäologen auf Coquet Island zuvorzukommen.

Nun lagen die Dinge anders.

Ich wusste, dass ich mit einer zweiten Lebensperle den Alterungsprozess wieder in Gang bringen konnte. Vorausgesetzt, die Perle funktionierte nach all den Jahrhunderten noch.

Was ich allerdings nicht wusste, war, ob sie mein Alter auch »zurücksetzen« würde. Wenn ich sie nahm, würde der DNA-Test, auf den Sangeeta so bestand, mein wahres Alter offenbaren? Oder würde herauskommen, dass ich elf war?

Ich musste handeln, bevor es zu dieser Untersuchung kam, sonst wäre alles verloren.

Also bald.

Und mit bald meinte ich morgen.

Ich sah in den Außenspiegel. Hinter uns fuhr ein schwarzer BMW. Wer drin saß, konnte ich nicht erkennen, weil die Windschutzscheibe das Sonnenlicht reflektierte, aber ich wusste, dass er es war.

Dann blinkte er und bog links in die Beach Road ab, während wir weiter geradeaus nach Culvercot fuhren. Er wollte nur sichergehen, dass wir zurückkehrten.

Glaube ich.

Ich brauchte Hilfe und ich brauchte meine Freunde, und zwar schnell.

76. Kapitel

Um halb vier stand ich vor Roxys Garage, das pinke Neonschild flackerte: …AGE.

Roxy lächelte scheu, als sie ihren Laptop aufklappte und mich zu sich winkte. Bestimmt wieder Ahnenforschung, dachte ich, weil sie davon doch so begeistert war, aber diesmal zeigte sie mir was anderes.

www.findefix-haustier.com
Sie vermissen Ihr Haustier? Wir finden es, garantiert!!!

»Für Biffa. Deine Katze«, sagte Aidan. »Wir dachten … du weißt schon …«, aber ich kam ihm zuvor.

»Ja. Das ist toll, danke. Nur …«

Eigentlich wollte ich sagen: *Nur dass wir uns jetzt nicht darum kümmern können. Ich liebe Biffa, aber was anderes ist gerade noch wichtiger.* Aber ihre Anteilnahme rührte mich. Beide waren total aus dem Häuschen. »Und was kostet das?«

»Billig ist es nicht«, meinte Roxy leise. »Wenn man den kompletten Service in Anspruch nimmt: Plakate, Haustürbefragung,

Webseite, also alles, kostet es, ähm …« Roxy hustete. »Zweitausend Pfund.«

Ich ließ die Schultern hängen. »Und wo soll ich zweitausend Pfund herbekommen?«

Roxy und Aidan schwiegen, aber ihre Augen wanderten zum Sofa, unter dem sich die Kiste mit meiner fast vollständigen Dickens-Sammlung befand.

Ah. Keine Frage, die Bücher wären bestimmt zweitausend Pfund wert. Wahrscheinlich wesentlich mehr. Doch wie sollte ich sie verkaufen? Und wie schnell ging das? Biffa bedeutete mir mehr als alle Bücher dieser Welt, aber seit dem Brand war einige Zeit vergangen. War sie überhaupt noch am Leben? Wie sollte sie fressen? Wegen ihrer schlechten Zähne mussten wir ihr das Essen immer musen. Ob sie wohl jagen konnte?

Es war wieder ein heißer Nachmittag, richtig schwül. Es hatte seit Wochen nicht geregnet, jedenfalls nicht genug, die Erde war trocken und rissig. Selbst die Vögel im Wald waren verstummt, als wäre ihnen das Zwitschern zu anstrengend geworden.

»Es wird bald regnen«, sagte ich in die Stille hinein. Sofort zückte Roxy ihr Handy und tippte wild drauflos.

»Hier steht's aber anders«, meinte sie und zeigte mir eine Karte mit der Wetterprognose. Doch die war falsch und das sagte ich ihr auch, ein wenig barsch vielleicht.

»Mann, Alfie, was ist los? Warum gehst du denn gleich hoch wie eine Rakete?«, fragte Aidan.

Und dann erzählte ich ihnen von Sangeetas Verdacht und dem DNA-Test, den ich nächste Woche machen sollte.

Roxy und Aidan verstummten. Schließlich sagte Aidan: »Tut mir echt leid, Alfie. Das bedeutet wohl …«

»Das bedeutet das Ende von allem. Ich werde nicht mehr zur Schule gehen dürfen. Dabei wollte ich doch nur ganz normal erwachsen werden. Ihr müsst mir helfen.«

Roxy stand vom Sofa auf, ihre Beine hatten zwei Schweißflecken auf dem Kunststoffbezug hinterlassen. »Was können wir schon groß ausrichten? Jetzt mal realistisch gesehen?« Als sie die Tür des kleinen Kühlschranks öffnete, schlug uns kurz eine frische Brise entgegen.

Und dann diskutierten wir sitzend, stehend, laufend, liegend, wie ich nach Coquet Island kommen könnte.

Morgen.

Selbst wenn wir es die Küste hoch bis nach Amble schaffen sollten, wie kämen wir von da auf die Insel, die eine Meile weit im Meer lag? Heute war sie ein Naturschutzgebiet, und Touristenboote durften da gar nicht anlegen, wegen all der seltenen Vögel, deren Eier Mam und ich vor ein paar hundert Jahren noch verspeist hatten.

Der Gedanke an Mam brachte das Fass schließlich zum Überlaufen. Und dass Biffa irgendwo verhungerte. Verzweifelt vergrub ich den Kopf in den Armen. Ich spürte die Tränen in mir aufsteigen, als Roxy kam und mir über den Rücken strich.

»Warum wartest du nicht einfach ab, Alfie? Wer weiß, wozu die Wissenschaftler in ein paar Jahren in der Lage sind, besonders mit dir als Versuchsperson. Und sonst kannst du ja immer noch irgendwann mal nach Coquet Island und dir diese Perle holen. Nicht wahr?«

Mir blieben die Tränen im Hals stecken und ich hob den Kopf.

»Ihr versteht es einfach nicht, oder? ICH KANN NICHT

WARTEN! Sobald die Archäologen mit der Ausgrabung anfangen, ist es nur eine Frage der Zeit, bis die Lebensperle entweder zerstört, ins Museum gestopft oder im Labor auseinandergenommen wird, und was bleibt mir dann? Dann bin ich für alle Zeit in diesem Alter gefangen!«

Und ich konnte nicht aufhören zu brüllen, besonders nicht, als Aidan auch noch sagte: »Aber wir werden immer für dich da sein, Alfie …«

»WERDET IHR NICHT! Ihr werdet älter werden und mich zurücklassen, den komischen Jungen, der so seltsam sprach, ein Tattoo hatte und angeblich tausend Jahre war. Ihr werdet genau so sein wie alle anderen, genauso wie Jack, und ich werde für immer so bleiben.« Ich sah an mir hinunter, ein Greis im Körper eines Kindes.

Ich stand auf und ging ohne ein weiteres Wort.

77. Kapitel

Ich kehrte vierzig Minuten zu spät zum Earl-Grey-Haus zurück, weil ich einfach nicht die Energie aufbrachte, schneller zu gehen. Bei jedem Schritt klebten meine Füße bleischwer am Boden. Tante Reet tobte sicher schon, aber auch das war mir egal.

Doch sie sagte bloß: »Für dich ist Besuch da, Alfie.«

»Wer?«

»Offenbar kennen sie dich noch von früher.«

Ich hätte mich fast vom Fleck weg übergeben. Es konnte nur Jasper sein.

Zitternd griff ich nach dem Knauf, ließ die Hand ein wenig zur Ruhe kommen, bevor ich die Tür zum Aufenthaltsraum öffnete.

78. Kapitel

Er stand mit dem Gesicht zum Fenster, eine dunkle Silhouette, die Hände hinter dem breiten Rücken verschränkt. »Hallo, Alfie«, sagte er. Und als er sich umdrehte, brauchte ich erst einen Moment, bis ich nach Luft schnappen konnte.

Ich hatte John McGonagal seit fast sechzig Jahren nicht mehr gesehen. Eigentlich nicht mehr seit unserer Prügelei damals im Wald. Dennoch erkannte ich ihn auf Anhieb, auch wenn sein Haar inzwischen weiß geworden war und in seinen Augen eine herzzerreißende Traurigkeit und Leere lagen. Er nickte bedächtig. Dabei hatte ich noch gar nichts gesagt.

»Hab ich mir doch gedacht, dass du's bist.« Mir ging es durch Mark und Bein. Den Geordie-Dialekt kannte ich, mit dem hatte er auch Mam und mich bedroht. Sofort kamen die Erinnerungen zurück.

»Du bist ja gestört! Spinner! Psycho!«

Und Rafels Stimme: *»In der echten Welt musst du sie umbringen, Alfie. Sonst kommen sie zurück, um Ärger zu machen.«*

Wollte er mir Ärger machen? Was sagte er gerade? Die Worte der Gestalt am Fenster rauschten an mir vorbei …

»… das konnte kein anderer sein«, sagte John jetzt. Mir war es gelungen, mit meinen Gedanken wieder ins 21. Jahrhundert zurückzukehren. »Als mir mein Großneffe Inigo von der Sache mit dem Buch erzählt hat, wusste ich's gleich.«

Verwundert blinzelte ich ihn an.

»Schon gut.« John schüttelte den Kopf. »Ich kenne meinen Inigo. Aber hinter all dem dummen Geprahle steckt irgendwo auch ein anständiger Kerl …« John hielt inne. »Nun gut, das ist ja jetzt auch nicht so wichtig. Wichtig ist, dass ich hier bin.«

Zum ersten Mal machte ich den Mund auf. »Das sehe ich. Nur … was willst du hier?«

Er wandte sich wieder zum Fenster und schaute hinaus, ließ sich mit der Antwort Zeit.

»Die Ärzte sagten, ich hätte nur noch sechs Monate zu leben. Das war vor sechs Monaten. Keine Sorge«, meinte er und lachte kurz auf, »mir geht's prima. Tipptopp. Meistens. Aber bevor ich abtrete, muss ich noch ein paar Dinge regeln, weißt du?«

Ich nickte, auch wenn er mich gar nicht ansah. Ich hatte mich auf das harte Sofa gesetzt, ließ ihn aber nicht aus den Augen. Wieder drehte er sich um und sah mich mit seinen traurigen, alten Augen an.

»Ich hatte die Prügel verdient, die du mir verpasst hast. Hatte sie zu hundert Prozent verdient. Nur dauerte es eine Weile, bis ich es mir eingestehen konnte. Jahre. Und dann … wollte ich mich wohl entschuldigen, aber du und deine Mam, ihr wart weggezogen. Wahrscheinlich meinetwegen. Und ihr habt keine Spuren hinterlassen. Darin seid ihr gut, was? Spurlos zu verschwinden?«

Ich zuckte die Achseln und fragte mich, worauf er hinauswollte. Es klang sehr danach, als wüsste er Bescheid. Als kannte er mein Geheimnis. Im Nacken verspürte ich ein unangenehmes Kribbeln.

»Also lernte ich, damit zu leben. Nur dass ihr dann wieder hergezogen seid, nicht wahr? Die Leute reden, Alfie. Und wenn man zuhört, erfährt man eine Menge. Ich habe deiner Mam geschrieben, aber keine Antwort erhalten. Vielleicht sollte ich es einfach auf sich beruhen lassen, dachte ich. Doch dann habe ich vom Brand gehört.«

John zögerte. Offenbar wog er seine Worte genau ab. »Es tut mir leid, Alfie. Um deine Mutter. Und … du weißt schon …« Er sah sich in dem spärlich möblierten Zimmer mit den abwischbaren Wänden und dem Klassenzimmer-Muff um. »Für das … und alles.«

»Weißt du … weißt du Bescheid? Über mich? Und Mam?«

Als er lächelte, kam er mir zum ersten Mal nicht mehr ganz so traurig vor. »Oh, ja. Ich weiß es. Dein Geheimnis ist bei mir sicher. Außer mir weiß es noch eine andere Person. Die Person, die's mir gesagt hat.«

»Hallo, Alfie«, krächzte es und ich fuhr herum. In der dunklen Zimmerecke kauerte jemand, den ich beim Reinkommen nicht bemerkt hatte.

Er war uralt und eingefallen, hatte wildes weißes Haar und sein Kinn zitterte unablässig. Aber ein Blick aus seinen hellwachen Augen sagte mir, dass er vom geistigen Verfall weit entfernt war.

Mit wackelndem Kopf sah mich der Mann an, der für mich der letzte Freund überhaupt gewesen war: Jack McGonagal.

79. Kapitel

Mir tut es auch leid, Alfie«, sagte Jack schließlich, aber er sprach so leise, dass er schwer zu verstehen war. »Unsere Familie hat dir übel mitgespielt, was? Erst ich, dann John und nun auch noch der junge Nichtsnutz Inigo.«

»Ihr … ihr habt ihm doch nichts gesagt, oder?« Panik hatte sich in meine Stimme geschlichen. »Von … von meinem Alter?« Ich sah zwischen Jack und John hin und her.

Beide schüttelten den Kopf und ich atmete auf.

»Wenn man erst mal über neunzig ist, hatte man eine Menge Zeit, über Dinge nachzudenken, die man hätte besser machen können, Alfie. Nur dass dann die Zeit knapp wird, sie geradezubiegen. Manchmal schafft man es noch.« Ein heftiger, schmerzhaft klingender Hustenanfall schüttelte ihn. »Und manchmal kann man sich nur noch entschuldigen. Ich habe gestohlen, ich habe mich über dich lustig gemacht, ich habe dein Geheimnis verraten. Und es tut mir sehr, sehr leid.«

Ein paar Augenblicke waren wir alle drei so still, dass die Stille im Raum fast greifbar war, dann schrillte im Büro am Ende des Gangs ein Telefon.

Die beiden warteten darauf, dass ich etwas sagen würde, aber ich wusste nicht, was. Stattdessen schaute ich Jack an, und einen Moment lang kam es mir so vor, als hätte es die achtzig Jahre dazwischen nie gegeben.

»Was ist aus Jean geworden?«, fragte ich ihn.

Er stieß einen schnaubenden Lacher aus. »Jean Palmer? Ha! Die hat mich für einen polnischen Seemann sitzen lassen.«

Ihm schien das nichts auszumachen. Er brach in keuchendes Gelächter aus, in dem ich das Lachen des Jungen von damals wiedererkannte. Auf einmal sah ich ihn wieder vor mir, mit dürren Beinen in den viel zu großen Shorts. Wie er mit fahrradölverschmierten Händen in unsere Chipstüte für drei Pence langte …

Und dann war ich wieder zurück im klammen Aufenthaltsraum des Earl-Grey-Hauses.

»Sag mal«, flüsterte er und rückte noch näher, »das … was du hast. Ist es … weiß nicht … gut? Gefällt es dir?«

Ich glaube, das bin ich noch nie gefragt worden, und ich musste erst nachdenken, bevor ich antwortete.

»Eine Weile gefiel es mir schon, glaube ich. Aber jetzt nicht mehr. Schon lange nicht mehr.«

Jack nickte. »Alt werden ist kein Spaziergang«, sagte er. »Aber ich danke dem lieben Herrgott jeden Tag, dass ich altern darf. Denn dein Leben wollte ich nicht haben, Alfie. In tausend Jahren nicht.«

Aber will ich so alt sein wie er?, dachte ich in dem Moment. Und wenn Jack nicht gesagt hätte, was er dann sagte, wäre alles vielleicht doch anders gekommen.

Jack keuchte, selbst leise zu sprechen, kostete ihn große Anstrengung. Raspelnd holte er Luft. »Schau dich an, Alfie. Hör dir zu! Wenn du es irgendwie rückgängig machen und richtige Freunde und ein richtiges Leben haben kannst, tu's, Alfie. Ich bin einst dein Freund gewesen. Hoffe ich wenigstens. Aber jetzt brauchst du Freunde, die dich nicht …« Er holte Luft. Sein Kinn hörte auf zu zittern und er sah mich direkt an. »Die dich nicht zurücklassen.«

»Danke, Jack.« Ich streckte ihm die Hand hin und er griff danach. Sein Handschlag war sanft, aber nicht kraftlos. Unter meinen Fingern spürte ich seine pergamentdünne Haut. Er lächelte, und mir kam es vor, als säße er ein wenig aufrechter, als wäre ihm eine Last von den Schultern genommen.

»Da ist noch eine Sache …«, setzte er an, doch da steckte Sangeeta den Kopf zur Tür herein.

»Alles okay, Alfie?« Ohne eine Antwort abzuwarten, trat sie ins Zimmer. »Willst du mich denn nicht vorstellen?« Mit ausgestreckter Hand marschierte sie auf John zu. »Sangeeta Prasad. Ich bin Alfies Sozialarbeiterin. Und Sie sind?«

»Ich, ähm … hallo. John McGonagal. Das ist mein Vater Jack. Wir … ähm, wir waren Freunde von Hilda. Alfies Mutter. Wollten dem Knaben nur kurz mal Hallo sagen.«

Sangeeta lächelte, doch mich beunruhigte es. Hatte sie an der Tür gelauscht? Tante Reet musste sie angerufen und ihr erzählt haben, dass ich Besuch von zwei alten Männern bekommen hatte. *Mir gefällt das nicht,* dachte ich.

Damit war die Stimmung in dem miefigen Aufenthaltsraum dahin. John sagte: »Es wird Zeit, Dad. Wir machen uns mal lieber auf den Weg.« Er half dem alten Jack aus dem Stuhl. »Hat mich gefreut«, sagte er zu Sangeeta und Jack rief: »Machen Sie's gut!«

»Ich bringe euch noch nach draußen.« Unter Sangeetas wachsamen Blicken folgte ich den langsamen Schritten der beiden Männer zur Tür.

Im Flur senkte John die Stimme und fragte: »Ist alles in Ordnung?«

Ich nickte. Natürlich war nichts in Ordnung, aber das konnte ich ihm ja schlecht sagen. Nicht, solange Sangeeta in der Nähe war. Dann griff Jack in seine Anzugtasche und holte etwas in einem Einkaufsbeutel heraus, das er mir mit zitternder Hand reichte.

»Höchste Zeit, dass du es zurückbekommst, Alfie«, sagte er mit einem Lächeln. Im Beutel war mein Buch *Eine Geschichte aus zwei Städten.*

»Danke«, sagte ich.

»Viel Glück, Alfie. Du warst mir ein guter Freund. Wäre ich dir bloß ein besserer gewesen.«

Und damit stiegen Jack und John vorsichtig die abgewetzten Treppenstufen hinunter und liefen zu Johns Auto, das in der Beach Road parkte.

Als ich mich von der Tür abwandte, stand Sangeeta mit verschränkten Armen hinter mir.

80. Kapitel

Du führst doch was im Schilde, Alfie Monk.« Irgendwie gelang es Sangeeta, sanft und zugleich schneidend zu klingen. »Ich behalte dich im Auge, junger Mann. Oder nicht so junger Mann. Pass mal lieber …«

In dem Moment kamen Tasha und Melanie, zwei der jüngeren Bewohnerinnen des Earl-Grey-Hauses, lachend die Treppen hinuntergestürzt und rannten sie fast um.

»'tschuldigung! 'tschuldigung! He, Alfie. Kommst du mit Wasser waten?«

Ein paar Kinder hatten es sich zur Gewohnheit gemacht, an warmen Abenden in der Bucht ein wenig durchs Wasser zu laufen – zu waten. Zum ersten Mal fragten sie mich, ob ich mitkommen wollte. Insgeheim freute ich mich sehr.

»Ja, ich komme unverzüglich nach«, antwortete ich. Die beiden lachten über irgendwas und stürmten zur Tür hinaus.

Sangeeta nickte mir zu. »Sei vorsichtig, Alfie. Ich beobachte dich.« Dann ging auch sie und ließ mich allein in dem Flur mit dem schwarzen Brett, dem strapazierfähigen Teppichboden und dem Geruch nach Desinfektionsmitteln zurück.

Jack hatte recht. Ich musste es rückgängig machen.

Mein Blick fiel auf den Beutel und ich nahm das Buch heraus. Ich runzelte die Stirn. Irgendwie war es dicker als sonst. Als ich den Buchdeckel aufschlug, steckte dort ein Briefumschlag.

Auf dem Umschlag stand *Für die Hühner* und es waren zwei Fünfzig-Pfund-Scheine darin.

Mir kam eine Idee.

Oben in meinem Zimmer holte ich das Handy heraus, das ich von Sangeeta hatte, schaltete es ein und schrieb die erste SMS meines Lebens.

Liebe Roxy,
ich habe eine Idee, wie wir an den Ort kommen können, von dem wir gesprochen haben. Sei morgen früh um acht mit Aidan an der U-Bahn-Station.
Liebe Grüße
Alfie

Kurz darauf machte mein Handy pling. Die Nachricht lautete: LOL OK.

Klang ein wenig kurz angebunden, aber ich war ziemlich sicher, dass es Ja bedeutete.

Nun schlief ich schon die dritte Nacht in Folge kaum, aber diesmal nicht vor Angst, sondern vor Aufregung.

Ich hatte mir überlegt, wie ich die einzige noch vorhandene Lebensperle zurückbekommen könnte.

Der Plan war vielleicht etwas »waghalsig«, aber einen anderen hatte ich nicht: Ich würde jemanden bestechen, uns nach Coquet Island zu bringen, obwohl es verboten war.

Teil 4

AIDAN

81. Kapitel

Zur Küste nach Amble brauchen wir fast zwei Stunden – mit der U-Bahn bis nach Newcastle und von Haymarket weiter mit dem Bus. Als wir ankommen, ist es richtig kalt. Eine Kirchenglocke schlägt zehn und eine dicke Dame in Schürze zieht im Neptun Café die Rollläden hoch.

Amble mit seinen kleinen sandfarbenen Häuschen scheint sich mit dem Rücken an die Nordsee zu kauern. Die Luft hier riecht leicht salzig. Ich bekomme mit, wie sich ein Paar unterhält: »Es schlägt um, was?« Und: »Ja, wird bald regnen.«

Coquet Island liegt direkt vor der Küste, nur der kleine Leuchtturm ist von hier aus zu erkennen.

Alfie hat kaum ein Wort gesprochen. Hat uns nur in seinen Plan eingeweiht, den die zwei Fünfzig-Pfund-Scheine möglich gemacht haben, die er uns zeigt. Eigentlich weiß ich überhaupt nicht, was Roxy und ich dabei sollen, aber Alfie meinte, wegen der »Authentizität«. Alfie wird sich als Erwachsener ausgeben und die Anwesenheit von Kindern »macht die Täuschung glaubwürdiger«. Davon bin ich nicht überzeugt. Ganz ehrlich, ich glaube, er braucht uns eher zur »moralischen Unterstützung«. Roxy wiederum sieht es als Chance, eine Hauptrolle im eigenen Stück zu spielen, da bin ich ziemlich sicher.

Laut der Wetter-App auf ihrem Handy liegt die Regenwahrscheinlichkeit am Nachmittag bei 90 %. Also hatte Alfie recht. Egal, wenn alles gut geht, haben wir die Sache bis zum Nachmittag über die Bühne gebracht.

Dass wir so reibungslos bis nach Amble gekommen sind, hätte uns eigentlich in gute Laune versetzen sollen. Stattdessen brüten wir wie das Wetter düster vor uns hin, als stünde uns das Schlimmste noch bevor.

Zu dritt sitzen wir im Neptun Café und schauen aus dem großen Fenster auf die Fußgänger in ihren Shorts und Windjacken. Alfie hat einen Tee, Roxy und ich jeder eine Cola, aber keiner von uns trinkt. Die dicke Café-Besitzerin lässt uns nicht aus den Augen, als fürchte sie, wir würden jeden Moment was mitgehen lassen.

Roxy durchbricht die Stille und reicht Alfie ihren Rucksack: »Na, dann. Zeit für deine Verwandlung, Supermann.« Stumm nimmt Alfie den Rucksack und verzieht sich auf die Toilette, um sich in die Alt-Männer-Kluft zu schmeißen.

Dass Roxy so gelassen bleibt, ärgert mich. Im Gegensatz zu mir hat sie nämlich keinen Ärger von zu Hause zu befürchten.

»Kinderspiel«, sagte sie, als ich sie im Bus fragte, wie sie ihrer Mutter erklärt hatte, dass sie so früh wegmusste. »Ausflug mit der Theater-AG nach York!«

»Und da wundert sie sich nicht, dass du schon Sonntag früh um sieben Uhr morgens los bist?«, fragte ich. »Und warum sie keine Einverständniserklärung unterschreiben muss?«

Roxy zuckte mit den Achseln. »Meine Mutter hat genug

Probleme. Wenn ich ihr sage, dass ich den Wisch selbst unterschrieben habe, um ihr keinen Stress zu machen, ist sie froh.«

Ich beneide Roxy, dass sie so einfach davonkommt. Bei meinen Eltern hätte das mit dem Ausflug nie gezogen. Die hätten garantiert eine E-Mail sehen wollen oder den Tagesablauf. Mum hätte Dad gedrängt, früh aufzustehen und mich zum Treffpunkt zu fahren. Bei mir hätte es nie funktioniert.

Die Nachricht auf meinem Kopfkissen musste reichen, aber wohl war mir dabei nicht.

Bin bei Mo. Komme zum Tee zurück. X

Es besteht das Risiko, dass Dad zu Mo fährt, um mich zurück nach Hause zu schleifen, damit ich ihm helfe, die Badezimmerfliesen zu richten/die Regenrinne zu säubern/die Umzugskisten auf den Dachboden zu bringen/alles zusammen. Das waren nämlich meine Jobs für heute. Bestimmt denkt er, dass ich mich mal wieder drücke.

Tja, und was Alfie betrifft, dem war eh alles egal. Die Türen im Earl-Grey-Haus waren verschlossen und mit Alarm versehen, aber er hatte herausgefunden, dass er einfach die Feuerleiter nehmen konnte.

»Wollen wir los?«

Beim Klang der Stimme fahre ich herum. Vor mir steht Alfie in einem langen Samtmantel und Zylinder: Roxys Kostüm! Er wirkt ziemlich glaubhaft, das muss man ihm lassen. Die Café-Besitzerin hinterm Tresen schaut uns komisch an, sicher würde jeder komisch schauen, wenn ein Junge im Klo verschwindet und als alter Mann verkleidet wieder rauskommt.

Als wir gehen, klingelt die Ladenglocke über der Tür. Die Dame hat den Blick nicht von uns genommen. Sie greift sich in die Schürzentasche, holt ihr Handy hervor, und ich habe das dumme Gefühl, dass hier was nicht stimmt.

Ich sage aber nichts.

82. Kapitel

Roxy findet es saulustig, wie Alfie den alten Mann mimt, und kann nicht aufhören zu kichern. Unter anderen Umständen hätte ich mitgelacht. Alfie ist richtig gut. Er geht leicht gebeugt, lässt einfach ein wenig den Kopf hängen, die Hutkrempe hat er sich über die Augen gezogen. Wenn er noch gebückter ginge, würde er zu klein wirken, denn er ist nicht besonders groß. Mit durchgedrückten Beinen setzt er den Fuß flach auf, als hätte er steife Knie.

Vom Neptun Café sind es bloß hundert Meter zu einem kleinen Kiosk am Hafen mit einem großen bunten Schild:

PAPAGEIENTAUCHER-TOUR
NÄCHSTE ABFAHRTSZEIT: 12.00 UHR

Hinter der Scheibe des Holzkiosks raucht ein Mann eine riesige E-Pfeife. Als wir kommen, steckt er schnell sein Handy weg, und da weiß ich es einfach. Keine Ahnung, wie, aber ich weiß es.

»Leute«, sage ich, »mit der Nummer kommen wir nie und nimmer durch.«

Mit einem nervigen Singsang antwortet Roxy: »Du kannst einem auch alles vermiesen!«, und läuft schnurstracks auf den Kiosk zu. Alfie schlurft neben ihr her.

Aus der rechteckigen Öffnung in der Scheibe, die für Tickets und Geld gedacht ist, steigt eine Rauchfahne. Auch wenn es nur E-Dampf ist, hat man den Eindruck, der Kiosk würde vor sich hin kokeln.

Alfie beugt sich zur Öffnung und sagt mit dunkler Stimme: »Ob ich Sie wohl überreden kann, uns auf die Insel zu bringen? Sie solln es auch nicht umsonst tun.«

Einen kurzen bangen Augenblick denke ich, dass es doch klappt. Der Mann nimmt einen tiefen Zug aus der Pfeife und murmelt: »Was wollen Sie?« Und nach einer Pause stößt er eine lange Rauchwolke aus.

Alfie zieht die zwei Fünfzig-Pfund-Scheine aus der Manteltasche.

»Ob Sie wohl so gut wären, uns auf die Insel zu bringen? Auf die Ostseite, außer Sicht? Die Kinder und ich würden die Papageientaucher so gerne mal aus der Nähe sehen, Sie wissen schon.«

Der Mann schielt auf die beiden großen Geldscheine. Alfie schiebt sie ihm unter dem Glas durch. »Sehen Sie, es lohnt sich.«

Der Mann streckt zwei Finger mit abgeknabberten Nägeln aus, zieht die Scheine zu sich ran und steckt sie ein. Alfie dreht sich grinsend zu uns um.

»Seht zu, dass ihr Land gewinnt«, knurrt der Mann. »Erst mal würd ich meine Lizenz verliern. Und zweitens bin ich nicht von gestern. Wart ihr nicht vorhin im Neptun? Haut bloß ab, ihr kleinen Scheißer.«

»Ist das ein Nein?«

»Was glaubst du denn? Natürlich isses nein, verdammt. Verzieht euch!«

Alfie lässt bestürzt die Schultern hängen. Erst will er sich schon abwenden, dreht sich dann aber noch mal zu dem Mann um.

»Kann ich dann bitte mein Geld zurückbekommen?«

Es entsteht eine schreckliche Pause, in der der Mann an der Pfeife zieht, den Rauch ausbläst und sagt: »Welches Geld?«

Alfie bricht fast zusammen. Ohne sich noch mal zu uns umzusehen, lässt er sich auf die nächste Bank fallen. Schweigsam war er ja schon den ganzen Morgen über, aber jetzt sieht der arme Alfie zum ersten Mal wirklich aus, als wäre er tausend Jahre alt.

ALFIE

83. Kapitel

Von der Bank aus betrachte ich das violettgraue Meer. Hoch über mir stoßen die Möwen ihre einsamen Schreie in den weißen Himmel, stehen im Wind, der winzige weiße Schaumkronen auf die Wellen peitscht.

Unter mir im Jachthafen schwanken die Masten der Boote in der Dünung, klirren die Seilrollen im Wind.

Es war eine verrückte Idee.

Aber jetzt habe ich es vermasselt und habe keine Chance mehr, das zu tun, worauf ich schon Hunderte von Jahren warte.

Groß zu werden.

Meinen zwölften Geburtstag zu feiern. Einen richtigen.

Freunde zu haben, mich zu verlieben, zu heiraten, Kinder zu haben, sie aufwachsen und schließlich eigene Kinder bekommen zu sehen …

Und das Gefühl zu haben, dass das Leben kostbar ist. Mir zu wünschen, der Tag möge nicht enden, weil die Tage gezählt sind …

Denn besser als jeder andere Mensch habe ich eins begriffen: Ohne den Tod hat das Leben keinen Sinn.

Und zum zigsten Mal seit Mams Tod laufen mir die Tränen über die Wangen, eisige Bäche in der kühlen Brise. Anfangs nehme ich gar nicht wahr, dass Aidan und Roxy sich rechts und links neben mich gesetzt haben. Aidan legt den Arm um mich und Roxy schmiegt sich an meine Schulter, wie ich es immer bei Mam getan habe.

So sitzen wir lange Zeit, glaube ich.

Dann hören wir hinter uns jemand sagen: »Wow! Schau mal!« Als ich mich umdrehe, zeigen Touristen auf einen Vogelschwarm, der immer wieder ins Meer taucht.

»Sind das Möwen?«, fragt das kleine Mädchen seine Mutter.

»Weiß ich nicht, Liebling.«

Das Mädchen kichert. »Die sehen aus wie ... wie fliegende Fußbälle!«

Und wie eine Seilwinde ziehen mich die Stimmen aus der Verzweiflung.

»Das sind Papageientaucher«, sage ich zu dem Mädchen. »So nah vor der Küste sieht man sie nicht oft. Dort muss wohl ein Schwarm Makrelen oder Sardinen schwimmen. Sardinen sind ihre Lieblingsspeise.«

Die Mutter lächelt. »Du weißt aber eine Menge.« Offenbar hat auch sie sofort erkannt, dass ich nur ein Kind in einer Alt-Männer-Verkleidung bin. Bescheiden zucke ich die Achseln.

Da macht Roxy plötzlich den Mund auf. »Was glaubst du, wie kalt das Wasser ist, Alfie?«

Aidan lacht spöttisch. »Das ist die Nordsee, Roxy. Eiskalt.«

»Aber es ist doch schon fast Juni.«

»Und?«

»Und ich habe eine Idee.«

84. Kapitel

Roxys Idee ist so abwegig und abenteuerlich, so keck und kühn, dass sie unmöglich funktionieren kann.

Zugleich ist sie meine einzige – und letzte – Hoffnung.

Wir werden ein Boot stehlen. Und mit »wir« meine ich mich.

In einem kleinen belebten Jachthafen werde ich mitten im Sommer, umgeben von anderen Leuten, eine kleine Jacht stehlen (oder überhaupt irgendeine Jacht, wahrscheinlich werde ich keine große Auswahl haben) und damit nach Coquet Island segeln, das eine Meile vor der Küste liegt.

Ich weiß. Ein ungeheuerliches Wagnis.

Aber es gar nicht zu versuchen, ist auch keine Alternative.

Ich erinnere mich noch an eine Zeit, als wenig gestohlen wurde. Allerdings erinnere ich mich auch an eine Zeit, als man schon allein deswegen gehängt wurde, weil man einen Korb Fische gestohlen hatte, egal wie alt man war.

Und … ein Boot stehlen?

Von der Bank aus beobachten wir den Jachthafen und schmieden einen Plan, der, selbst wenn er gelingen sollte, uns sicher alle in Teufels Küche bringt.

Und wenn er nicht gelingt, was sehr wahrscheinlich ist, sind die Folgen zu düster, um sie sich überhaupt auszumalen.

»Dann denken wir einfach nicht drüber nach!«, antwortet Roxy ein wenig zu freudestrahlend für meinen Geschmack. »Es ist ganz einfach. Entweder versuchen wir es und scheitern vermutlich. Oder wir versuchen es nicht und scheitern garantiert.«

In diesem winzigen Fenster zwischen »vermutlich« und »garantiert« liegt meine Zukunft.

Roxy tippt wie wild auf ihrem Handy herum. Auf einmal ist sie der Boss: winzig, aber sehr beeindruckend.

»In der Nähe gibt es zwei Küstenwachen«, sagt sie mit Blick auf ihr Telefon. »Die erste ist gleich hier in Amble.« Sie zeigt zu einem flachen Gebäude, das auf der anderen Seite vom Hafen liegt. »Die zweite Wache ist in Seahouses, die Küste hoch. Wir können nur hoffen, dass du die Insel erreichst, bevor dich eine der beiden Küstenwachen schnappt. Seahouses sollte kein Problem sein, die sind zu weit weg. Aber die hier in Amble, hmm … ich weiß nicht.«

Als wäre das nicht schon entmutigend genug, versuche ich, ein Segelboot ausfindig zu machen, das schnell genug ist und das ich allein segeln könnte.

Im Hafen liegt nur ein Boot, das infrage kommt: eine weiße 30-Fuß-Jacht mit einem Mast. Sie ist am letzten Anleger festgemacht, der offenen See am nächsten, was gut ist, nur dass ich dann an all den anderen Booten vorbeimuss, was nicht so gut ist. Nachher falle ich noch auf. Vorbei an Dutzenden von Menschen, die sich und die anderen Segler kennen, da kann ich nur hoffen, dass keiner auf mich achtet.

»Die da«, sage ich zu Aidan und zeige zur Jacht mit der kleinen Piratenflagge am Heck. Er reagiert nicht. »Hast du mich gehört?«

»Habe ich. Muss es ausgerechnet die sein?«

»Warum? Was spricht denn dagegen?«

»Das ist das Boot von meinem Onkel Jasper.«

85. Kapitel

Uns bleibt nichts anderes übrig, als das Boot vor allen Leuten aus dem Hafen zu segeln. *Vor aller Augen versteckt,* wie Mam gerne sagte. Dennoch brauchen wir ein gewaltiges Ablenkungsmanöver.

Deshalb hat Roxy sich nach der Wassertemperatur erkundigt.

Erst einmal müssen wir aber die Küstenwache aufs Wasser locken.

Inzwischen haben wir uns in einen ruhigeren Teil des Hafens verzogen, wo keine Leute vorbeikommen, wir aber dennoch die Küstenwache und Jaspers Jacht im Blick haben.

Wir schauen uns an. Ich weiß ja nicht, wie es den anderen geht, aber mein Herz klopft wie ein Schmiedehammer, und meine Kehle ist so trocken, dass ich das Hafenbecken austrinken könnte.

In meinem ganzen langen Leben war ich noch nie so dankbar, Freunde wie Aidan und Roxy zu haben, aber das kommt mir nicht so leicht über die Lippen.

Aidan ist ganz blass geworden.

»Geht es dir nicht gut, Aidan?«

Doch er schüttelt bloß den Kopf. »Nein«, sagt er. »Lass uns loslegen.«

»Sicher?«

Er lächelt. »Wozu hat man Freunde, Alfie?«

Und das ist der Anfang vom Rest meines Lebens.

86. Kapitel

Roxy hat ihre »Anruferkennung« ausgeschaltet, so kann keiner ihre Nummer sehen, sagt sie.

Einen falschen Namen und (wahrscheinlich) auch eine falsche Nummer hat sie bei der Notrufzentrale auch angegeben. Und dann heult sie los: »Es geht um meinen Vater! Er ist auf dem Surfbrett ganz weit draußen!«

Sie ist gut. Sehr überzeugend. Ihr Gesicht ist schmerzverzerrt, als würde sie tatsächlich ihren Vater vermissen.

»Er ist in Low Hauxley Beach ins Wasser«, sagt sie. »Sie müssen helfen! Danke … Ja, ich bleibe dran.«

Wir müssen nicht lange warten. Innerhalb weniger Minuten stürmen drei Gestalten in gelbem Ölzeug aus der Wache und klettern über eine Metallleiter zu einem Rettungsboot, einem großen grauen Schlauchboot mit festem Rumpf.

Als das Rettungsboot ablegt, sind Roxy, Aidan und ich längst unten im Jachthafen. Vor Nervosität atme ich hektisch.

»Beeilen Sie sich bitte!«, ruft Roxy ins Telefon. »Mein Akku ist gleich leer. Kommen Sie? Danke, ich muss Schluss …«, dann legt sie mitten im Satz auf.

»Alles okay?«, fragt Aidan mich, aber ich kann nur nicken.

Er wendet sich an Roxy. »Gut, dann mach dein Ding!«

Roxy presst die Lippen aufeinander, verzieht sich hinter eine verrammelte Eisbude und kommt kurz darauf nur in T-Shirt und Unterhose zurück.

Auf den Landungsstegen wimmelt es von Leuten, vornehmlich Jachtbesitzer, doch keiner nimmt Notiz von uns. Zumindest noch nicht.

»Möge das Glück mit dir sein, liebe Roxy.« Ich will ihr die Hand schütteln. Ihr Gesicht verzieht sich zu einem Grinsen.

»Alfie Monk, du bist doch der schrägste Junge überhaupt! Komm her!« Mit ihren winzigen Ärmchen drückt sie mich an sich. »Du bist derjenige, der Glück braucht. Ich muss ja bloß so tun, als würde ich ertrinken. *Möge das Glück mit dir sein.* Du bist vielleicht eine Marke!«

Damit klettert sie vom Steg ins Wasser und gleitet ohne Aufschrei in das sicher sehr kalte Meer. Sie presst die Kiefer so fest aufeinander, dass ihre Sehnen am Hals hervortreten. Und sie reißt die Augen so weit auf, dass man fürchten muss, sie könnten jeden Moment herausspringen.

Ich sage euch: Roxy Minto ist das mutigste Mädchen, das ich kenne.

Dann schwimmt sie in die Mitte des Hafenbeckens, aber keiner bemerkt ihren winzigen dunklen Schopf im Wasser.

87. Kapitel

Aidan und ich müssen schnell handeln.

Ich habe das dämliche Kostüm ausgezogen und sehe jetzt wieder wie ein Kind aus. Neben dem Steg liegen eine blaue Kiste und ein Haufen leerer Hummerfallen, die schnappen wir uns und laufen damit zum Ende des Jachthafens.

Gib dich geschäftig, dann übersehen dich die Leute. Einer von vielen Ratschlägen, der mir über die Jahre geholfen hat.

Nur diesmal nicht. Eine dünne Frau in dickem Pullover mit rotem wettergegerbtem Gesicht stellt sich uns in den Weg.

»Alles klar, Jungs?« Ihr Ton ist nicht unfreundlich. »Wo wollt ihr denn mit den Dingern hin?«

»Ich … ähm …«, stammelt Aidan. Inzwischen ist er fast so rot geworden wie die Frau.

»Die sind für seinen Onkel«, sage ich.

»Ach, was? Und wer ist das bitte? Weil ich bin nämlich die zuständige Hafenwächterin heute. Ich muss hier achtgeben.«

»Ähm … Jasper. Jasper Hooke«, sagt Aidan schließlich.

Gleich entspannen sich ihre Züge. »Ah, Käpt'n Hook? Den haben wir hier in letzter Zeit oft gesehen! Will sich wohl mal im Hummerfang versuchen, was?« Sie legt den Kopf in den Nacken. Der weiße Himmel wird zusehends grau und bringt eine dunkelviolette Schliere mit sich. »Ich würde jetzt nicht rausfahren. Richtet Jasper aus, Natalie hat das gesagt. Schaut, die kommen alle wieder zurück.«

Zwischen den beiden langen Kais fahren vier Segelboote wieder in den Hafen ein. Andere Schiffe sind noch auf offener See. Der Wind frischt auf, die ersten kalten Regentropfen fallen. Aidan und ich eilen über den Steg an den Jachtbesitzern vorbei, die ihre Boote sturmfest machen. Mitten im Hafenbecken kann ich Roxys Kopf ausmachen.

Wie aufs Stichwort ertönt ihr Ruf. »Hilfe! Hilfe!«

Nur sehr leise. Verwundert sehe ich mich um. Niemand hat was mitgekriegt. Nicht mal Aidan.

»Hast du das gehört?«, frage ich ihn.

»Was denn?«

Roxy sollte einen Tumult auslösen, damit alle abgelenkt sind, während wir klammheimlich aus dem Hafen fahren. So weit die Idee.

Aber es funktioniert nicht. Keiner achtet auf den winzigen Fleck im Hafenbecken. Der Lärm des Windes, des Wassers, das gegen die Boote schwappt, der klappernden Takelage und der schlagenden Segel …

»Hilfe!« Es klingt überzeugend, aber Roxy ist auch eine wirklich gute Schauspielerin.

Ich lasse die blaue Kiste fallen und renne der rotgesichtigen Frau hinterher.

»Da ist jemand in Not!«, brülle ich und deute aufs Wasser, von wo der schwache Schrei kommt.

»Hilfe!«, ruft Roxy.

»Eh, schwimmt da etwa jemand? Im Hafen ist Schwimmen verboten. Hey! Hey!«

Nun bekomme ich es selbst mit der Angst zu tun, weil ich Roxys Kopf nicht mehr ausmachen kann. Der Wellengang ist stärker geworden, selbst ihr erhobener Arm ist nicht mehr zu sehen. Natalie hat ein kleines Fernglas gezückt und sucht damit das Hafenbecken ab. Schließlich sagt sie: »Ja! Da ist jemand!« Und nun hören wir beide den Schrei:

»Hilfe!«

Endlich setzt sich Natalie in Bewegung, ihre Gummistiefel stampfen über den Holzsteg, als sie Hilfe holt. Ich renne in die entgegengesetzte Richtung zurück zu Aidan, der vor dem Boot seines Onkels stehen geblieben ist.

»Komm, lass uns keine Zeit verlieren, Aidan!«

Das Boot ist an einem Eisenring festgemacht. Aidan löst das lange Tau, doch bei der letzten Schlinge hält er plötzlich inne und setzt ein besorgtes Gesicht auf. Er schaut zum Steuerhaus.

»Was ist denn?«, frage ich.

»Der Schlüssel. Schau mal. Der steckt in der Zündung.« Aidan flüstert.

Und tatsächlich, im Armaturenbrett steckt ein Schlüssel mit einem dicken Korken daran.

»Warum sollte …«, fange ich an.

Doch Aidan kommt mir zuvor. » … jemand den Schlüssel im Boot stecken lassen? Es sei denn …«

»… er ist schon an Bord?«

Durch die Dünung steigt und fällt die Jacht und die letzten Meter des Taus lösen sich von selbst. Schon jetzt treibt das Boot vom Steg ab. Ich lege den Finger an die Lippen und springe so lautlos wie möglich an Bord. Aidan folgt mir, landet leise hinter mir im Heck. Wir kriechen zum Steuerhaus.

Neben dem Steuerrad befindet sich eine kleine Kajütentür, die unter Deck zu einer schmalen Teeküche mit Tisch und weiter zu einem Bett führt.

Da liegt Aidans Onkel Jasper, alle viere von sich gestreckt, die Augen geschlossen und Kopfhörer über den Ohren, neben sich eine leere Flasche Rum. Aus den Kopfhörern dringt alte Kirchenmusik, gregorianischer Choral haben wir früher gesagt, nur Stimmen und Gesang.

Am Haken neben dem Steuerbord hängt ein Stück Seil fein säuberlich aufgerollt und Aidan und ich haben im selben Moment die gleiche Idee. Während Aidan die Kajütentür möglichst leise schließt, schlinge ich das Seil über den Türgriff und ziehe es stramm über den Handlauf der Reling. Dann gehe ich zurück, lege erneut eine Schlinge um die Klinke, ziehe es abermals über die Reling und sichere es mit einem festen Knoten. Aidan grinst mich an und hebt die Hand. Ich tue es ihm gleich und er schlägt ab. Ungewohnt, aber lustig.

Mittlerweile sind wir ein paar Meter in den Hafen geschippert und die Wellen treiben uns auf ein anderes Boot zu.

»He! Passt doch auf!«, schallt es vom anderen Schiff. Es dreht bei und verhindert ganz knapp einen Zusammenstoß. »Ihr Idioten! Da zieht ein Sturm auf!«

Ein paar hundert Meter weiter tuckert ein kleines Boot auf Roxy zu, am Kai und auf den Landungsstegen haben sich Grüppchen gebildet.

Dass wir nicht weit kommen werden, ohne Jasper aufzuwecken, war uns von Anfang an klar. Bei der ersten größeren Bewegung wird er munter werden, aber darauf können wir keine Rücksicht nehmen.

Ich habe ohnehin nichts zu verlieren. Und wenn ich mit Jasper als Gefangenem an Bord seines eigenen Schiffes segeln muss … dann mache ich das eben.

Was bleibt mir auch anderes übrig?

Wir hatten geplant, wenn man das überhaupt »planen« nennen kann, unter Segel aus dem Hafen zu fahren, aber da der Schlüssel in der Zündung steckt, starte ich den Motor. Ich steure das Boot aufs offene Meer hinaus.

Und dann hören wir ihn.

»He! Was zum Teufel geht hier vor sich?«

In der Kajütentür, an der Jasper nun mit aller Macht rüttelt, gibt es kein Fenster. Er hat also keine Ahnung, wer sein Boot stiehlt.

Wie lange wird das Seil halten? Ob er die Tür eintreten kann? Und wie lange dauert es, bis wir die Insel erreichen? Wir sind noch nicht mal ganz aus dem Hafen raus und haben noch mindestens eine Meile vor uns. Und dann? Wo sollen wir anlegen?

Vielleicht hätten wir an dem Plan noch etwas feilen sollen.

Ich steuere in den Wind und Aidan zieht das Großsegel hoch. Schon legt sich die Jacht auf die Seite und wir schießen in atemberaubendem Tempo auf die offene See hinaus.

»Was habt ihr vor? Ihr seid euch hoffentlich der Schwere eures Verbrechens bewusst, ihr diebisches Gesindel!«

Ich habe keine Ahnung, wie lange die Tür noch halten wird. Es sieht nicht gut für uns aus.

AIDAN

88. Kapitel

Jasper kann einem fast leidtun. Aus seiner Stimme klingt die schiere Panik. Er hat Angst. Eben hat er noch entspannt an Bord Musik gehört und auf einmal wird er eingesperrt und gekidnappt, jedenfalls muss er das denken.

Und Alfie? Alfie ist einfach cool. Als könnte ihn nichts, aber auch nichts auf der Welt von seiner Mission abbringen. Mit zusammengebissenen Zähnen steuert er das Boot, die Augen gegen den aufziehenden Regen zu schmalen Schlitzen verzogen.

Ich weiß nicht, wie schnell wir fahren. Bei Booten wird die Geschwindigkeit ja in Knoten gemessen, ich habe aber keinen Schimmer, wie man Knoten umrechnet. So wie wir durchs Wasser zischen, würde ich aber sagen, wir sind mindestens so schnell unterwegs wie ein Auto im Stadtverkehr. Der Wind pfeift ohrenbetäubend und das Segel steht riesig weiß und straff. Wir haben Glück mit dem Wind. Er kommt von Land und bringt uns direkt zur Insel. In ein paar Minuten sind wir da. Zum Glück, mir ist nämlich jetzt schon schlecht.

»Hallo? Hallo? Hier Delta Foxtrott One Niner. Delta Foxtrott …« Jasper spricht ins Funkgerät. Er ruft Hilfe.

»Hallo – können Sie mich verstehen … bist du das, Dave? Dave! Bist du im Ausguck? Ich bin's, Jasper Hooke. Mein Boot wurde gestohlen, offenbar nehmen wir Kurs auf die Insel, und ich bin an Bord, unter Deck eingeschlossen. Ich bin entführt worden, Dave. Alarmier die Küstenwache! Alarmier die Polizei! Alarmier alle! Over.«

Knisternd meldet sich Dave.

»Die Küstenwache ist gerade auf dem Rückweg von einem fehlgeschlagenen Rettungsversuch, Jasper. Wahrscheinlich war's ein Scherzanruf. Ich werd verrückt, bist du das da etwa? Mit dem Tempo gewinnst du den America's Cup, Hookey. Sag denen, die sollen umkehren, das ist zu gefährlich. Over.«

»Wie soll ich das denn machen, du Idiot? Ich … ich wurde entführt. Die drehen doch nicht um, nur weil ich sie nett bitte! Ruf die Küstenwache. Die sollen mit dem Rettungsboot zur Insel kommen und uns abfangen! Over!«

»Wer hat dich entführt, Jasper?«

»Weiß ich doch nicht, Dave. Ich bin eingesperrt, ich kann die nicht sehen.«

»Vielleicht sind die bewaffnet oder so, Hookey.«

»Verdammt noch mal, Dave! Was weiß ich, vielleicht haben die auch einen menschenfressenden Tiger dabei. Tu einfach was, bevor das Ding hier noch mit mir kentert. Over and out!«

Schritte sind auf der Treppe zur Kajütentür zu hören, dann hämmert es laut gegen die Tür.

»Lasst mich raus! Ihr werdet richtig Ärger bekommen. Das ist Seeraub. Dafür hängt ihr!«

Dann wird es still. Es ist eine unbehagliche Stille, als würde die Stille selbst was planen. Das stahlgraue Wasser rauscht am

Rumpf vorbei, der Regen kommt inzwischen fast von vorn, aber das Segel steht gut im Wind, und beim Steuerhaus gibt es eine Stelle, wo alles totenstill ist.

Ich schaue hinüber zu Alfie. Er strahlt über das ganze Gesicht, so strahlt nur jemand, der sich seiner Sache vollkommen sicher ist, es ist toll! In dem Moment weiß ich, Alfie wird es schaffen, ganz gleich, was mit dem Boot, mit Jasper oder auch mit mir passieren wird. Auch wenn mich alles, was um mich herum geschieht, in Angst und Schrecken versetzt, greife ich an Alfie vorbei zum Instrumentenbrett und drehe die Anlage auf.

Sofort ist die Luft erfüllt von überirdischer Musik: jahrhundertealtem gregorianischem Gesang. Ein paar Sekunden, vielleicht eine halbe Minute lang, segeln wir in herrlichem Frieden, geben uns dem Wind, der See und unserem Schicksal hin.

Dann sehe ich, wie sich durch den Türspalt ein kleines Messer schiebt und am Seil sägt. Innerhalb kürzester Zeit wird es durchtrennt sein.

Gleichzeitig kommt das Rettungsboot der Küstenwache in einem Affenzahn über die Wellen auf uns zugehüpft, die gelb gekleideten Gestalten darin werden von Sekunde zu Sekunde größer.

Und genauso die Insel.

Wir steuern direkt drauf zu. Die See ist so wild, dass die Felsen nicht immer zu sehen sind, aber wenn der Seegang abflaut, tauchen sie wie gewaltige Wale aus dem Wasser auf. Und jeden Moment werden wir daran zerschellen.

89. Kapitel

Großschot los! Die Schot da, schnell!«, brüllt Alfie mit angsterfüllter Stimme. Kaum habe ich das Seil gelöst, schwingt der Baum rum, das Segel flattert und wir verlieren an Fahrt, dennoch schießen wir weiter auf die Felsen zu. Sie schirmen eine kleine Bucht ab und wir werden auf sie knallen. Wie die Wellen, deren Gischt an ihnen aufspritzt.

Alfie schlägt das Steuer hart ein und das Schiff legt sich auf die Seite. Währenddessen sägt Jasper fieberhaft am Seil und hat schon wieder einen Strang geschafft.

»Ihr dreckigen Diebe!«, knurrt er. »Wartet nur, bis ich euch in die Finger kriege!«

»Nimm mal das Steuer!«, ruft Alfie. Sobald ich übernommen habe, zieht er sich den Pulli aus und schleudert die Schuhe weg.

»Was zum …?«

Alles passiert so schnell. Alfie springt über die Reling und taucht in den tosenden Fluten unter. Genau in diesem Augenblick gelingt es Jasper, den letzten Seilstrang zu durchtrennen, und die Kajütentür fliegt auf. Ich will »Alfie« rufen, komme aber über die erste Silbe nicht hinaus und schreie stattdessen bloß.

Die *Jolly Rogers* treibt noch immer aufs Land zu, als uns eine riesige Welle emporhebt und im letzten Moment von einem gewaltigen schwarzen Felsen wegträgt. Wassermassen krachen an Deck, und wenn ich mich nicht am Steuerrad festhalten würde, würde ich über Bord gespült.

Kurz darauf liegt die Jacht wieder gerade im Wasser, aber ohne Antrieb des Segels sind wir dem Meer noch immer ausgeliefert.

Jasper, der bislang noch keinen Ton gesagt hat, greift nach der Großschot, hält sie fest, und nachdem er sie gesichert hat, dreht die *Jolly Rogers* quälend langsam ab. Noch immer heult der Wind und prasselt der Regen mir so heftig ins Gesicht, dass ich kaum was sehen kann.

Und die ganze Zeit ertönt aus den Bootslautsprechern der rhythmische Sprechgesang der Mönche.

Mir geht so viel durch den Kopf, dass ich nicht mehr klar denken kann.

Was ist mit Alfie? Wo ist er? Geht es ihm gut?

Ich wische mir Gischt und Regen aus dem Gesicht und suche das Wasser ab, aber ich habe total die Orientierung verloren. Innerhalb kürzester Zeit haben wir etliche Meter zurückgelegt.

Fünfzig Meter. So weit sind wir von der Insel entfernt.

Ich kann fünfzig Meter weit schwimmen, denke ich. Die meisten Kinder, die ich kenne, können das. Das sind zwei Bahnen im Tynemouth Schwimmbad. Kinderspiel.

Aber in der Nordsee bei Sturm? Alfie hat keine Chance. Unser Boot hingegen scheint nicht mehr direkt in Gefahr zu schweben. Die Felsen und die Insel rücken in immer größere Ferne, während die unheimliche Mönchsmusik weiterplärrt.

Auf einmal taucht Jasper neben mir auf und schreit mich an: »WAS ZUM TEUFEL TREIBST DU HIER?«

Jasper wird kaum die Zeit haben, sich eine ausführliche Antwort anzuhören, außerdem kann ich nicht mehr vernünftig denken. Ich sage bloß: »Alfie!«

Jasper schaut von mir zur Insel, dann zum Rettungsboot der Küstenwache, das nur ein paar hundert Meter entfernt ist. Er klappt den Mund auf und blinzelt wie verrückt.

»Oh, nein. Oh, nein, nein, nein, nein!«

90. Kapitel

Nachdem das Boot unter Kontrolle ist, sind wir nicht mehr in unmittelbarer Gefahr, und die tosende See hält einen Moment inne, als würde der Sturm Atem holen.

Das Rettungsboot der Küstenwache fährt längsseits heran. Darin sind drei Leute in gelbem Ölzeug und unförmigen orangeroten Rettungswesten.

Der vorderste Mann wirft mir eine Leine zu, die ich an der Jacht festmache. Mithilfe des Seils zieht er das Rettungsboot so nah heran, dass er über die kleine Metallleiter am Heck zu uns an Bord klettern kann. Der Mann ist ein Hüne mit angegrautem Bart, WAYLAND G. steht auf seiner Öljacke.

»Haben Sie uns gerufen?«, brüllt er Jasper zu, noch immer rauscht der Wind und ertönt der Gesang der Mönche über die Musikanlage. »Wo ist das Problem? Sie haben behauptet, Gefangener zu sein! Was geht hier vor?« Dann sieht er mich an. »Ohne Rettungsweste? Spinnst du? Los, hol dir eine.« Er zeigt auf einen Verschlag neben der Reling.

Offenbar hat der Mann keinen Schimmer, was vorgefallen ist. »Alfie!«, brülle ich. »Er ist im Wasser.«

Wayland G. sieht mich entsetzt an. »Was? Wo?« Als er sich suchend umdreht, rennt ihn Japser mit voller Wucht um, sodass Wayland G. rückwärts die Treppe hinunterstolpert und in Jaspers Kajüte landet. Jasper stürmt an mir vorbei zum Heck.

Was jetzt?, denke ich.

Während Wayland G. sich aufrappelt und ich mit meiner Rettungsweste kämpfe, hat Jasper das Rettungsboot von der Jacht losgemacht. Ohne Rettungsweste und Ölzeug ist Jasper viel flinker als die Crewmitglieder der Küstenwache in ihrem Boot. Jasper klettert über die Reling, hängt sich mit dem Rücken zum Boot in den Handlauf und tritt dem ersten Mann zweimal mit den Füßen in die Brust. »Oh«, stöhnt der und kippt rückwärts ins Wasser.

Inzwischen ist Wayland G. wieder an Deck. Unsanft stößt er mich beiseite, will Jasper packen, der sich aber just in dem Augenblick ins Rettungsboot fallen lässt.

Als er im Boot landet, schaukelt es gefährlich. Mit einem Aufschrei verliert der dritte Mann das Gleichgewicht und plumpst ins Wasser. Sofort taucht er wie ein Korken wieder auf.

Mit vollen Segeln haben wir uns schon ein gutes Stück von der Stelle entfernt, wo der erste Mann über Bord gegangen ist, seine gelbe Jacke hüpft in den Wellen. Jasper hat die Kontrolle über das Rettungsboot übernommen und heizt nun zurück zur Insel.

Was hat er nur vor?

»Kannst du segeln, mein Junge?«, brüllt Wayland G.

Unverbindlich zucke ich die Achseln.

»Gut. Großschot los! Bereit zur Wende. Pass auf den Baum auf!«

Bestimmt kehren wir um, um Alfie und die anderen Männer einzusammeln. Was wohl mit Alfie passiert, wenn Jasper ihn zu fassen bekommt? Wieder denke ich an die Szene vor unserer Haustür, als Jasper dem Polizeiwagen nachgelaufen ist, um den verlorenen Jungen zu trösten, wie er behauptet hat. Da ist was im Gang. Ganz klar. Jasper kennt Alfie und ist hinter ihm her.

Als Wayland G. den Knopf dreht, verstummt der klagende Mönchsgesang plötzlich, und nur der Wind und die See sind zu hören.

»Wo ist der MOB?«, grölt Wayland G. »Der Mann über Bord, wo ist er ins Wasser gefallen?«

Ich suche die See nach Alfie ab, aber es gibt keine Spur von ihm.

ALFIE

91. Kapitel

Kaltes Wasser hat mir noch nie was ausgemacht. Als ich klein war, also richtig klein, gab es mehr oder weniger nur kaltes Wasser. Wir haben uns damit gewaschen, und wenn wir uns mal ganz waschen wollten, sind wir ins Meer gesprungen.

Und im Winter, wenn das Meer so kalt war, dass man sich darin nicht mal mehr abspritzen konnte, hat Mam einen Topf mit Meerwasser neben dem Feuer erhitzt …

All meine Gedanken kehren immer wieder zu Mam zurück, selbst jetzt, als ich mit den Armen durchs eisige, trübe Meer pflüge und einen Mundvoll Salzwasser nach dem anderen schlucke.

Zur Küste ist es nicht weit, aber statt eines Zuges in ruhigem Wasser brauche ich fünf, um voranzukommen. Von den Wellen werde ich mitgerissen und immer näher an die Felsen gespült. Gleich spalten sie mir den Schädel! Wie ein wildes Tier strample ich mit den Beinen, um mehr Antrieb zu bekommen.

»Schwimm, Alve, schwimm!«

Im Kopf höre ich Mams Stimme, die mich anspornt. Aber ich kann nicht zügiger schwimmen, denn die Wellen und die Kälte haben mir die Kraft geraubt. Je schwächer ich werde, desto stärker werden sie. Verzweifelt strecke ich den Kopf aus dem Wasser, um Luft zu holen, da schlägt eine Welle über mir zusammen, und ich schlucke tonnenweise Salzwasser. Ich bekomme keine Luft mehr, bestimmt sterbe ich gleich. Wie meinen Vater vor so langer Zeit wird mich das Meer verschlingen.

Als ich untergehe, hört das Klatschen der Wellen auf. Das Tosen des Windes verstummt, alles ist still, friedlich und dunkel. Etwas berührt mich am Arm – werde ich von der Strömung über den sandigen Grund geschleift? Nicht mehr lange und ich spüre nichts mehr …

»Noch nicht, Alve«, sagt Mam. *»Noch nicht.«*

Dann wird Mams Stimme auf wundersame Weise tiefer und Rafel, mein alter Kampftrainer, spricht zu mir. Im Wasser bin ich von seiner Stimme umgeben.

»Denk dran, Alfie. Du bist am stärksten, wenn du schwach bist. Wenn dein Feind glaubt, du bist besiegt, dann schlägst du los. Finde Kraft in der Schwäche, Alfie!«

Kraft in der Schwäche.

Mit den Füßen berühre ich Grund. Meine Beine sind gebeugt; wenn ich sie strecke, kann ich mich im Sand abstoßen. Irgendwo tief in meinem Innern finde ich einen jahrtausendealten letzten Rest Kraft und ich tue es. Ich stoße mich mit aller Macht vom Grund ab. Eine halbe Sekunde später hätten sich meine Lungen mit Wasser gefüllt, und es wäre vorbei gewesen, aber so gelange ich mit dem Kopf über Wasser und nehme verzweifelt einen rasselnden Atemzug, in dem mein gesamtes Leben zu stecken scheint. Wieder schwappt eine Welle über mich, aber diesmal komme ich mit den Knien auf Grund, und mir wird klar, dass ich hier stehen kann. Ich schnappe abermals nach Luft, spucke Salzwasser aus, atme erneut ein und bin am Strand. Taumle, laufe, renne. Alles, um der teuflischen See zu entkommen.

Atme.

Huste.

Renne.

Atme.

Huste.

Renne.

Ich habe es geschafft. Noch einmal drehe ich mich zum Meer um, dem mächtigen Gegner, den ich besiegt habe.

Zwischen den Felsen steuert ein Schlauchboot auf den Strand zu, am Steuer ein Mann.

Jasper.

AIDAN

91. Kapitel

Verzweifelt lasse ich den Blick über das Wasser gleiten, schaue nach allen Seiten. Wir kreuzen auf gegen den Wind und das Schiff schlägt hart auf die steilen Wellen der Dünung.

»Da ist er!«, brülle ich.

Ich zeige zum Strand. Eine schmächtige Gestalt rennt durch die schäumende Gischt an Land. Alfie hat es geschafft.

Aber Jasper ist ihm mit dem Boot dicht auf den Fersen. Noch hält ihn die Brandung ab, doch er wird sicher bald anlegen.

Wayland G. schüttelt ungläubig den Kopf. »Verrückt«, sagt er. »Einfach verrückt.«

Unsere Jacht nähert sich einem der im Wasser treibenden Crewmitglieder. Wayland G. wirft ihm eine Rettungsleine hin.

Ich kann die Augen nicht von Alfie lösen, der sich torkelnd und taumelnd an den regennassen Strand rettet.

Im Fernsehen habe ich mal eine Tierdoku gesehen: Eine Babyantilope wurde von einer Löwin gejagt. Die kleine Antilope konnte nicht schnell genug laufen und die Löwin rückte immer näher.

Bei Alfies Anblick denke ich: *Lauf, kleine Antilope, lauf!*

ALFIE

93. Kapitel

So schnell ich kann, renne ich den Strand hinauf zur Höhle. Unserer Höhle, in der Mam und ich die Perle versteckt haben.

Dass am anderen Ende des Strands noch ein Boot im Sand liegt, nehme ich nur am Rande wahr. Daneben stehen ein paar kleine Zelte, die im Wind flattern, und ein größeres grünes aus Segeltuch.

Die Zelte müssen den Archäologen gehören, allerdings ist niemand zu sehen. Vermutlich haben sie ihre Ausrüstung und ihre Zelte auf der Insel gelassen und sind wieder zurück aufs Festland.

Stolpernd laufe ich weiter. Nicht mehr lange und ich habe die Höhle erreicht. Auf einmal muss ich mich übergeben. Ich lasse mich auf die Knie fallen und spucke das ganze Salzwasser aus, das ich noch im Magen habe. Als ich mich umdrehe, sehe ich, dass Jasper der Küste recht nahe ist. Ich kann schon seinen schwarzen Bart erkennen.

Ich laufe noch ein Stückchen weiter bis zum Höhleneingang. Es stinkt nach altem Tang, Salz und toten Meeresvögeln.

Dunkel ist es auch. Nur ein paar Schritte in die Höhle und schon kann man kaum noch was sehen. Blinzeln hilft nicht. Ich wanke vorwärts, stoße mir die Zehen an den spitzen Felsen.

Dennoch weiß ich genau, wo das Tonkästchen ist. Tief im Inneren gabelt sich die Höhle. Eines der Enden ist nur eine Armlänge tief. Ich nehme den anderen Gang. Er ist schmal und ich kann gerade so darin stehen. Er führt zu dem riesigen Felsbrocken.

Hinter dem Felsbrocken geht es noch weiter, was man aber wissen muss.

Der alte Paul wusste es. Mam wusste es. Ich weiß es.

Ich stecke den Arm in den Spalt und taste nach der Mulde im Sandstein und …

Nichts. Mein Atem geht schneller, als ich mit der Hand ringsum alles absuche. Habe ich das Kästchen runtergeworfen? Auf jeden Fall ist es nicht mehr da und eine schreckliche Angst beschleicht mich.

Dann packt mich eine kalte Hand am Arm und ich schreie auf.

Ich drehe mich zu Jasper um.

94. Kapitel

Nur, dass es nicht Jasper ist. In der Dunkelheit kann ich das Gesicht einer älteren Frau mit weißem Haar ausmachen, die mir bekannt vorkommt.

»Dachte ich's mir, dass du es bist«, sagt sie und sofort erkenne ich sie an ihrem deutschen Akzent.

Es ist Dr. Heinz, die alte Archäologin, die an unserer Schule einen Vortrag gehalten hat.

»Schnell«, flüstert sie, »komm.«

95. Kapitel

»Suchst du das?«

Wir stehen im großen Zelt. Draußen rüttelt der Wind an der Zeltplane, aber im Innern ist es ruhig, das Segeltuch taucht alles in unheimliches grünes Licht. Auf einem langen Tapeziertisch aufgereiht finden sich Kästen und Listen, Kabel, Geräte mit Skalen, Spitzkellen und Pinsel. Und auf einem gefalteten Stück Stoff liegt das Tonkästchen, die Schicht aus Talg, Kiefernharz und Bienenwachs ist im Laufe der Jahre rissig geworden.

Stumm nicke ich. »Es gehört meiner Mam. Mir, meine ich. Uns.« Ich kann die Augen nicht von dem Kästchen lassen. Ich will es mir nehmen, aber Dr. Heinz stellt sich mir in den Weg und sieht mich durchdringend an.

»Es ist unfassbar. Aber ist es wahr?« Sie neigt den Kopf hin und her, um mich aus jedem Winkel anzuschauen. »So wie du in der Schule gesprochen hast. Da habe ich mich schon … gefragt.«

Darauf sage ich nichts, aber ich zittere am ganzen Körper, meine Zähne klappern laut.

»Ach, du Ärmster, du frierst ja! Hier!« Von einem Stapel mit Decken reicht sie mir eine und ich schlinge sie fest um mich.

»Dein Lehrer hat mir von dir erzählt und was Schlimmes passiert ist. Und da habe ich … ein wenig recherchiert. Den Brand.« Ihr Blick bleibt kurz an meinem Verband an der Hand hängen. »Es tut mir so leid. Ich habe auf Webseiten und in offiziellen Datenbanken gesucht. Ich habe herausgefunden, dass du und deine Mutter, Gott hab sie selig, schon lange, lange in dem Haus gelebt habt, ja?«

Ich nicke und lasse mich auf einen Campingstuhl fallen. Ich bin erschöpft. Kann nicht mehr lügen.

»Die Legende von den Nimmertoten. Fast schon vergessen … Aber in den Aufzeichnungen eines alten Bischofs aus Durham gab es einen Hinweis.«

»Walter«, sage ich seufzend.

»Du kanntest ihn?«

Ich zucke die Achseln und denke an den alten Paul. »Nicht persönlich. Aber ich weiß, wer es ihm gesagt hat.«

Von draußen ruft jemand: »Alfie! Alfie!«

Dr. Heinz schnappt nach Luft. »Ist da noch jemand?«

»Schh!« Wir verhalten uns still.

»Alfie! Ich will dir nichts tun! Komm raus!«

Durch den Spalt in der Zeltöffnung sehe ich Jasper, der vollkommen durchnässt vor der Höhle auf und ab geht und hineinruft. Aus der Höhle schallt ihm ein schwaches Echo entgegen.

»Alfie! Wo bist du?«

Du … du …, echot es.

Dann hält er inne und sieht sich um, bis sein Blick schließlich auf die Zelte fällt. Ich weiche vom Eingang zurück und drehe mich zu Dr. Heinz um.

»Er kommt! Verstecken Sie das Kästchen!«

Lautlos bewegt sie sich durchs Zelt, schiebt das Kästchen unter eine Decke am Boden und steht wieder kerzengerade, als sich jemand an den Schnüren der Zeltklappe zu schaffen macht. Jaspers triefender, bärtiger Kopf drängt sich herein, im grünen Halbdunkel funkeln seine Augen wild, und die langen, viel zu weißen Zähne sind zu einem Grinsen gebleckt, als wollte er gleich zubeißen.

»Hallo, Alfie!«, sagt er.

AIDAN

96. Kapitel

Minuten später, so kommt es mir jedenfalls vor, nehmen wir schon wieder Kurs auf den Hafen von Amble. Mit »wir« meine ich mich, Wayland G. und die anderen beiden Rettungsmänner, die dank Jasper ein unfreiwilliges Bad genommen haben. Das Rettungsboot haben wir im Schlepptau.

Am Steuer unseres Boots gibt Wayland G. das Kommando, die Segel einzuholen, dann startet er den Motor, um leichter in den Hafen einzufahren. Zu mir ist er nicht gerade nett. »Los, runter mit dir in die Kajüte. Und da bleibst du, bis ich's dir sage«, knurrt er. Der Sturm scheint sich zu legen. Jedenfalls hat es aufgehört zu regnen.

Ich höre Wayland G. mit den anderen reden.

»Lass uns zusehen, dass wir den Hubschrauber aus Bamburgh bekommen … Junge in Gefahr … Diebstahl eines Rettungsboots Ihrer königlichen Majestät …«

Wayland G. kommt die Stufen zu mir herunter und funkelt mich böse an. »Funktioniert das Ding hier?«, fragt er und zeigt auf das Radio.

»Ich … ich weiß nicht.«

Er schaltete es ein und wieder erschallt die Mönchsmusik.

»Hallelujah!«

Wayland G. flucht leise und dreht es ab. »Bringt jetzt auch nichts mehr zu funken. In zwei Minuten laufen wir im Hafen ein.« Mürrisch sieht er mich an. »Ich kann nur für dich hoffen, dass du für alles eine gute Erklärung hast, mein Junge.«

Ich schlucke.

Eine Erklärung habe ich schon, aber ob andere die »gut« finden, bezweifle ich.

Am Anleger wartet schon ein Polizeiauto auf uns. Eine kleine Menschentraube hat sich gebildet. Als ich von Bord gehe, tritt eine Polizistin auf mich zu und fasst mich sanft am Arm.

»Komm, junger Mann. Ab ins Auto mit dir.«

97. Kapitel

Zur Polizeiwache in Amble sind es höchstens zweihundert Meter. Es ist ein neuer Flachdachbau in der gleichen Farbe wie der Sandstrand hier. Drinnen riecht es frisch gestrichen.

Ich höre Roxy telefonieren.

»Weiß ich nicht, Mum … Das weiß ich doch auch, Mum, bloß … ja, Mum … bestimmt ist er jetzt auch hier … Tschüss, Mum, hab dich lieb.«

Man bringt mich in einen schmucklosen Raum mit einem Schreibtisch, einem niedrigen, hellen Sofa und cremefarbenen Wänden. Roxy springt vom Sofa auf. Bei ihr sitzt eine Frau in Zivil mit einem Notizbuch in der Hand.

»Aidan!«

Roxy stürmt auf mich zu und schlingt die Arme um mich. Damit habe ich so gar nicht gerechnet, deshalb stehe ich da wie ein Depp und lasse mich von diesem winzigen Mädchen drücken. »Ich habe mir solche Sorgen gemacht! Ich dachte schon, ihr wärt gekentert und ertrunken!«

Ein wenig seltsam benimmt sich Roxy schon. Was hat sie nur?

»Hab ich dir nicht gesagt, du sollst aufpassen?«, fragt Roxy.

Und dann kapiere ich es. Sie schauspielert. Wieder. Als ich mich hinunterbeuge, um ihre Umarmung zu erwidern, flüstert sie mir ins Ohr.

»Du hast auf dem Boot deines Onkels nur ein wenig Blödsinn gemacht. Alles ein Missgeschick.«

Mehr Zeit bleibt uns nicht, sonst wird die Frau auf dem Sofa noch misstrauisch. Sie steht auf.

»Aidan.« Sie klingt ernst. »Ich bin Detective Sergeant Simm und du hast uns hier einiges zu erklären.«

An dieser Stelle möchte ich euch noch einen Tipp geben: Wenn ihr üben wollt, überzeugend zu lügen, sucht euch dafür nicht gerade einen Polizisten aus. Einmal sind die geübt im Entlarven von Lügnern und außerdem – sollte man sowieso immer die Wahrheit sagen.

So und jetzt kommt die dicke, fette Lüge, die ich der Polizei aufgetischt habe:

Ich sitze in einem Raum mit einem uniformierten Beamten und Detective Sergeant Simm. Allem Anschein nach bin ich nicht »verhaftet«. Ich soll bloß »Fragen beantworten«.

Wir hätten Lust auf ein Abenteuer gehabt, sage ich.

Hätten den Bus nach Amble genommen.

Während Roxy gebadet habe, hätten Alfie und ich uns mal auf Onkel Jaspers Boot umgesehen.

Wir hätten es vom Anleger losgemacht, um ein bisschen im Hafen rumzuschippern, und seien dann vom Wind abgetrieben worden.

Und dass Onkel Jasper in der Kajüte seinen Rausch ausschlief, hätten wir nicht gewusst.

Nein, das klingt nicht überzeugend.

Wayland G. und seine Männer werden eine vollkommen andere Geschichte erzählen. Die wahre Geschichte von einem Jungen, der von Bord der Jacht in die stürmische See gesprungen ist und von einem bärtigen Irren, der die freiwilligen Helfer der Küstenwache attackiert und ihr Rettungsboot gestohlen hat …

Und dann muss ich mich gleich auch noch mit Mum und Dad rumschlagen, die zusammen mit Precious Minto auf dem Weg hierher sind. Das wird ein harter Brocken. Mir ist jetzt schon schlecht.

»Kann ich bitte ein Glas Wasser haben?«, frage ich. Detective Sergeant Simm verlässt das Zimmer und ich bleibe allein mit dem Beamten zurück.

Keiner von uns sagt was, in der Stille höre ich einen Hubschrauber über uns.

»Is' aus Bamburgh gekommen«, sagt der Polizist. »Die holn deinen Freund.«

ALFIE

98. Kapitel

Aus dem Regen ist leichter Niesel geworden. Dr. Heinz hat die Zeltklappen geöffnet, um Licht hereinzulassen. An einem Holztisch in einem Zelt auf einer winzigen, windumtosten Insel sitzt mir Jasper auf einem Campingstuhl gegenüber wie zu einer geselligen Teerunde. Was sollen wir aber auch anderes machen? Gegen ihn kämpfen?

Ewig lange sagt keiner was. Endlich holt Jasper tief Luft: »Ist eine Weile her, Alve.«

»Das kann man wohl sagen.« Ich versuche, »cool« zu bleiben, doch in mir tobt ein Sturm, so heftig wie der, den wir gerade erlebt haben.

Er verschränkt die Hände wie zum Gebet. »Eine sehr lange Weile, um zu finden, was rechtmäßig meins ist.«

»Ihrs?«

Er nickt. »Allerdings. Bis dein Vater es mir gestohlen hat.«

Damit habe ich nicht gerechnet. »Er hat es im Kampf gewonnen«, sage ich mit Nachdruck.

Jasper zuckt die Achseln. »Ist doch das Gleiche. Er und seine … seine Bande haben mich und meine Männer angegriffen.

Ich habe überlebt, aber er hat den größten Schatz an sich genommen. Für mich ist das Diebstahl.«

Ist das die Geschichte, die Mam mir erzählt hat?

»Sie und Ihre Männer haben ein schutzloses Dorf überfallen und mein Vater hat es mutig verteidigt. Und wenn Sie noch am Leben sind, dann, weil mein Vater Gnade vor Recht ergehen lassen hat. Dafür sollten Sie dankbar sein.«

Dr. Heinz unterbricht uns. »Moment! Moment! Wann war das?« Jasper und ich drehen uns zu ihr um. Wir haben wohl beide vergessen, dass sie auch noch da ist.

»Vor etwa elfhundert Jahren«, entgegnet Jasper gelassen. Dr. Heinz schnappt nach Luft. »Ich habe schon seit geraumer Zeit den Verdacht, dass die Lebensperle hier auf Coquet Island liegt. Aber ich wusste nicht, wo genau. Und gesucht habe ich, das kannst du mir glauben. Alle paar Jahrzehnte kam ich zurück. Dich und deine Mutter habe ich aus den Augen verloren und dachte schon, die Perle wäre für immer verloren. Dass ihr sie vielleicht genommen hättet. Dass ihr beide vielleicht tot wärt.«

»Und dann haben Sie mich gefunden.«

»Ich habe eine Frau gefunden. Die hatte einen Neffen. Der hatte einen Freund. Dich.«

Wieder entsteht eine lange Pause, dann drehen wir uns alle fast gleichzeitig zur Zeltöffnung um. Vom Himmel ertönt ein leises Flapp, Flapp, Flapp.

»Ein Hubschrauber«, sagt Dr. Heinz.

Sicher landet der bald. Die Polizei kommt und … wer weiß, was dann ist?

Das ist meine einzige Chance und mein Blick wandert zum Tonkästchen.

Ein großer Fehler.

»Ist es da?«, raunt Jasper. »Der Klumpen unter der Decke?« Er steht auf, zieht die Decke in einer einzigen geschmeidigen Bewegung fort und packt das Kästchen mit beiden Händen.

»Halt!« Dr. Heinz springt auf.

»Oder was, alte Dame?« Mit gierigem Blick weidet er sich an dem Kästchen, ohne sie auch nur anzusehen.

»Jasper, bitte!«, sage ich. »Handeln Sie nicht vorschnell. Sie sind schon ein Mann. Ich hatte nie die Möglichkeit, älter zu werden.« Ich flehe ihn regelrecht an.

»Als mich dein Vater bestohlen hat, waren noch fünf *livperler* übrig. Dein Vater nahm eine, deine Mutter auch und du. Sollten dann nicht noch zwei übrig sein? Damit hätte jeder eine genommen.«

Mir schnürt sich die Kehle zusammen.

»Aber du hast eine verschwendet, nicht wahr? Du hast eine an eine Katze verschwendet!«

Ich ringe nach Luft. »Das war ein Unfall!« Ich bin den Tränen nah. »Ich war noch jung, war … dumm.«

»Das warst du, Alve. Das warst du wirklich.«

»Woher wissen Sie das? Das mit der Katze?«

Jasper grinst. »Ich wusste es nicht. Du hast es gerade zugegeben. Man erzählte sich Geschichten über eine Frau, ihren Sohn und ihre Katze. Da habe ich eben zwei und zwei zusammengezählt.« Er hält inne und zischt: »Eine Katze? Einer, der so dämlich ist, hat es nicht besser verdient.« Ihm steht eine wahnsinnige Wut im Gesicht.

Ohne Vorwarnung zerschmettert er das Tonkästchen auf dem Tisch. Dr. Heinz stößt einen kleinen Schrei aus.

In dem dicken Büschel Schafswolle liegt eine kleine Glasperle. Die letzte Lebensperle der Welt.

»Könnt ihr euch vorstellen, was die wert ist?« Mit seinen langen knochigen Fingern zerrt Jasper die Wolle auseinander. »Ich werde ein Vermögen verdienen!«

Mir fällt die Kinnlade runter. »S-Sie wollen sie nicht für sich selbst?«

Jasper verzieht die Lippen zu einem krankhaften Grinsen. »Ich werde sie ganz sicher nicht benutzen. Hast du den Verstand verloren, kleiner Mann? Mit moderner Technik lässt sich die Flüssigkeit problemlos analysieren. Vor uns liegt ein Geheimnis, das tausend Jahre verschollen war. Den Tod überlisten, verstehst du? Die Macht, ewig zu leben.« In seinen Augen liegt ein irrer Blick.

Dr. Heinz schüttelt den Kopf und sagt leise: »Wir sind nicht dafür bestimmt, ewig zu leben. Es widerspricht … widerspricht allem.«

Jasper dreht sich zu ihr um und sagt mit gespielter Überraschung: »Oh! Sie sind auch noch da? Warum?«

Den Bruchteil der Sekunde, den er abgelenkt ist, nutze ich, und schnappe mir die Perle. Bevor er nach meiner Hand greifen kann, habe ich die Perle schon im Mund. Entsetzt reißt er die Augen auf. Ich will die Perle runterschlucken, aber ich kann nicht. Von dem Salzwasser, dem Spucken und Husten ist meine Kehle trocken und geschwollen.

»NEIN! Du kleiner Teufel!«

Mit beiden Händen packt er mich am Hals. »Spuck sie aus, du Sohn eines Feiglings! Würg sie aus! Ich bringe dich um, du kleines Aas, so wie ich deinen Vater umgebracht habe!«

Ich bekomme es mit der Angst. Mit seinen kräftigen Händen drückt er mir die Kehle schmerzhaft zu. Hat er gerade gesagt, dass er meinen Vater umgebracht hat?

Ich ringe nach Luft, mein Kopf ist wie Watte und die Worte springen darin umher. Aus dem Augenwinkel sehe ich, wie Dr. Heinz mit der Spitzhacke ausholt und Jasper einen übermächtigen Schlag auf den Hinterkopf verpasst.

Im Film würde man an dieser Stelle ein Splittern oder Klirren hören, wenn die Waffe aus Metall ist. Aber ich kann euch versichern, im echten Leben rumst es nur einmal laut.

Auch würde der Empfänger eines solchen Schlags im Film bewusstlos zu Boden sinken.

Er würde nicht wie Jasper »Auuuu! Du dreckige, alte Hexe!« brüllen.

Wütend fährt Jasper zu Dr. Heinz herum, aber die hält ihn mit der Spitzhacke, die sie wie einen Speer auf ihn richtet, auf Abstand. Den Moment nutze ich, stürme aus dem Zelt und den Strand hoch. Über einen schmalen Pfad direkt am Steilufer gelangt man zu der trockenen Grasebene oberhalb der Klippen. Ich kraxle ihn hinauf, um Jasper abzuschütteln, doch er folgt mir unter Flüchen, in einer Sprache, die ich noch nie gehört habe.

Er war es. Auf der Knorr. Der Mann mit dem Bart, der mich angeschrien hat. Und der Da über Bord gestoßen hat. Auch wenn ich schon keuche, darf ich nicht stehen bleiben.

»Wenn's sein muss, schneid ich dir das Gesicht auf, du Hundsfott!«

Im Licht glitzert die lange Klinge seines Messers, und ich zweifle keinen Moment, dass er meint, was er sagt.

Über uns kreist der Hubschrauber. Ich muss mir diesen Jasper nur so lange vom Leib halten, bis der Hubschrauber im Gras gelandet ist. Wie lange wohl noch? Eine Minute?

Auf dem Weg nach oben brechen unter meinen nackten Füßen immer wieder Felsstücke ab. Jasper ist größer, stärker und musste nicht bei Sturm an Land schwimmen.

Ich lasse nach und er kommt näher.

Drei Schritte, zwei …

Als ich nach einem Grasbüschel oben am Klippenrand greife, spüre ich schon Jaspers Hand um meinen Knöchel, die mich nach unten zerrt.

»Nein! Lassen Sie mich los!« Die Perle springt mir aus dem Mund. Im hohen Bogen fliegt sie durch die Luft und prallt auf einen Felsen. Von dort rollt sie den Pfad hinunter und bleibt knapp außerhalb meiner Reichweite liegen. Verzweifelt strecke ich meinen freien Arm danach aus, aber ich komme nicht ran.

Jasper hat die Perle auch gesehen, aber er kann sie ebenso wenig erreichen. Inzwischen habe ich eine dicke Wurzel zu fassen gekriegt und rutsche nicht weiter runter.

Und so verharren wir eine Weile. Ich mit einer Hand an der Wurzel, das Gesicht an die Klippenwand gepresst und Jasper an meinem Knöchel hängend. Er sucht vergeblich mit den Füßen Halt. Ein Fehltritt und schon stürzen wir beide in den Abgrund.

»… so wie ich deinen Vater umgebracht habe!«

Kümmert es mich, wenn er stirbt?

Ich spüre, wie die Wurzel allmählich nachgibt und wir beide langsam an der Klippenwand runterrutschen.

»… so wie ich deinen Vater umgebracht habe!«

Die Worte hallen in mir wider wie das Echo in der Höhle.

Kümmert es mich, wenn ich mit ihm sterbe?

Als ich mich endlich traue hinunterzuschauen, hat Jasper sich das Messer zwischen die Zähne geklemmt, um sich mit der anderen Hand auch noch meinen zweiten Knöchel zu schnappen. Sein Gewicht zieht mich immer tiefer runter, gleich ist alles vorbei.

Panisch versuche ich, mich mit den Fingern in der losen Erde neben der Wurzel festzukrallen, aber es bringt nichts, ich rutsche ab. »Nein!«, brülle ich, da greift auf einmal jemand meinen Daumen und packt dann das Handgelenk meiner verbundenen Hand. Der Schmerz geht mir durch und durch, aber vor lauter Angst schreie ich nicht mal.

»Ich habe ihn!«, höre ich von oben. »Los, mein Junge. Ich habe dich!« Ich schaue in das Gesicht eines Mannes, Polizist, Soldat, Mitglied der Küstenwache? Keine Ahnung, aber ich werde auseinandergerissen: Jasper zieht an meinen Füßen und der Mann hat inzwischen meine beiden Handgelenke gepackt. Das Gewicht von mir und Jasper befördert ihn womöglich auch noch über die Klippenkante.

Mit einem entschlossenen Tritt befreie ich einen Fuß. Nun hängt Jasper nur noch mit einer Hand an mir, versucht hektisch, mit den Füßen Halt auf dem steilen, steinigen Pfad zu finden.

Zu sehr kann ich nicht strampeln, sonst fällt der Helfer über den Rand, und wir stürzen zu dritt ab, also trete ich stattdessen mit dem Fuß so lange immer wieder gegen die Felswand, bis Jasper fluchend meinen Knöchel loslässt.

Aber er stürzt nicht. Wie eine Spinne, die Zehen auf kleinen Grasbüscheln, hängt Jasper keuchend an der Klippenwand und sieht panisch zu mir herauf, während ich nach oben gezogen werde.

»Hilf mir!«, schnauft er.

Mein Retter vergewissert sich kurz, dass ich in Sicherheit bin, dann wendet er sich Jasper zu. Ein weiterer Mann kommt vom Hubschrauber angelaufen, aber bis er bei uns ist, ist es für Jasper zu spät.

Ich lege mich an den Rand der Klippe, die Steine und das scharfe Gras schneiden mir in die Brust, dennoch strecke ich den Arm nach Jasper aus. Ich kann ihn nicht abstürzen lassen. Mörder oder nicht, ich lasse niemanden sterben.

»Nein! Geh zurück!«, brüllt mein Retter, aber Jasper reckt sich schon nach mir …

Reckt … streckt sich …

Auf einmal wandert sein Blick von mir zur Lebensperle, die in einer kleinen Felsspalte steckt. In Jaspers Augen lodert die Gier auf.

»Nein, Jasper, da kommen Sie nicht ran!«, rufe ich. »Nehmen Sie lieber meine Hand!«

Einen Augenblick lang glaube ich, dass er auf mich hört. Aber dann zieht er mit einem Ächzer das Messer aus dem Mund und löst damit die Lebensperle aus der Spalte. In einer einzigen Bewegung lässt er das Messer fallen und packt die Lebensperle mit der Faust. Gleichzeitig verliert er das Gleichgewicht und kippt nach hinten. »Ah … nein … ah … nein …«, krächzt er.

Mein Retter und ich hängen nun beide über dem Klippenrand und versuchen, ihn zu packen. Jasper streckt die Hand nach mir aus, unsere Handflächen berühren sich und ich spüre die Lebensperle. Gibt er sie mir? Schwer zu sagen. Unsere Blicke treffen sich, aber ich bekomme seine Hand nicht richtig zu fassen, seine Finger entgleiten mir.

Das ertrage ich nicht. Ich kneife die Augen zusammen, als er fällt. Er schreit nicht mal.

Dann ertönt ein scheußlich dumpfer Schlag, als er unter uns auf die Felsen prallt.

Über mir stehen zwei Männer, die mich nun sicher nach oben ins Gras hieven.

Ich zittere, bibbere, bebe, schluchze und schnappe immer wieder nach Luft, während mich mein Retter in den Arm nimmt und wiegt wie Mam.

Meine Fäuste sind geballt und in einer spüre ich die Glasperle.

Mein Retter hält mich fest und sagt immer wieder: »Schh, alles gut, Junge, schh, alles wird gut.«

Und zum ersten Mal, seit Mam tot ist, glaube ich es auch.

99. Kapitel

Der Hubschrauber bringt Jasper ins Krankenhaus nach Cremlington. In einer Stunde wollen sie wiederkommen. Ich bleibe mit Dr. Heinz zurück, die uns auf ihrem kleinen Campingkocher eine Dose Suppe warm gemacht, mir den Verband am Arm gewechselt, die Kratzer auf meiner Brust mit ihrem Erste-Hilfe-Kasten versorgt und mich in eine Decke gewickelt hat. Und die ganze Zeit über halte ich die Lebensperle fest in meiner Hand. Ich weiß nicht, ob sie es merkt.

Dr. Heinz und ich schlürfen auf Campingstühlen sitzend schweigend unsere Suppe. Mir ist nicht nach Reden, und ich denke, sie versteht das.

Als auf einmal ihr Handy klingelt, erschrecke ich mich richtig. Dr. Heinz verlässt das Zelt, aber trotzdem verstehe ich jedes Wort.

»Ah! Prudi, meine Liebe … Gut, ich habe jetzt nicht so richtig Zeit, weil ich gerade Besuch habe, aber ich erzähle dir bald alles in Ruhe. Es war ein sehr aufregender Morgen …«

Muss die Frau sein, mit der sie zusammenlebt. Dann folgt eine Pause, in der Dr. Heinz wohl zuhört, und dann:

»Ach, Gottchen! Wo? Das arme kleine Kätzchen … frisst sie denn? Nein? Kaum noch Zähne? Ach, schade! Das ist wirklich schade … dann ja, da hast du recht, Liebes, vielleicht ist es das Beste …«

Ich springe auf, werfe die Decke von mir und verschütte Suppe über den sandigen Zeltboden, als ich nach draußen stürme. Es waren die Zähne. Wie vielen Katzen fehlt wohl die Hälfte der Zähne?

»Das muss Biffa sein!«, schreie ich. »Geben Sie mir mal das Telefon!« Ohne abzuwarten, schnappe ich es mir und brülle fast in den Höhrer: »Ist sie schwarz und hat weiße Flecken am Hals?«

Am anderen Ende der Leitung erklingt Prudis erstaunte Stimme: »Ähm … ja, hat sie. Wer spricht denn da bitte?«

»Entschuldigen Sie, ich heiße Alfie Monk, und ich glaube, Sie haben meine Katze gefunden.«

»Ja, nur … nur sie ist sehr schwach. Tut mir leid, aber ich glaube nicht, dass sie überleben wird. Das Beste, was man jetzt machen kann …«

»Nein! Nicht einschläfern! Sie ist fast tausend Jahre alt.« Was Prudi von meiner letzten Behauptung hält, weiß ich nicht, aber sie spricht ganz freundlich weiter.

»Alfie, mein Lieber, sie frisst nicht. Es ist hoffnungslos.«

»Krabben«, sage ich. »Alles mit Krabben. Das ist ihr Lieblingsessen. Krabben aus der Dose, frische Krabben, Krabbenpaste … alles!«

»Ich … ich gebe mein Bestes, Alfie, aber viel Hoffnung habe ich …«

Ihre letzten Worte werden von dem Flapp, Flapp, Flapp des

Hubschraubers übertönt, der uns zurück zum Festland bringen soll.

Als wir in den Hubschrauber steigen, beugt sich Dr. Heinz über mein Ohr und ruft über den Lärm hinweg: »Dein Geheimnis ist bei mir sicher, Alfie.« Damit drückt sie meine Schulter. Und den ganzen Flug über lächelt sie in sich hinein, genießt das Abenteuer.

Ich schaue aus dem Fenster. Unter uns schießen die Papageientaucher durch die Luft, und als ich mein Spiegelbild in der Scheibe sehe, bin ich überrascht, dass auch ich lächle.

100. Kapitel

Fragen.

Leute.

Leute und Fragen. Alle wollen wissen, was passiert ist.

Kann man ihnen ja auch nicht übelnehmen, nur dass die Wahrheit wohl keine gute Idee wäre.

Aidans Eltern, Libby und Precious Minto sind in Mrs Mintos altem Ford Fiesta gekommen. Sangeeta und Dr. Heinz auch und alle sind wir in der kleinen Polizeistation in Amble versammelt.

Keiner weiß so recht, wie es weitergehen soll.

Aidan bleibt bei der Version, dass Jasper ein wenig durchgedreht ist, als er uns auf dem Boot entdeckt hat. Und Jaspers Anruf bei der Küstenwache, dass er in der Kajüte eingesperrt sei, tut er als »Witz« ab. Jasper liegt im Krankenhaus im Koma und kann nichts zu der Diskussion beisteuern.

Bislang hat niemand Roxy mit dem Anruf bei der Küstenwache wegen ihres vermissten Vaters auf dem Surfbrett in Verbindung gebracht.

Ich erzähle, dass Jasper so sauer war, dass wir heimlich auf sein Boot sind, dass er mich bis auf die Insel und die Klippe hinauf verfolgt hat, wo er gestolpert und aus zehn Metern Höhe auf die Felsen gestürzt ist.

Klingt das einleuchtend?

Sicher ist es glaubhafter als die Wahrheit. Außerdem fällt es mir schwer, an was anderes zu denken als an Biffa.

Dr. Heinz gibt sich völlig verwundert und trägt ihren deutschen Akzent extra dick auf, um noch verwirrter zu wirken. Ich glaube, sie will mich damit vor weiteren Fragen schützen.

»Was is da los?«, fragt sie immer wieder. »Ich saß friedlich in meinem Zelt und da ging all das Theater mit dem Hubschrauber los. Ach, Gottchen …«, und so weiter.

Ich vertraue ihr.

Wir werden alle immer wieder von der Polizei verhört. Mir hat man was zum Anziehen gegeben, die Lebensperle ist sicher in meiner Hosentasche. Während einer Verhörpause schaue ich aus dem Fenster und mache mir um Biffa Sorgen, als Sangeeta kommt und sich neben mich aufs harte Sofa setzt.

»Ich glaube dir kein Wort, Alfie«, murmelt sie. »Ich weiß zwar nicht, was hier vor sich geht, aber ich bin felsenfest davon überzeugt, dass du mir nicht die ganze Wahrheit sagst. Oder überhaupt auch nur einen Teil davon.«

Ich schaue sie an, schaue sie richtig an und sie tut mir leid. Sangeeta war eigentlich immer nett. Ich nicke. »Verstehe ich.«

Sie lacht leise. »Du verstehst das! Ich glaube, du verstehst eine Menge, Alfie.«

»Können wir bald los, Sangeeta? Ich muss nach meiner Katze sehen.«

101. Kapitel

Eine Stunde später trifft Inspector MacAllan, die Hauptkommissarin, ein. Weil es ihr freier Tag ist, erscheint sie in Zivil. Sie entscheidet, dass heute keiner verhaftet wird und alle bis zur Untersuchung auf freien Fuß gelassen werden.

Wie sich herausstellt, war Jasper Hooke der Polizei hier bekannt, aber weswegen weiß ich nicht. Zumindest bekannt genug, dass Inspector MacAllan geneigt ist, uns zu glauben.

Um sieben sind wir auf dem Heimweg.

Offenbar vertragen Handys kein Wasser, was mich wundert, wo ihr sie doch alle dauernd benutzt. Jedenfalls steckte meins in den Shorts, als ich ins Wasser sprang, und ist nun hinüber.

Ich wende mich Sangeeta zu, die am Steuer sitzt und sehr schweigsam ist. »Kann ich mal dein Handy leihen, Sangeeta? Ich würde gerne eine SMS schreiben.«

»Wem willst du denn schreiben?«

»Ach, bloß Roxy.«

Sangeeta entsperrt ihr Handy und reicht es mir. Es ist ganz anders als meins, aber schließlich gelingt es mir, einen Text zu verfassen:

Liebe Roxy,
bitte komme doch heute Abend um acht mit Aidan zu Dr. Heinz.
Herzliche Grüße
Alfie

Nachdem ich auf SENDEN gedrückt habe, vergewissere ich mich wohl zum tausendsten Mal, dass die kleine glatte Lebensperle wohlbehalten in meiner Hosentasche steckt.

102. Kapitel

Ich rechne damit, dass das Haus nach Katzen riecht, tut es aber nicht. Dr. Heinz begrüßt uns drei an der Tür.

»Sollte … sollte Alfie nicht allein nach seiner Katze sehen? Sonst stören wir sie noch«, sagt sie zu Roxy und Aidan.

Ich schüttle den Kopf. »Meine Freunde gehören auch dazu, Dr. Heinz.«

»Ach, nenn mich Susi. So nennen mich hier alle!«

Und dann gehen wir hinein. In einem Hinterzimmer steht ein Katzenkörbchen und in dem liegt eine Katze. Meine Katze. Meine und Mams Katze. Abgemagert mit kahlen Stellen im Fell und krummem Schwanz … aber es ist eindeutig Biffa.

Und sie lebt. Prudence hat sie halb verhungert in der Gasse neben dem Haus gefunden. Neben Biffa steht ein leerer Napf. Sofort lasse ich mich auf die Knie fallen und vergrabe den Kopf in ihrem Hals. Biffa zuckt mit der Schwanzspitze und gibt ihr eigentümliches Maunzen von sich.

»Du hattest recht mit den Krabben.« Prudi steht hinter mir und lächelt ergriffen. »Sie hat alle aufgefuttert.«

Ich möchte mich bedanken. Möchte irgendwas sagen, aber

wenn ich das tue, fange ich an zu weinen. Aus Kummer um alles, was geschehen ist, was Biffa durchmachen musste, und vor Glück, dass ich sie jetzt wiederhabe, und vor Erleichterung …

Einfach alles.

Ich schaue auf und grinse die anderen breit an, um die Tränen zu unterdrücken, dann vergrabe ich wieder den Kopf in Biffas Fell, das nach Holzrauch und Höhle und Schiffsteer und Gischt und Jahrhunderten mit Mam riecht. Ich kraule Biffa hinter den Ohren und sage ihr in unserer alten Sprache immer wieder, wie sehr ich sie vermisst habe.

Keine Ahnung, wie lange ich dort gesessen habe, aber als ich das nächste Mal aufschaue, sind Susi, Prudi, Roxy und Aidan verschwunden. Nur ich und Biffa, der tausendjährige Junge und die tausendjährige Katze, sind noch da. Und nun bleibt mir nur noch eine Sache zu tun, und ich weiß auch schon, wie ich es machen werde.

103. Kapitel

Die Leute in der U-Bahn schauen nicht mal auf, als ich mit einem Rucksack voller Brennholz und einer Transportbox mit einer Katze einsteige.

Alle starren bloß auf ihr Handy, anscheinend macht man das heute so. Vor einer Weile wäre ich noch froh gewesen, wenn niemand Notiz von mir genommen hätte, jetzt bin ich nicht mehr so sicher. Nach ein paar Haltestellen hole ich selbst mein Handy heraus. (Sangeeta hat mir ein neues gekauft und es spielt auch Videos ab!)

Mam wäre sicher überrascht, dass die Leute heute so schnell an Orte kommen, die früher einen ganzen Tagesmarsch oder mehr gekostet hätten.

Immer ist sie bei mir, meine Mam. Nicht nur im Kopf und im Herzen, sondern auch auf meinem Handy. Roxy hat mir eine »digitale Kopie« von dem Video überspielt, das sie heimlich bei unserer ersten Begegnung gemacht hat. Mams Stimme, ihr Gesicht, ihre Hände, unser altes Haus, alles ist drauf. Als ich es das erste Mal gesehen habe, hat es mich traurig gemacht, aber nun bringt es mich zum Schmunzeln.

Die Bahn rattert vor sich hin. South Gosforth, Ilford Road, West Jesmond … An der Wand hängt ein Plan mit dem Linienverlauf, ich zähle die Haltestellen ab. Noch sechzehn Stationen. In Newcastle steigen eine Menge Leute ein und aus, danach fahren wir eine lange Zeit unter der Tyne durch.

Tine, denke ich.

Nicht mehr lange, denke ich und schaue mir dabei auf dem Handy Mams Bild an. Der junge Mann mir gegenüber guckt so komisch. Habe ich es etwa laut gesagt? Und wenn schon.

Pelaw, Hebburn, Jarrow. Lächelnd denke ich an Johannes und den alten Paul. Nun fahren wir auf der Südseite der Tine Richtung Meer. Eine Haltestelle heißt Bede, benannt nach dem berühmten Geschichtsschreiber Beda. Mir hat einmal ein alter Mönch erzählt, dass sein Ururgroßvater ihn noch gekannt hat. Bei dem Gedanken muss ich kichern und der Mann mir gegenüber schaut wieder so komisch, wahrscheinlich hält er mich jetzt für vollends verrückt.

Schließlich erreichen wir die Endstation, den Ort, wo alles seinen Anfang nahm: South Shields.

Natürlich hieß es damals nicht so. Wahrscheinlich hatte es vor tausend Jahren noch gar keinen Namen.

Ich komme mit Biffa aus der U-Bahn-Station und sehe mich um. Seltsam, dass ich in tausend Jahren nicht einmal wieder hier war. *Mann, hat sich das verändert!,* denke ich und muss dann über mich selbst lachen. So richtig laut. Der Mann aus der Bahn geht kopfschüttelnd an mir vorbei. Egal.

Nichts als Häuser und Geschäfte hier, wie überall heute.

Der Strand verändert sich nicht und auch nicht die Klippen. Sobald ich da bin, werde ich die kleine Höhle, in der mein Abenteuer begann, erkennen. Also laufe ich oberhalb der Steilküste nach Süden, und als ich über die glatte eisengraue See schaue, stelle ich mir vor, wie ich damals als Elfjähriger mit Mam hergekommen bin. Über mir schweben die Seemöwen und die Dreizehenmöwen fliegen ihre Brutplätze in den Klippen an. Durch einen entfernt vorbeisausenden Wagen werde ich wieder zurück ins 21. Jahrhundert katapultiert.

Mein Rucksack schneidet mir in die Schultern und Biffa wird auch immer schwerer, aber das macht mir nichts aus. Ich laufe weiter bis zu einer kleinen runden Bucht, die aussieht, als hätte ein Riese einen Happen aus der Küste gebissen. Heutzutage gelangt man über eine Steintreppe an den Strand hinunter, Mam und ich mussten unsere Habseligkeiten damals über einen steinigen Pfad nach unten schleppen.

Obwohl es Sommer ist, liegt die Bucht verlassen da. Die Höhle ist unverändert, doch es gibt Anzeichen dafür, dass Menschen hier gewesen sind, in der Hauptsache leere Bierdosen.

Ich lasse Biffa aus ihrer Transportbox. Normalerweise würde sie gleich alles auskundschaften, aber sie schnuppert nur ein bisschen und trottet dann hinüber zum Felsregal, wo sie es sich vor so vielen Jahren bequem gemacht hatte.

Erinnert sie sich etwa noch? Aber wenn ich mich an alles erinnere, dann Biffa vielleicht auch. Laut maunzend legt sie sich hin und sieht mir zu.

Aus dem Rucksack nehme ich das Holz, einen Anzünder und Streichhölzer. Eigentlich hatte ich vor, es auf die althergebrachte Art zu tun. Mit den Gläsern meiner Brille hätte ich wie mit einer Kristalllinse ein Feuer entfachen können, aber die Sonne liegt heute hinter einer weißen Wolkendecke.

In Nullkommanichts brennt das Feuer.

In der Vordertasche meines Rucksacks befindet sich ein kleines quadratisches Gerät, ein winziger batteriebetriebener Beamer, den Roxy im Müll gefunden hat. Vorne ist ein dicker Kratzer drauf und der Ton funktioniert nicht mehr, deshalb ist er wohl auch im Müll gelandet, aber sonst geht er noch. Ich verbinde den Beamer mit meinem Handy und drücke die Abspieltaste.

Und da ist sie, überlebensgroß auf der rauen, zerfurchten Höhlenwand. Mam. Biffa gähnt und grunzt zustimmend.

Mit schwitzigen Händen ziehe ich den letzten Gegenstand aus dem Rucksack: das kleine Stahlmesser von Da. Und aus der Hosentasche hole ich die einzige noch verbliebene Lebensperle, warm und glatt.

Das Video kenne ich mittlerweile in- und auswendig. Gleich kommt der Moment, wo Mam in die Kamera schaut und nickt. Darauf warte ich, während ich das Messer ins Feuer halte.

Als es so weit ist, zögere ich nicht. Schlitze mir flink die Nimmermale auf und zerbeiße die Lebensperle mit den Zähnen. Mein Herz überschlägt sich fast, was vielleicht gut ist, so wird das Elixier schneller durch meinen Körper gepumpt. Sobald der erste Tropfen aus der Perle quillt, reibe ich ihn mir in die Wunde. Dann noch einen und noch einen.

Während ich mir den Arm verbinde, brennt es wie frische Brennnesseln. So soll es sein.

Ich habe es genau richtig gemacht. Das weiß ich, denn an der Höhlenwand formt Mam die Worte: *Gother-swain, Alve.* Guter Junge, Alve.

Lächelnd zeigt sie ihre Zahnlücken und das Bild friert ein. Ob es an der bernsteinfarbenen Flüssigkeit der Lebensperle liegt oder ich es mir nur einbilde, es durchströmt mich eine angenehme Wärme. Biffa streckt sich, springt vom Felsregal und streicht weich um meine Beine. So glücklich bin ich schon seit tausend Jahren nicht mehr gewesen.

104. Kapitel

Eine Woche später

Vor drei Tagen war ich beim DNA-Test. In einem kleinen Zimmer im hiesigen Krankenhaus wurden mir Haut- und Blutproben entnommen und ins Labor geschickt.

Sangeeta hat mich begleitet und ist auch jetzt wieder dabei, als wir auf die Ergebnisse warten.

Eine freundlich aussehende Ärztin kommt mit einem braunen Umschlag auf uns zu.

»Wollen wir reingehen?«, fragt sie und zeigt auf ein kleines Sprechzimmer.

Nein!, will ich rufen. *Rücken Sie einfach raus mit der Sprache!* Dennoch folgen wir ihr und setzen uns ihr gegenüber vor den Schreibtisch.

»Wie du weißt, Alfie«, hebt sie an, »hat es da ja gewisse Zweifel hinsichtlich deines Alters gegeben.«

Ich schaue hinüber zu Sangeeta, die eine versteinerte Miene aufsetzt.

»DNA-Tests zur Altersbestimmung sind nie hundertprozentig genau.« Sie öffnet den Umschlag. »Aber mit größtmöglicher Wahrscheinlichkeit ergeben deine Zellen ein Alter von …«

Umständlich schielt sie durch ihre Brille auf den Befund. Macht sie das jetzt mit Absicht, um die Spannung zu steigern? Wohl nicht.

»… zwischen viertausend …«

Moment. Was?

»… und viertausendzweihundert …«

Was sagt sie da?

»… Tagen. Damit ergibt sich ein Alter von elf Jahren … und drei Monaten. Stimmt komplett mit dem angegebenen Alter überein, Alfie.«

Morgen gehe ich wieder in die Schule.

AIDAN

105. Kapitel

Sechs Monate später

Jasper starb im Krankenhaus, »ohne das Bewusstsein wiederzuerlangen«. Offenbar war er ziemlich reich; das hat alles Tante Alice bekommen, weil es sonst keine Verwandten gab.

Tante Alice sei »sehr großzügig«, sagte Mum, was wohl heißt, dass unsere Geldsorgen vorüber sind, jedenfalls fürs Erste. Mum ist im Callcenter befördert worden und Dad hat haufenweise Vorstellungsgespräche. Ich gehe mal davon aus, dass wir bald wieder umziehen, gerade wo alles fertig renoviert ist. (»Was nicht dir zu verdanken ist, Freundchen!«, sagte Dad, aber es war nicht ernst gemeint. Nicht ganz ernst.)

Das neue Haus muss groß genug sein, damit Alfie auch ein Zimmer bekommen kann. Mum und Dad haben mit den Formalien begonnen, um ihn zu adoptieren. Sangeeta kommt oft vorbei und auch andere Leute vom Jugendamt. Es sieht gut aus.

Alfie wird mein älterer Bruder. (Viel älterer Bruder!) Und dann werden wir ein großes Bücherregal für eine sehr besondere Charles-Dickens-Sammlung haben.

Libby freut sich auch, aber vielleicht mehr, dass Biffa zu uns kommt.

Übrigens hat Inigo Delombra die Schule gewechselt. Zwar nur auf die Monkseaton High, aber mir reicht das schon. An seinem letzten Schultag meinte er zu mir und Alfie: »Linklater, Monk, was is nur mit euch beiden? Ihr verheimlicht doch was, das wird mir ewig nachhängen.«

»Ewig? Ewig ist 'ne lange Zeit, Delombra. Aber wenn es dir Spaß macht«, sagte Alfie. Damit ließen wir Delombra stehen, sollte der schön vor sich hin brüten. Als wir außer Sicht waren, gaben wir uns einen High Five.

Und Roxy? Roxy ist einfach … Roxy. Sie ist dazu übergegangen, Alfie »alter Knabe« zu nennen: »Schön, dass du da bist, alter Knabe!« Es ist witzig, auch wenn es außer uns keiner versteht.

Alfies Zähne wurden gemacht und er sieht echt okay aus. Nun ist er Roxys Theater-AG beigetreten, und Roxy meint, er kann richtig gut alte Männer spielen. Wie komisch.

Dank Sangeeta (jemand schuldete ihr angeblich noch einen Gefallen) hat Precious Minto nun einen Treppenlift bekommen. Sie läuft auch nicht mehr auf Krücken und alle paar Tage dringt ihre laute Trillerstimme durch die dünnen Wände.

»Tochter Zion, freue dich!
Jauchze laut, Jerusalem!
Sieh, dein König kommt zu dir!
Ja, er kommt, der Friedensfürst.«

Nicht besonders melodisch, aber Roxy meint, so gut hätte es noch nie geklungen.

Zu Singen fällt mir noch ein, dass wir neulich im Auto bei einem Lied im Radio (Alfie nennt es immer noch »Hörfunk«, haha) mitgesungen haben und Alfie einen echt tiefen Ton traf: »Oh yeahhh!«, brummte er im Männerbass.

Mum bekam es mit.

»Hast du das gehört, Alfie?«, rief sie. »Du bist im Stimmbruch. Du wirst erwachsen!«

Alfie lächelte schüchtern und blinzelte, als würde er mit den Tränen kämpfen. Aber bei Alfie weiß ich nie so genau, auch wenn er mein ältester Freund ist.

Dank

Dies ist kein »Historischer Roman«. Und auch keine Lehrstunde in Geografie oder ein Handbuch der Linguistik. Mit anderen Worten denke ich mir das meiste aus. Historische Bezüge, Orte und Wörter in alten Sprachen sind korrekt im Sinne von »fast korrekt«.

Wie immer gilt mein Dank vielen Leuten, die nicht vorn auf dem Cover stehen, besonders meinem unendlich geduldigen Lektor Nick Lake, Samantha Stewart, Jane Tait, Mary O'Riordan und den Leuten von HarperCollins, die alles dafür tun, damit ich als Autor besser dastehe.

Ich danke euch allen.

© privat

Ross Welford war Journalist und Fernsehproduzent, bevor er entschied, sich ganz und gar dem Schreiben zu widmen. Er lebt mit seiner Frau, seinen Kindern, einem Border Collie und einer Menge tropischer Fische in London.
»Zeitreise mit Hamster« war sein Debüt.